〖中华诗词存稿·名家专辑〗

中华诗词学会 编

令狐安诗词集

令狐安 著

图书在版编目（CIP）数据

令狐安诗词集 / 令狐安著 . -- 北京 : 中国书籍出版社 , 2020.6

（中华诗词存稿）

ISBN 978-7-5068-7853-1

Ⅰ . ①令… Ⅱ . ①令… Ⅲ . ①诗词—作品集—中国—当代 Ⅳ . ① I227

中国版本图书馆 CIP 数据核字 (2020) 第 084360 号

令狐安诗词集

令狐安 著

责任编辑	毕磊
责任印制	孙马飞　马　芝
封面设计	采薇阁
出版发行	中国书籍出版社
地　　址	北京市丰台区三路居路 97 号（邮编：100073）
电　　话	（010）52257143（总编室）（010）52257140（发行部）
电子邮箱	eo@chinabp.com.cn
经　　销	全国新华书店
印　　刷	北京虎彩文化传播有限公司
开　　本	710 毫米 ×1000 毫米 1/16
字　　数	351 千字
印　　张	32.25
版　　次	2020 年 6 月第 1 版　2020 年 6 月第 1 次印刷
书　　号	ISBN 978-7-5068-7853-1
定　　价	398.00 元

《中华诗词存稿》编委会名单

《中华诗词存稿》
编委会名单

作者简介

令狐安，解放战争爆发之际，出生于内蒙古昭乌达盟敖汉旗，一九六五年考入北京工业学院，毕业后当过工人和企业管理人员，长期供职于各级国家机关。

总　　序

我们这个诗歌大国有一个很好的传统，历来注重“采诗”、搜集整理诗歌材料。作为唯一的全国性诗词组织的中华诗词学会，自 1987 年 5 月成立以来，就十分重视这项工作。学会每年的学术研讨会和历届“华夏诗词奖”，都出版论文集和获奖作品集。纪念学会成立二十年、三十年时，还专门编辑出版了《大事记》《论文选集》《诗词选集》。《中华诗词》创刊以来，每年都制作年度合订本。2007 年 5 月，在北京天识东方文化艺术传播有限公司的资助下，以近代以来诗词创作、诗词理论、诗词运动重要文献汇编，当代名家个人作品专集等为主要内容，出版了《中华诗词文库》。经过十来年的编辑整理，已经出了近百卷。这些诗集、文集的出版，记录了近百年来尤其是改革开放四十多年来，中华诗词从起步、复苏走向复兴的砥砺前行的历程，为近、当代诗歌史的撰写准备了丰富的资料。

党的十八大以来，中华民族优秀传统文化重新受到应有的重视。习近平总书记《念奴娇·追思焦裕禄》词和《军民情》七律的相继发表，引领中华大地诗潮滚滚而来。《中共中央关于繁荣发展社会主义文艺的意见》和中办、国办《关于实施中华优秀传统文化传承发展工程的意见》，都明确提出“加强对中华诗词、音乐舞蹈、书法绘画、曲艺杂技和历史文化纪录片、动画片、出版物等的扶持。”国家教育部组织制定由中华诗词学会起草的新中国语言体系中的新韵书《中华通韵》已经通过国家语言文字工作委员会语言文字规范标准审定委员会审定，即将颁布全国试行。这些都使我们真切地感受到，中华诗词的春天真的到来了。诗人们乘着骀荡春风，正以高昂的激情，书写着中华民族伟大复兴的新时代、新史诗，国家富强、民族振兴、人民幸福的中国梦；正以与人民同呼吸、共命运的诗人之心，对人民的欢乐、人民的忧患、人民的情怀给以诗意的表达；正以“美”或“刺”的诗人之笔，对市场经济大潮中人民对幸福生活的期待，对美好未来的希望，对假丑恶的深恶痛绝，或给以方向，或给以赞美，或给以鞭挞。正如习近平总书记所指出的：“好的文艺作品就应该像蓝天上的阳光、春季里的清风一样，能够启迪思想、温润心灵、陶冶人生，能够扫除颓废萎靡之风。”

当前，传统诗词创作者和诗词爱好者队伍发展迅速，已超过三百万。每天创作的诗词作品超过唐诗、宋词、元曲的总和。诗词评论研究队伍也成长很快，诗词评论、诗词学、诗词创作理论研究成果丰硕。如何从浩如烟海的诗词作品中“淘”出优秀作品，并使之存下来、传下去，如何使诗词研究理论成果“面世”并发挥应有的指导作用，确实是摆在我们面前的无可回避的一个重要课题。中华诗词学会是一个没有国家编制，没有国家拨款的社会团体，事业的运转主要靠社会赞助和会员费支撑。俊识（北京）文化传媒有限公司总经理吕梁松、北京采薇阁总经理王强，两位一直是对中华传统文化情有独钟的热心人，慷慨解囊，愿意同中华诗词学会一起，搜集整理编辑推出《中华诗词存稿》这套书，共同为中华诗词文化的继承和发展，做成这件十分有意义的事情。

《中华诗词存稿》主要搜集整理出版三部分内容的资料：一是当代诗词名家的个人作品集；二是当代诗词评论家、诗词学者的学术著作集；三是当代诗词作品、诗词理论学术成果阶段性、专题性、地域性的集成类作品集。诗词作品强调精品意识，沙里淘金，把“有筋骨、有道德、有温度”的优秀诗词作品搜集起来。诗词评论、研究类资料强调理论性和创新性，应具有鲜明的个性特点，具有创建性的见解。集成类的资料应有一定的史料保存价值。总之，做成一套具有当代价值和历史意义的好书。在此，我们编委会人员，向提供资料、筛选编辑、版面设计、校对勘误，包括所有为这套资料付出辛勤劳动的同志们，表示真诚的谢意！

郑欣淼

二〇一九年七月于北京

序

半个多世纪以前，身处困境的我，于彷徨中在父亲的书架上看到一本关于诗词格律的著作，就摸索着学做，以为精神寄托，不图刻意为之，只求言为心声。虽早年随写随遗，然打鱼晒网、蹒跚至今，竟也积攒不少。

承蒙中华诗词存稿编委会各位先生的厚爱，我有机会将五十多年所作大部分近体诗词编纂成集，约一千一百余首，是二〇一五年云南文化丛书系列出版个人选集的三倍多。人都是不完美的，我尤甚，包括吟哦。然人之所以为人，应该具有独立人格，“若没有独立人格，一个人就会丧失真情和自我，不过是一个会说话的奴才，一件会走路的工具、一只会繁殖后代的动物。”（《真爱永无悔》序）诗词创作则见证了我独立人格形成的过程：“回首浮生一丈夫，献身但耻做权奴。是非难免随风摆，邪正不甘跟屁呼。六欲七情人皆有，三差两错我岂无。老来惟恐糊涂犯，漫道天凉秋好乎。”（《回首》）

难忘的是，对我一些少年习作，几位学长和友人竟然保存数十年，令我感动不已。想起年少时的纯真和早谙世事，想起运交华盖时的情谊和慰藉，想起爱过、恨过以及经历过的人和事，想起与生俱来的灵与肉、天理与人欲、光明与黑暗在胸中的纠结和交战，我的心里依然会不时地泛起涟漪。

因为工作繁忙，在很长时间内，我既未注意也无精力去研究诗词创作的理论，然而回过头来看，无意中还是在某种程度上遵循了我国风、雅、颂的诗歌创作传统，不屑作无原则吹捧和一般应对酬答，其稍有可读价值者，多半是国有危难，或身沦困境以及大悲大喜时的激扬之作。

编纂传统诗词，一般都是依照古风、歌行、五七言律诗和词、曲等分类，我却是按照写作时间顺序排稿并注明年代，主要是这一做法有利于鞭策自己不忘初心，有利于读者了解写作背景，又可避免不必要的揣测和张冠李戴的误解。十多年前，有人竟说《姑苏怀古·吊伍子胥》是影射攻击中央领导人，还写进了诬告信。十八大前，有人读了《斥贪官污吏》后质问：作为体制中人你这样写合适吗？不怕别人说是给党脸上抹黑？我答：贪贿者不是给党抹黑，谴责者倒成了抹黑？真是颠倒黑白！其实只要不点名，没人蠢到承认是骂他，况自党的十二届三中全会始，担心文字狱，担心被抓辫子已是杞人忧天。我坚信正如新中国七十年来特别是改革开放四十年来走过的历程，虽有起伏挫折，但是随着社会主义民主法治的完善、健全，随着科技教育事业的发展，随着国家越来越强大，随着全面赶超发达国家，我们必然会越来越自信、越来越大度、越来越宽厚，我国的社会制度在世界上才会越来越有吸引力。

在中华民族的浩瀚诗歌海洋里，这个集子不过是一滴水而已，然敝帚自珍，无论是非对错、价值有无，它都或多或少记载了我对与国家和民族命运不可分割的人生之路的感触，对人性、真理、良知挥之难去的彷徨、求索、质疑，以及与之密切相关的喜怒、哀乐、忏悔之情。

作者二〇一九年初夏于北京

目　　录

一九六九年

一九七〇年

一九七一年

一九七二年

一九七三年

一九七四年

一九七五年

一九七六年

一九七七年

一九七八年

一九七九年

一九八〇年

一九八一年

一九八二年

一九八三年

一九八四年

一九八五年

一九八六年

一九八七年

一九八八年

一九八九年

一九九〇年

一九九一年

一九九二年

一九九三年

一九九四年

一九九五年

一九九六年

一九九七年

一九九八年

一九九九年

二〇〇〇年

二〇〇一年

二〇〇二年

二〇〇三年

二〇〇四年

二〇〇五年

二〇〇六年

二〇〇七年

二○○八年

二〇〇九年

二〇一〇年

二〇一一年

二〇一二年

二〇一三年

二〇一四年

二〇一五年

二〇一六年

二〇一七年

二〇一八年

二〇一九年

一九六六年

谒人民英雄纪念碑

纪念碑前放眼量，红旗漫卷大风扬。
污泥涤尽荡浊水，海啸山呼慨而慷。

延安远眺

雨霁千塬紫，霜凝万木彤。
秋风吹大野，塞雁过苍穹。

登八达岭长城

俯仰八达岭，东方旭日升。
居庸风正凛，点将雪初晴。
长啸凌霄汉，高歌颂救星。
山河无限好，热眼望燕京。

一九六七年

无　题

大地狂飙起，三山五岳摧。
风流人自笑，几个敢横眉。

下　厂

藏头露尾惊无险，隐姓埋名壁上观。
身倒三班暂度日，心忧二老且偷安。
粉尘迷目音能辨，口罩遮颜谎未穿。
俯首为牛学孺子，满身汗水苦亦甘。

注：因作者和同学参与所谓“二月逆流”被批判，借下厂躲避到大连机车厂劳动，作者为不连累正在被批斗的父母改用化名。作者劳动的铸钢车间粉尘污染严重，患矽肺病者很多，须带防尘口罩。

浣溪沙·登香山

岭上梅开几度妍，千花百草已凋残。芳心未
卜顾相怜。　　极目关河迷泪眼，沉吟往事忆欢
颜。九州何处是家园。

【注】

作者所在红卫兵组织里的华小明同学撰写了所谓“攻击”中央文革小组成员的稿件并由作者与潘高高、丁海星同学过目。刘卉风同学在学院广播站播出这一稿件后，上述同学和作者被扣上“反动组织成员”帽子，受华小明托付保管稿件的高年级同学王启阳被当成包庇者。作者在与边福生同学登香山返校后那天晚上与他们受到全院大会批斗，华小明被宣布为现行反革命分子押送公安部关押。作者与潘高高因难以忍受批斗，“潜逃”到公安部投案自首。公安部接待干部看到填表原因是“包庇现行反革命分子”后说你们都是认识问题，公安部对华小明是保护性收押。

咏　梅

花开花落望心痴，独对关山报春知。
素面淡妆凌霜俏，情深最是岁寒时。

游上方山

京西二百里，有山名上方。
千仞拔地起，青峰出太行。
谷深云盘绕，松秀雾苍茫。
蜂巢崖底挂，野鸟柱间翔。
壁上旧题名，杀敌义勇行[①]。
未识英雄面，若聆健儿声。
长啸驱倭寇，高歌唱大风。
倏忽廿二载，读之犹涕零。
山腹隐庵庙，大悲久驰名。
惟见尘盈钵，不闻僧诵经。
雕梁游壁虎，画栋走松鼠。
佛颓莲座崩，灶废灰尘舞。
残磬伴灯台，断杵偎更鼓。
四旧扫无情，牛鬼蛇神怵。
感慨忆岁前，狂热迷心目。
年少太决绝，焉能分善恶。
思罢长叹息，俯身探门户。
曲径歧路多，人语惊蝙蝠。
华光炬火燃，奇景现身前。
龙虎狮猿象，神魔鬼怪仙。
嫦娥倚桂树，吴刚持玉盘。
石笋千支秀，水果四季鲜。
钟乳垂穹顶，倒挂似冰帘。
珊瑚生百态，琳琅花满园。

悬崖连地穴，其险莫可攀。
侧耳聆万籁，惟有暗河喧。
或云通十渡，又云百花山。
不知向何处，可入桃花源。
儿时中秋夜，望月想联翩。
梦中插双翼，直上九重天。
今日身至此，眼见不虚传。
云水连八洞，果然媲广寒。
暮至兴犹劲，露宿林水间。
骤雨惊夜梦，土豹啸声传。
晓起凌绝顶，方知行路难。
幸遇牧羊叟，相告又相谈。
福地好家乡，旧时兵匪猖。
杀人如草菅，百姓尸骨凉。
勇士驱魑魅，红日照平阳。
神州容貌变，国势渐富强。
岂料鼓角鸣，旌旗满燕京[②]。
各路英雄起，烽烟扰升平。
吾本一小吏，亲朋久凋零。
纷乱山中避，苟且盼安宁。
尔等方年少，何必太痴凝。
但求心无愧，冷眼看输赢。
语罢忽声咽，唏嘘入草亭。
我亦思困惑，欲辨真理明。
祸福难由己，谁解赤子情。
得过非且过，何须叹伶仃。
登高胸怀阔，目收万岭青。

志豪人未老，岂惮路难行。
飞身啸林泉，声震太行颠。
愁随阴霾去，笑伴晚霞还。
神哉云水洞，美哉上方山。
壮丽雄奇险，竞秀大自然。
偕友来此地，伫望复流连。
临别犹难舍，更爱好河山。

【注】

① 云水洞口的大悲庵廊壁上有抗日名将吕正操题名遗迹。

② 旌旗：当时首都成立的各种群众组织。

蝶恋花·登太行

寥廓霜空苍岭暮，叶落荒台，月隐娑罗树。惟见残楼狐鼠入，凄凉鲜有游人顾。　　谁撞晚钟萦野渡，雾锁仙踪，难觅避秦[①]路。山外云旗激荡处，连天烽火[②]燃无数。

【注】

① 东晋陶渊明《桃花源记》中描述的躲避秦末战乱的桃花源里人。

② 全国多地群众组织之间相继爆发大规模武斗，死伤严重。

鹧鸪天·唱长征组歌

灯火阑珊夜未明，寒窗望彻话阴晴。雪山草地英雄事，昂首高歌不忘情。　忆长征，路难行，繁英竟谢恨凋零。几人悲咽几人啸，愁绪满腔泪血凝。

一九六八年

谒锦州塔山烈士墓

青山眠烈士，伟业壮千秋。
后继思风骨，长征志未休。

无　题

霞火蔽空血色浓，夕阳半下望怔忪。
两年磨砺人犹钝，万里长征曲未终。
左右强分难共处，红黑莫辨忌宽容。
同窗偶话新功事[①]，不做英雄做狗熊。

【注】
① 所谓“文攻武卫”。

诉衷情·夜思

漫说年少不知难，豪气干云天。奈何今日肠断，情怯怕凭栏。　　风雨骤，步蹒跚，寐难安。子规声里，泪洒乡关，心血啼干。

无 题

愧做逍遥派，无缘斗虎罴。
饥来偷土豆，渴至盗洋梨。
虾蟹锅中煮，鱼鳖肚里栖。
小人愁饿死，君子怕途迷。

返校途中

昨日京书览，喜闻罢甲兵[①]。
乐极欢欲舞，兴尽涕忽零。
愁色飞天外，好风送我行。
云蒸迷海市，雾散见长鲸。

【注】

① 毛泽东决定解放军和企业派出宣传队进驻各高等院校制止武斗。

一九六九年

戒己·仿李贺《啁少年》[①]

永久飞鸽金凤凰，青呢黑呢绿军装。
皮靴垫肩大回力[②]，与众不同意气扬。
壶中乾坤度日月，烤鸭店里飞琼觞。
有时涎垂拍婆子[③]，金水桥前笑声狂。
生来自命出身贵，平民岂在眼中装。
行人敛眉谁敢怒，呼哨一声转铃长。
墙头芦苇根底浅，绣花枕头腹中糠。
风云突变狂澜起，父母垮台儿颓唐。
松柏岁寒枝叶翠，江河源远水流长。
温室花朵经霜少，大难临头落凄惶。
先辈创业羞自傲，儿女无功宜图强。
莫效满洲八旗子，要学岸英[④]继骄杨[⑤]。
人生道路靠自己，焉能倚赖老子娘。
历史教训今难忘，说与弟兄细思量。

【注】

① 啁：音召。前四句描述的是当时一些干部子女流行装扮。

② 中国名牌球鞋。

③ “拍婆子”为当时北京中学里的流行语言，即在公众场所肆意追求女孩。

④⑤ 毛岸英、杨开慧。

清平乐·颐和园铜牛

柳杨飞絮，不觉春归去。波漾扁舟歌一曲，磨尽少年朝气。　　铜牛闲卧夕阳，奈何空度时光，安得从戎投笔，边关血溅天狼[①]。

【注】

① 天狼星，恶星，喻敌人，此指苏联。血溅：中苏西北和东北边境多处爆发流血武装冲突，作者妄想上前线以证清白。

虞美人·谒圆明园遗址

雕楼画舫今无觅，剩有伤心地。断碑犹记旧时欢，忍把太平歌舞付狼烟[①]。　　残红落尽东风老，岸柳花飞早。少年心事费揣摩，道是暮春时候最难说。

【注】

① 清朝末年英法联军攻占北京后抢劫、火烧圆明园。

菩萨蛮·过芦沟桥

秋风萧索燕山暮，芦沟月冷昏鸦宿。寂寞雁回南，寒潭掠影单。　　雄心搏万里，露重飞难起。羽落唳声凉，男儿欲断肠。

学 工

此生志在保边防，今入深山建矿乡。
火药惊魂开巷道，炮烟迷眼刺鼻腔。
气短胸憋人缺氧，地冻天寒雪满裳。
困苦艰难何所惧，一身臭汗也飘香。

【注】

一九六九年秋至一九七〇年夏，作者和同学被派到首钢迁安水厂铁矿当矿工，从事凿岩、放炮、排渣和处理偏坡等工作。

牢 骚

芦苇作墙土垒屋，每经风雨就糊涂。
天寒笑怨羊皮老①，腹瘪戏说油水枯。
但忆长征两万五，顿觉艰苦一扫无。
若非会战菜金少，几个敢吃米粒猪②。

【注】

① 矿山发给每个学生一件老羊皮背心御寒。

② 俗称内有绦虫卵的猪肉，肉眼可见虫卵，形状如同米粒。

收 麦

拒马河边小麦黄，京郊六月夏收忙。
手疾镰快身心热，舌燥口干井水凉。
血泡磨穿八九个，板鞋扎破两三双。
就餐未等钟声响，稀饭馒头一扫光。

虚 惊

休说老九[①]用无一，夜战山河景物奇。
风镐洞穿阎王殿，矿渣压破小鬼皮。
虚惊冒死卸雷管，侥幸逃生摸虎鼻[②]。
余悸未消嘴犹硬，炮声权作报晓啼。

【注】

① 当时知识分子被称为“臭老九”，亦诗中“小鬼”。

② 作者曾未经细察就贸然进入已点燃炸药导火索矿洞，险遭不测。

一九七〇年

遇 险

手握钢钎斗志高，青云跃上逞英豪。
顽石岂料已风化，臭脚谁知未站牢。
收腹顿成滚刀肉，缩头险碎葫芦瓢[①]。
尿流屁滚兀自笑，道以斯忠献当朝。

【注】

① 作者处理偏坡时遇风化岩不慎滚下悬崖，赖有安全带保命。

学 农

痛失小腿未心寒，战士身残亦坦然[①]。
舍命打出泉两眼，牺牲磨去肉三钱。
军衣虽补有原色，故土难离无赧颜[②]。
豪气化为移山志，荒坡尽变大寨田。

【注】

① 矿山所在东陈庄党支部书记是双脚截肢荣立战功的志愿军战士。

② 该支书谢绝当干部“吃皇粮”的安置，与乡亲同甘共苦。

虞美人·登罗屯长城

一年三百六十日，忽报新春至。不堪回首忆心揪，大地狂飚滚滚肆霜秋。　　东君已叩卢龙塞[①]，残雪长城外。惊蛰过后近清明，想是桃花朵朵笑相迎。

【注】

① 东君：司春之神。卢龙：河北县名，明代为管辖山海关至黄崖关间长城防卫的军事要塞。

装　药

未惧空间三尺矮，何愁斗室两寻高。
坚石足抵排人链，炸药手传拧铁腰[①]。
星冒眼黑头欲裂[②]，氧稀尘呛肺如烧。
耻谈生死心堪幸，愿绘新图慰寂寥。

【注】

① 送入药室的炸药和填充巷道的石块都要人挨人坐、以手传递。

② 因填充操作时严重缺氧所致。

捉　鳖

清明雨水泛浪花，壮士深河斗王八。
人狡猾兮着水裤，鳖天真矣负泥巴。
钩尖刺肉逃无路，吻硬嚼杆利有牙。
无奈终成汤一碗，倍增干劲建国家。

愚　公

现代愚公谁敢歧，凿岩放炮不知疲。
焉愁晴日一身汗，就怕雨天两脚泥。
破灶勤修焖狗肉，脏盆懒洗炖雉鸡。
虽然混个囫囵饱，乐在山头舞战旗。

大爆破

敢偷神火掌中烧[①]，雷震百川大地摇。
喝令千山齐献宝，风云叱咤傲天骄。

【注】

① 希腊神话中普罗米修斯为人间盗取天火故事。

无 题

梦里芙蓉几度寻，蓦然郊野见烟村。
莲花初绽风拂柳，菱叶新生水泛音。
暑气蒸蒸疏雨润，清香缕缕百合薰。
荷塘半亩柴门后，人语悄无已荡魂。

毕业离京

执手未言泪忍吞，蓟门天色近黄昏。
五年情重心难舍，四载神伤志未湮。
步履艰辛无所谓，前程叵测有亲人。
道别叮嘱惟珍重，秋雨秋风寂寞深。

拜访父母故交[①]

人情冷暖多如此，世态炎凉少小知。
十载坎坷风雨路[②]，前行耻再计得失。

【注】

① 作者回乡途中去沈阳看望父母某仍在领导岗位的故交，被拒门外。

② 作者父亲三次蒙冤被降职，撤职已十余年。

报　到

急于就业言轻信，笑脸相迎话慨慷。
城北途迷疑岔路，山南步滞惑岐梁。
戍楼耸立牢墙厚，铁架纵横电网长。
入看心寒生惧意，赭衣秃首面青黄[①]。

【注】

① 作者在厂内看到赭衣光头人群，报到后方知是劳改企业。

首次领工资感赋

四百六十个大毛[①]，满怀喜悦数新钞。
先贴弟妹生活费[②]，再减爹娘鞍马劳。
愁意未觉消眼角，笑纹已见聚眉梢。
而今不再吃闲饭，一路心潮逐浪高。

【注】

① 大毛：一毛钱，民间俗称。

② 因妹妹和弟弟插队的村社亏损，年底算账后，知识青年们不仅没分到一分钱，还要向生产队倒交钱。

一剪梅·哭潘高高同学

共历悲欢未许愁，英气勃发，风雨同舟。今夕命舛[1]竟仙游，痛定无声，怕上层楼。　　回想去年月近秋，载酒漏船[2]，何惧碰头。君魂且作泛中泅，潮去潮来[3]，快意恩仇。

【注】

① 潘高高大学毕业分配后一个月即因误诊在河南济源某厂工地去世。

② 见鲁迅《自嘲》诗。

③ 春秋战国时伍子胥冤死后传说化为钱塘潮神，乘素车白马。

浴池所见

惊现裸身感百端，汤池水暖望心寒。
脓流四体皮肤溃，痂布两臂血块粘。
似鬼蓬头新肿脸，如柴瘦腿旧结瘢。
畏人相视羞低首，毛骨悚然痛不堪。

【注】

作者所在劳改企业中的被审查人员因刑讯逼供遍体鳞伤。

学习刀具开刃技术

小巧砂轮真古怪，造型异样体坚强。
磨薄磨厚随人意，磨短磨长任尔量。
内刃不如外刃利，铰刀远比铣刀光。
全凭肉眼来操作，遇到麻烦问老王。

一九七一年

代老党员写检查

不是胡说鬼画符，上纲上线路子熟。
一篇检讨三两肉，外带地瓜酒半壶。

【注】

车间多位老党员因文化水平低，让作者代写整党检查。一次写到深夜后某老党员以猪头肉和地瓜酒款待作者。

进战备洞学习车工操作技术

绿草如茵落满坡，原来腹内有山河。
纵横直贯通达道，交错曲连避难窝。
两路运行藏动力，三餐周转备汤锅。
夏凉冬暖防原子，美帝苏修奈我何。

别动队

本无造反豹子胆，今日忽成帝修反。
别动队员不胜多，幸亏没把头来斩。

【注】

铣工臧永模因出废品，被批为“帝修反的别动队”，“干了‘帝修反’想干而干成的事”。

赞赵明盛师傅

师傅少时捣蛋多，每逢得意就夸说。
裤裆里抹毛虫刺，饺馅中掺稗子壳。
虽是调皮爱胡闹，然则聪慧能干活。
带出徒弟皆古怪，个个精灵赛猴哥。

惊悉“九一三”事件

人鬼难分不辨敌，妖魔满纸术精奇。
大千世界疑颠倒，自比钟馗实画皮。

【注】

林彪一九七一年九月十三日出走后在蒙古温都尔汗坠机身亡。

减字木兰花·探父

霜生两鬓，底气充足犹自信。不怨黄粱，张口笑夸狗肉香[①]。　舒眉展目，今喜恶行终有报。国事莫谈[②]，冷眼人前壁上观。

【注】

① 作者用油纸包裹酱狗肉藏入大衣袖内躲过搜查带入父亲关押处。

② 看管人员不准作者告诉父亲林彪坠亡事。

一九七二年

师　弟

苦中作乐忘忧萱，师弟无邪性最顽。
惯做猴头盗仙果，偶登风井逃夜班。
吠声何惧人咬狗，棘网敢钻胆包天。
斩获辉煌感情铁，青红不吝同解馋。

梦里与她同船渡

梦里与她同船渡，醒来却叹无觅处。
幽燕九月霜叶红，染遍关山天涯路。

颂陈毅元帅

才兼文武诗有铁，德配乾坤语生雷。
梅岭三章[①]欣命笔，环球两霸厉横眉。
笑谈青史评功过，怒斥人妖辩是非。
百代伟人名不朽，奸贼折戟化尘灰。

【注】

① 一九三六年冬，陈毅被围困梅山时作绝命诗三首留衣底。

青玉案·过中南海新华门

幼年曾住霞深处，花妩媚，云呵护。未料劫生多龌龊，炎凉冷暖，一言难述，鲜有人相助。　红墙咫尺飞难渡，旧日廊桥今陌路，瞩目楼台情怎诉。阑干望遍，九重门户，紧锁夕阳暮。

学　徒

莫轻车铣刨钳磨，岗位平凡也报国。
夏至同心斗酷暑，冬来协力抗寒魔。
为师为友称兄弟，加点加班唱凯歌。
忆此时光瞬息过，如鱼得水快乐多。

无　题

一屋阴气漫花房，满架骨灰瓦罐装。
密密麻麻蛛网挂，层层累累土鳖藏。
不知多少死饥馑，难证几回扣狱粮。
往事深埋人性扭，而今知晓倍凄凉。

【注】

劳改支队老人说，二十世纪六十年代三年困难时期有克扣狱粮行为。

一九七三年

师兄师妹（三首）

（一）

虎背甘驮麻袋包，一冬冷暖系熊腰。
情迷师妹偷偷乐，汹涌心潮似海潮。

（二）

笑靥如花野菊插，水边摸蚌又逮虾。
清波映照双双影，只盼师兄爱语夸。

（三）

递上秋衣恐夜凉，日头眼瞅落山梁。
厮磨耳鬓悄悄话，不醉花香醉汗香。

参加路线分析会

领导批评道理详，众人教诲亦堂皇。
三言两语分析准，七嘴八舌意味长。
有口难言心忐忑，无功受禄话牵强。
此生已厌经风雨，岂望他年做栋梁。

【注】

因厂党委拟提拔作者被谢绝，在路线分析会上被某党员分析为“对‘文化大革命’不满，所以不愿意当干部”。多数党员规劝作者服从安排。

一九七四年

挽贺龙元帅

今日元戎复党籍，低回哀乐颂传奇。
菜刀两把闹革命，志士八千举义旗。
气贯长虹忠骨硬，怒冲囹圄壮心迷。
古来多少臣子恨，不死马革死牢篱。

批林批孔（二首）

（一）

西周话尽话东周，批了林彪批孔丘。
巧妇无米炊敢做，匹夫有恃斗怎休。
白天脱产抨大儒，夜晚巡逻逮小偷。
是是非非多少事，昏昏聩聩不知愁。

（二）

奉命办班说变法，二十四史乱如麻。
争鸣疑限二三子，齐放似非八九花。
王霸攸关今日事，贬扬难判旧时家。
师徒未解醉翁意，闲屁放完且祭牙。

【注】

上级要求层层办班，将历史上的儒法斗争和现实政治斗争相联系。

潘高高忌辰（六首）

（一）

斯人忽殁信无回，电报猝读遽忘悲。
乱跳金芒锥骨入，风华正茂竟飞灰。

（二）

懵懂初识幼稚园，友谊廿载种心田。
文章锦绣真才俊，何以老天不假年。

（三）

初曾自诩红五类，后作杞人每忧天。
只怪书生多意气，难逃二月黑名单[①]。

（四）

人间正道一逆旅，革命大旗疑谁举。
纪念碑前望帝京，天安门下泪如雨。

（五）

耻学纨绔反潮流[②]，俯首甘为孺子牛。
白死岂因求平等，庸医害了秦少游[③]。

（六）

人鬼永诀迹渺然，秋分每遇忆君颜。
暮云愁看积雷雨，莫问前程梦未圆。

【注】

① 一九六七年初母校有人公布参加“二月逆流”的黑线图。

② 潘高高外祖父系开国中将，但他毕业时坚拒走后门参军。

③ 秦观。潘高高文笔流畅，尤喜秦词，作者以秦观喻其才华。

一九七五年

踏莎行·登旅顺白云山

日沐铁山，浪抚虎尾，无垠沧海无垠美。舰笛嘹亮唱销魂，望中一片痴情水。　身倚浮云，神迷故垒，落霞如梦春花媚。晚潮渐起弄归帆，满城灯火游人醉。

哭彭总（二首）

（一）

彭总功高举世钦，尔今竟有几人闻。
刚直自古多横死，常使后人泪满襟[①]。

（二）

元戎威赫震乾坤，猛气英风摄敌魂。
感慨主席曾挥笔，横刀惟我大将军[②]。

【注】

① 唐杜甫《蜀相》有句:“出师未捷身先死,长使英雄泪满襟。”
② 毛泽东曾赋诗相赠：“谁敢横刀立马，唯我彭大将军。”

电 霸

断电拉闸意何为，只缘鼻子碰了灰。
东邻送礼雕玛瑙，西舍聚餐炖乌龟。
小子竟玩空手道，大爷岂啖眼前亏。
临行切齿发狠话，今日不谈是与非。

【注】

作者进入厂领导班子后遇到的第一件事就是按公务就餐规定标准招待电管部门人员和收取就餐费用、粮票，致企业变电站被签封停产。据接送司机在车上听电管人员透露，毗邻企业用电均超指标，但因设宴款待和赠送贵重礼品而无一家被拉闸停电。

新产品

手足无措似爹娘，十月怀胎喜欲狂。
浇铸精心箱体固，研磨卖力曲轴光。
脑灵善把图形绘，手巧稳将零件装。
分娩顿时声震耳，马达欢唱诞儿郎。

大会战

屈指廿天新会战，三班昼夜连轴转。
伸缩汽锻奋攻坚，来去吊车忙救难。
小伙满身铁屑粘，姑娘一脸油泥溅。
回眸巧笑露白牙，却道今朝最好看。

一九七六年

哭总理（八首）[1]

（一）

松柏枝头花如雪，长安一片伤心白[2]。
人间何事堪肠断，四海同哭祭恩来。

（二）

华夏痛失经纶手，群山伫立水不流。
红旗半下疑是梦，霹雳晴空震九州。

（三）

伟人长逝天地恸，万众号啕送周公。
雨露百年恩义重，哀思无限悼英雄。

（四）

倾城百万别总理，泪洒长街数十里。
哀乐起时纸花飞，誓言如海诗如雨。

（五）

鞠躬尽瘁死未已，殊伟功劳不夸诩。
临去犹吟国际歌，骨灰撒遍江河地。

（六）

一生坦荡胸襟宽，磊落光明奸佞畏。
不朽英名万古垂，光辉何惧狂犬吠。

（七）

忍辱负重整十年，衣带渐宽百事艰。
丝尽炬灰心未死，深情犹系九州间。

（八）

难忘当年春色旖，幸福情景记心里。
西花厅外海棠红，金水桥前呼总理。

【注】

① 周恩来总理逝世后，上级指示不准层层召开追悼会，不准戴黑纱。作者父母决定全家人都佩戴黑纱。作者在全厂追悼大会上作了追思周总理丰功伟绩的报告。

② 长安：喻北京。一片伤心白：清纳兰性德《菩萨蛮·寄顾梁汾苕中》有句“晶帘一片伤心白”。

哭主席（五首）

（一）

举国痛悼若父母，噩耗传来折天柱。
裂肺摧肝悲欲绝，哀声响彻神州路。

（二）

纷飞泪雨忍别离，纪念碑前降半旗。
忠烈满门传千古，人民景仰毛主席。

（三）

经天纬地功不朽，斩棘披荆几十秋。
理想执着留青史，感情浪漫意更遒。

（四）

幸福每忆中南海，八载阳光沐浴深。
亲切声音犹在耳，诗歌铭记后人心。

（五）

自古中华多斗士，风流最数毛润之[①]。
英雄竟已成过去，难忘山呼海啸时。

【注】

① 毛泽东字润之。

十年回顾

极目望燕京，十载话阴晴。
多少风和雨，是非叹说评。
当年狂飙凛，我乃一书生。
单纯无经验，幼稚不老成。
九州大潮卷，身陷困惑中。
所幸经磨难，荣辱尚从容。
最忆浏云梦，韶山绿意浓。
高歌过黔桂，南国觅旧踪。
遵义瞻遗址，泸定赞红枫。
泪洒白公馆，延河种青松。
祖国河山美，敢忘先辈功。
奈何烽烟起，理想顿成空。
不辨敌我友，油烹加炮轰。
寇仇弹冠庆，相残皆弟兄。
有时落陷阱，碰壁方清醒。
亦曾歧路迷，多亏望远镜。

分裂复联合，团结干革命。
汗水洒矿山，医治思想病。
回首忆征程，所历路不平。
人生多恋眷，难忘拜师情。
但求心无愧，喜得教训明。
昙花一现者，皆因逐利名。
做人有典范，总理品与行。
鞠躬为民众，终生宗旨明。

唐山大地震（二首）

（一）

人间炼狱痛何堪，转瞬城垣变墓园。
遍地尸陈堆瓦砾，满街声咽黯江天。
难逃横死几为鬼，侥幸存活半致残。
哀痛一腔惟热血，挽衣争献救伤员。

（二）

大祸临头百炼钢，神兵速降入津唐。
团结自助迎危难，赴救互帮倚栋梁。
体弱身残犹忘我，筋疲力尽亦争强。
海天遥见旌旗展，浴火重生舞凤凰。

哭朱总司令

祥眉慈目喜相逢，嫩手握在厚掌中。
叱咤风云历百战，笑语几度嘱稚童。
从小要听党的话，长大不能忘工农。
梦忆伯伯犹问好，惊起泪落恸无声。
元戎身去英灵在，永护神州万年红。

【注】

作者童年时与朱德总司令毗邻而居。

无　题

心事纷纭多苦恼，有人最喜弄风潮。
缩脖本为观动向，出手只因揽蟠桃。
头戴恶心高帽子，身披昂藏大红袍。
满怀得意收罗网，入地上天无处逃。

【注】

因清查“反革命谣言”不力，作者单位在全市大会上被点名批评。在厂党委会上，某领导指责作者应该对受到市里批评一事负主要责任。作者反击说：“我看现在是颠倒黑白，谣言追得越少越应该表扬，追得越多越应该批评。”这句话被其抓住辫子。厂党委书记刘清贵为作者开脱后让作者送知青去内蒙古插队以避风头。

老　马

昏花老眼颈毛稀，汗水淋漓怎忍骑。
两耳歪斜吆不理，四蹄扭曲迈难齐。
乖张脾气反应慢，迟钝性情屎尿急。
遑论路遥知马力，披星戴月误归期。

【注】

作者在芝瑞公社胜利大队马架子村时的坐骑初为老马，后换叫驴。

草原驴

出门代步晓风徐，驽马肾虚换叫驴。
草料两餐食未饱，菜瓜一口啖无余。
何尝畏虎①奴欺主，且看降牛狗不敌。
动地长嘶拉硬屎，放蹄扬首赛轻骑。

【注】

① 唐柳宗元《三戒·黔之驴》。

乡趣（二首）

（一）

草原美景望旖旎，绚丽百花掩惊奇。
跳蚤浑如高粱粒，蚊虫活像轰炸机。
巨虻萦绕吸牛血，小咬纠缠叮狗鼻。
惟有牧童全不怕，周身披挂老羊皮。

（二）

每日牧猪同牧羊，一声呼哨放蹄扬。
狗欢常撵梅花鹿，人醉偶趴烂草塘。
小麦吃完吃莜麦，粮缸灌满灌酒缸。
持枪夜半巡栏圈，斗罢野狼鬼打墙。

打　草

丈二长镰卷地挥，你追我赶汗纷飞。
衬衣湿透光脊撵，鞋底磨穿赤脚归。
剃尽山坡搜獭兔，蹚浑溪水觅鳖龟。
秋高气爽白云袅，大野无垠牛马肥。

勒勒车

勒勒车，真奇怪，没有轴承没有带。
木头轮子负重多，三四百斤算小菜。
勒勒车，真奇怪，懒散蹄儿逍遥迈。
老牛老马老毛驴，老气横秋也竞赛。
勒勒车，真奇怪，左右趔趄乱摇摆。
前辙之鉴后车随，管它路好和路赖。
勒勒车，真奇怪，突然身在车辕外。
一颠两晃睡意来，屁股险些被摔坏。
勒勒车，真奇怪，脾气敦厚模样踱。
家家都有勒勒车，就是集上没得卖。

菩萨蛮·感秋

燕山[1]草色斑斓许，霜秋一夜摧花雨。云散晓风凉，天高雁阵长。　寒川人迹少，坝上黄羊老。无语望天涯，流云卷早霞。

【注】

① 燕山最高峰在内蒙古自治区赤峰市克什克腾旗境内。

虞美人·伤秋（二首）

（一）

花期易老人难老，窗外芳菲少。一夕疏雨便成秋，更伴寒蛩阵阵唱无休。　　柴门独倚日边望，心海翻波浪。相思未了近痴凝，但盼重逢款款诉深情。

（二）

星寒月冷霜飞早，雁去知多少。三更枕上梦回时，断尽愁肠心碎有谁知。　　夜阑酒醒闻鸡舞，莫许白头误。西风过处噪寒鸦，又是满山秋色看黄花。

赞海鹰

耻入樊笼学媚鸟，高天敢上驭寒流。
乘风破浪长啸去，振翅搏击大洋秋。

悲欣交集

伟人逝世九州悲，目眦皆红泪血飞。
痛者思亲心倍痛，黑帮乱政世愈黑。
忽闻壮士擒恶鬼，遽见长空奋怒雷。
扭转乾坤除四害，惊涛沐日必增辉。

江城子·诉衷情

长安客至话清明，泪盈盈，肃然听，花雪花山花海满燕京。有爱有恩多少痛，肠寸断，路难行。　春寒料峭最伤情，雨腥腥，悚然惊，乍暖乍寒乍作漫天冰。无奈无言多少恨，心寸裂，夜难明。

【注】

首都百万群众清明节去天安门广场悼念周总理，人民英雄纪念碑周围堆满花圈、贴满诗词、挂满纸花，被定为“反革命事件”后全国开展清查“反革命谣言”和“批邓反击右倾翻案风”运动。

一九七七年

题某君所作漫画

心狠口毒使阴招，杀人无血不见刀。
腮帮少长八钱肉，孤拐多生一撮毛。
弄鬼常学家鼠叫，装神偶作野狼嚎。
黑白颠倒天良丧，落井下石手段高。

感　春

清晨陌上雨初停，野岭生青百鸟鸣。
络绎燕飞迎蜜月，缤纷蝶舞庆光明。
千枝绿荡痴情醉，万蕾红飘碧血凝。
携手彩云晴日里，阴霾散尽放歌行。

话　别

风云七载峥嵘月，挚友良师义气深。
目染耳濡聆教诲，言传身带懂源根。
揽肩互握难离去，把臂相拥忍舍分。
莫道前程知己少，神州八亿俱亲人。

参观大庆有感

英雄伟绩镇熊罴[①]，创业欣开百岁基。
无悔汗凝干打垒[②]，有情血染钻井机。
惊悬碧玉帘[③]甚怪，险矗黄金塔[④]亦奇。
最敬铁人王进喜，墓前三拜泪沾衣。

【注】

① 熊罴喻指美国和苏联两个霸权主义国家。

② 二十世纪六十年代初大庆油田会战时期所建土坯职工住宅。

③ 屋檐下挂着的冰帘。

④ 冬天公厕坑中排泄物冻成的塔形冰柱。

一九七八年

参观“清理阶级队伍”罪行展

人性扭曲恶果生，神州大地遍牛棚[①]。
千夫所指冤何辩，众口铄金枉必成。
批判无情常造孽，斗争残酷每逼疯。
冤魂多少难瞑目，左史血书事可憎[②]。

【注】

① “文化大革命”中泛指关押所谓“牛鬼蛇神”场所为“牛棚”。

② 展览披露，大连市在清理阶级队伍运动中因刑讯逼供自杀和被殴打致死的有数千人。各种刑具令人不寒而栗。

参观大寨有感

大寨精神远近播，感人事迹遍东国。
台田汗铸雄心壮，战地旗飘笑语和。
老子精疲传儿子，愚公力尽继愚婆。
生活俭朴无鸡犬，先治坡来后治窝。

读陈毅《青松》诗

君是一青松，屹立傲苍穹。
霜欺枝愈翠，雪压叶益荣。
天寒无所惧，最喜斗严冬。
何似墙头草，飘摇任西东。
做人应如此，敢矗朔风中。
浑身筋骨硬，不学客里空[①]。

【注】

① 苏联五十年代话剧中人物，作风飘浮，好说大话、空话。

一九七九年

读《五代史·冯道传》

世上有种人，投机会钻营。
口中言马列，身同狗彘行。
头插风向标，脖子装轴承。
跟人不跟党，随时换门庭。
脚快能附势，手长好攀龙。
朝秦复暮楚，人称变色虫。
舌黏善舔屎，鼻灵喜觅腥。
攻关颇老到，专钓利与名。
媚言不绝口，堪称马屁精。
有奶娘皆认，不惜卖祖宗。
常把谣言造，诽谤害良忠。
缺德更无耻，从来不脸红。
病根同此辈，俱因私心膨。
损人亦害己，相处无真情。
立世应无畏，正大又光明。
不可学冯道，千古留骂名。

【注】

冯道系五代瀛州景城人，号长乐老，字可道，后唐时倡议由田敏等人校定雕刻九经文字。因其历事五朝，后人多鄙其行。

建设青年度假村

猎猎营旗舞，津津汗水凝。
心雄能揽月，体健敢摘星。
霞落炊烟起，风平涌浪宁。
今朝帆桨备，明日御潮行。

八声甘州·访问东京

望扶桑、沉浮云海间，雾色满春山。忆鸣镝曾几？嫣红姹紫，燕子翩跹。鼙鼓当年动处，广厦起城垣。我自情难抑，辗转无眠。　端午卅年已过，想神州风物，欲语难言。夜阑思更切，对月啸中天。念今宵、无穷心事。盼明朝、跃马奋加鞭。壮东风，和熙送暖，一扫寒烟。

一九八〇年

国 殇

寒去雪消又一春，忍听哀乐吊英魂。
奸贼毁谤摧梁柱，鼠辈交章害栋臣。
良莠混淆敌我乱，佞忠颠倒是非浑。
百年多少断肠恨，最痛君冤伤碎心。

【注】
中共中央于一九八〇年二月为刘少奇平反，中外震动。

举办《紫罗兰》画展

不堪回首是与非，苦雨凄风艺术摧。
卫道痛责观裸体①，无知怒斥舞芭蕾②。
知识贫困徒悲尔，文化缺失可怪谁。
一片声讨批大腿，亦哭亦笑亦心锥。

【注】
① 审查后，人体画被要求从画展中撤下。
② 省里召开共青团代表大会期间组织观看了芭蕾舞剧《天鹅湖》，不少代表张贴大字报谴责观看该剧是腐蚀革命青年。

农村调查（二首）[①]

（一）

一年四季忙到尾，不见农田多打粮。
揭开锅盖看一看，半锅红薯半锅汤。

（二）

干群对立关系僵，座谈半日我心凉。
生产队长轮流干，先盖新房后套墙[②]。

【注】

① 作者两次骑车去农村调研合计二十六天行程两千余千米。

② 某生产队至今尚未实行家庭联产承包，社员吃不饱饭，生产队长轮流干，而当上队长的第一件事就是给自己家盖新房套院墙。作者去新任队长家批评他，看到炕上睡了五六个孩子。队长说，我是村里最穷的，不当队长永远盖不起房子。作者劝他不要再套院墙了，要把主要精力放到推广家庭联产承包责任制上，让乡亲们早日吃上饱饭。

小重山·旅顺口

雨过空晴草木荣，海天颜色好，舞长虹。彩桥飞跨铁山东，迎风袅，流入晚霞红。　　年少志相同，情仇知几许，意从容。夜听潮打雾朦胧，登高处，长啸月明中。

夜宿山村有感

墙壁泥夯土炕凉，房东待我热心肠。
一床被褥两人盖，四个弟兄仨棍光。
形小难擒虼蚤勇，肚圆易逮臭虫慌。
穷乡僻壤愁出路，何日方能变小康。

【注】

房东四个儿子有三个光棍，村里未通电、未通路。

一九八一年

西　湖

三月东风染江南，落花如雨柳似烟。
清光十里开玉镜，桥上倚栏看春山。

【注】
作者利用多年积攒探亲假自费骑车游历沪浙苏皖鲁五省市。

谒岳王庙

狂飙一曲满江红，遗恨千载饮黄龙。
赵宋兴亡如烟逝，精忠报国古今同。

歙县鲍村牌坊祠堂

牌楼倒影烁清池，奇景今来见恨迟。
忠孝节廉书大字，浩然正气几人识。

深渡街景

白墙黑瓦酒家楼，古渡鸭鹅漾碧游。
随水比屋皆入画，船笛声里到徽州。

安排“两劳”期满青年就业

书信往来温暖送，方知就业最心寒。
当年未感入牢易，今日始觉出狱难。
单位用人愁生事，父兄供养怕讨嫌。
千方百计名单荐，骨肉视同谅罪愆。

登黄山

海上飘来玉芙蓉，凉云万叶半浮空。
峰头犹见隔年雪，涧底桃花已放红。

一九八二年

谒黄花岗七十二烈士墓

男儿喋血几人还，情满乾坤浩气传。
寥落黄花游客少，我今感慨一凭栏。

喜闻女排夺冠

决战五局气势宏，巾帼奏凯胜英雄。
勤学苦练无捷径，百业待兴道理同。

祭某猝死进修同学

眼看艰辛成过去，谁知命舛血忽凉。
肝肠寸断糟糠泣，天不假年遗恨长。

【注】
不幸猝死同学全靠其农村妻子养鸭卖蛋供其读研究生。

夜读（二首）

（一）

蚊虫扑面绕身追，辛苦未觉汗雨挥。
午夜犹将词组背，孤灯慰有月相偎。

（二）

恶补填鸭心不甘，人如皓月近中天。
光阴似箭寸金惜，一季盼能顶一年[1]。

【注】

① 在中美科技管理培训中心进修半年要完成美国研究生两年课程。

唐多令·登千山

燕子去声啾，黄花艳早秋，看霜枫、又染幽州。北地霞飞红胜火，情万缕，向西流。　往事欲何求，心伤忆旧游，怅华年、怎忘离愁。梦里相思和泪咽，寒露降，月如钩。

赠中学同窗王士行

事过十八载，思之痛在胸。
率直方年少，岂是害人虫。
恶语相加日，上纲火药浓。
半生受影响，肄业遂务农。
血统留印记，株连伴始终。
我虽非作俑，身亦堕帮凶。
未料阴晴变，风狂雨势汹。
椿萱沦阶下，水火不相容。
无奈成混蛋，谁怜汗马功。
忍栖黑五类，因果自食同。
荣辱亲磨砺，适才懂苦衷。
而今从头迈，愿共解心忡。

【注】

王士行同学高中时被揭发有所谓“反动”言行，学校以政治课不合格为由作肄业处理，使其丧失参加高考权利后被动员下乡务农。作者虽然没有参与批判他，但也认为他的立场和观点有错误。

重读《红楼梦》偶感[①]

人生同树叶同发，堕而随风落几家。
飘入茵席享富贵，坠于粪溷受欺压。
一朝革命奴仆变，千载翻身主子哗。
血统久传悲障目[②]，每说因果惑难答。

【注】

① 《南史·范缜传》云：“子良精信释教，而缜盛称无佛。子良问曰：‘君自信因果，何得富贵贫贱？’缜答曰：‘人生同树花同发，随风而堕，自有拂帘幌坠入茵席而上，自有关篱墙落于粪溷中。坠茵席者，殿下是也；落粪溷者，下官是也。贵贱虽复殊途，因果竟在何处？’”

② 指“龙生龙，凤生凤，老鼠生儿打地洞”的封建血统论。

一九八三年

赠甘丽娟老师

海外双亲，故土情系。
沥血呕心，春催桃李。
后生楷模，前辈勉励。
伟大品格，国人永记。

【注】

甘丽娟老师父母要求其出国继承家产，她始终坚守教师岗位。

引进外国生产线

谈判艰辛苦亦甜，合同兑现却心耽。
服从纪律愁习惯，遵守规章惜未谙。
技术亟需早消化，定额尚要细钻研。
废寝忘食勤发奋，精益求精不畏难。

过前门大碗茶馆

竞放百花繁锦绣，从来独木不成华。
旧年愁饮小球藻，新岁喜喝大碗茶。
试问其门谁作主，傲答此馆我当家。
惊雷动地开民智，一舸先行万舸发。

【注】

在上世纪六十年代初的三年困难时期，全国推广养小球藻以补粮食不足。

安置被改正“右派”返城

孤苦伶仃病肺肝，一贫如洗半痴癫。
青春难再形容萎，老迈早临心智殚。
纵补钱财一万几，难回岁月数十年。
登门亲友频致贺，少语愣怔懒谈攀。

贺十一届三中全会召开五周年（二首）

（一）

重心喜变人心暖，难忘当年刺骨疼。
猫辨黑白别敌我，派分左右判死生。
上纲划线国家乱，批判反击经济崩。
且喜团结向前看，东风浩荡红日蒸。

（二）

兄弟阋墙窝里反，捕风捉影不稀奇。
阶级斗争天天讲，路线分歧日日提。
未必惊弓都是鸟，果然收网尽成鱼。
严冬过去春花艳，感慨万千忆转移。

一九八四年

少年游·旧地重游

厮磨几度望湖亭，相倚数寒星。月下花前，流连忘返，携手话阴晴。　　曲终人去残阶冷，云水散无情。海誓山盟，已成追忆，离恨总难平。

凤栖梧·无题

芳讯遽聆思聚散，似水流年，玉貌心常念。夜雨敲窗孤影伴，酒阑花谢春愁黯。　　旧梦难温肠已断，骨立形销，浑怕伊人怨。音容未现心先乱，相见争如不相见[①]。

【注】

① 宋司马光《西江月》有句："相见争如不见，有情还似无情。"

一九八五年

谒曲阜孔庙

起自贫寒通六艺，遗书半部治中华[1]。
先贤七二无宵小，高弟三千有义侠。
降贵纡尊见南子[2]，途穷日暮回老家。
封王圣化非其过，还是应该敬重他。

【注】

① 世有“半部《论语》治天下”之说。

② 卫灵公夫人，时掌卫国政柄有冶名（作风冶荡）。《论语·雍也》：“子见南子，子路不说。夫子矢之曰：‘予所否者，天厌之！天厌之！’”

战台风

放眼望南溟，鲲鹏搏大鲸。
云黑遮日色，雾重锁天星。
涌怒横空立，涛狂动地倾。
羞为儿女态，敢赴浪山行。

霜花腴·登燕窝岭

涛拍岸裂，对浩荡洋流，触绪兴怀。雪浪凌空，银澜匝地，狂飙直面扑来。烦忧懒诉，寂寞时、独上高台。晚阳斜、紫淡红浓，天章云锦竟谁裁。　　漫道冰言白眼，任宵小飞章[①]，命里多乖。月上东天，疏星几点，登临豁朗云开。瞩目沧溟，望万顷、烟起霞衰。似人间、汐卷潮吞，有晴日阴霾。

【注】

① 有人多次诬告作者后中央查明真相。

一九八六年

踏莎行·过长岛海峡

闪电忽临，雷霆乍起，春风未解东君意。鲲鹏入海化鲸鲵，千舟欲覆飞霹雳。　怒浪排山，狂飚裂壁，几回身处惊魂地。汪洋一片荡楼船，帆樯笑驭迎涛立。

蝶恋花·再登长山列岛

海上峰岚浮近远，嫩柳如烟，喜见桃花艳。最是千舟帆影现，晚阳夕照鸣春燕。　似火亲情争入眼，故地重游，笑看韶华变。难忘潮生明月满，傍人依旧长堤畔。

【注】
长山列岛系大连市长海县，作者在岛上参加过农田水利建设。

登蓬莱阁

闲来海上觅仙踪，万顷波涛踏浪行。
一叶孤帆划碧水，遥看天龙戏长鲸。

悼病友

何物恶名号肿瘤，春秋鼎盛竟西游。
良医队里君为首，病友群中汝是头。
步履蹒跚强坐诊，骨筋疼痛忍哀求。
弥留犹念他人事，天不假年志未酬。

【注】

病友系医院副院长，心脑血管专家，罹患恶性脑瘤手术后始终坚持坐诊看病，直至复发不起。

一九八七年

魏思文逝世廿年祭[①]

鏖战半生大气磅，拼将热血献国防。
路歧难料风云变，命舛焉知事业殇。
虎陷泥潭猪狗横，鹰伤羽翼雀鸦狂。
夜深亦愧私心丑[②]，忏悔灵魂细考量。

【注】

① 魏思文系作者母校院长，老红军，一九六七年被造反派殴打致死。

② “文化大革命”初期，作者为摆脱“保守派”被动处境拍摄魏思文原籍宅院照片展出，揭示其出身地主家庭，扪心自问，有悖良知。

重访大连机车厂铸钢车间

一别旧地二十年，老友欣逢把臂言。
机械除尘环境变，人身保护病魔迁。
小王师傅精神爽，大李徒孙风度翩。
开胃笑夸伙食好，粉条猪肉豆腐干。

斥马屁精

官场恨多马屁精，壮心棱角易磨平。
嗅风观向门常换，谒贵攀高骨最轻。
媚语甘言鲜有品，胁肩谄笑贯无行。
趋炎附势讨嫌事，我辈偏学铸铁钉。

建设北方香港

意气风发正奋鞭，兴隆百业焕新颜。
身随虎啸跃三北，心伴龙吟腾九渊。
旭日辉煌云岭碧，朝霞璀璨海天丹。
明珠敢效谁得似，一派风流属大连。

【注】

作者在中央党校学习时撰写了将大连建成“北方香港”的建议和方案。

贺十一届三中全会召开八周年

三中全会好，四海又逢春。
冤狱喜平反，后遗矛盾深。
每人油三两[①]，一月蛋半斤[②]。
购物皆凭票，时兴走后门。
知青回城日，无业变游民。
一室居三代，满街怨气吞。
万难何所惧，化解靠搏拼。
思想争解放，务实力求真。
狠抓菜篮子，生产如井喷。
私有推公有，改革促创新。
八年成绩显，煮酒炖鸡豚。
百姓得温饱，民心连党心。
长征方起步，万里蕴艰辛。
社会仍贫困，灵魂潜劣根。
庆功需冷静，头脑莫冲昏。
鉴古思危患，祸福岂寡闻。
东风催战鼓，愿做性情人。
敢立潮头弄，报国知遇恩。

【注】

①② 改革开放初，市民每月只凭票供应三两豆油和半斤猪肉。

菩萨蛮·替某公画像

英雄不怕风云变，摇身且把门庭换。无耻能吹鼓，袖长颇善舞。　莫说筋骨瘦，全仗脸皮厚。一夜跳龙门，竟然人上人。

无　题

假仁假义笑藏刀，权欲熏心正气消。
浑水一塘营诡计，谎言满纸使阴招。
造谣生事德行损，结伙拉帮手段刁。
丧尽天良何所恃，害人害己一身臊。

一九八八年

布衣卿相满京华

说长道短任由他，俱是蝗虫政治家。
侃遍国人侃老外，布衣卿相满京华。

【注】

京城二十世纪八十年代的出租车多为黄色面包，百姓戏称之为“蝗虫”，出租车司机以好议论天下大事闻名。

嘲某气功大师讲座（三首）

（一）

一朝功法满天飞，充数滥竽任意吹。
堪笑众人犹梦里，大师囊括万金归。

（二）

台上带功台下哼，气传千里定三更[①]。
病情依旧钱包瘪，可恨心诚事未成。

（三）

烈火猖狂肆北疆，举国惊震大师忙[②]。
呼风唤雨言无耻，调侃至今怪费翔[③]。

【注】

① 某气功大师在中央党校礼堂许诺其可在外地向北京传功。
② 某气功大师竟然声称是他发功祈雨方浇灭了兴安岭大火。
③ 社会戏传兴安岭大火系费翔所唱“冬天里的一把火”引起。

无 题[①]

一日三惊怨气添，黎民抢购望风癫。
缓急研误思维乱，利弊判失头脑瘅。
贯彻精神开会易，改革体制闯关难。
未增生产先涨价，纸上谈兵旧曾谙。

【注】

① 一九八八年秋出台物价改革“闯关”方案，引发全国性抢购风潮。一些权力机关干部和少数领导干部亲属下海经商后利用特定关系和部分产品价格“双轨制”迅速致富引发群众强烈不满。

一九八九年

悼胡耀邦

立地顶天伟丈夫，激流勇进未服输。
一身正气常招损，两袖清风偶辩诬。
沧海曾经情易盛，壮心不已志难抒。
光明磊落求真谛，热血拼得万象苏。

无题（二首）

（一）

鹤唳风声几度惊，军车动地入燕京。
兵临大道局初定，泪洒长街血未凝。
民意谎传欺堂庙，社情虚报饰太平。
满城灯火痴如梦，暗透新愁似旧明。

（二）

遽雷昨夜震国门，花树翌晨绽血痕。
假戏谁知真带甲，箴言岂料假成真。
铁骑平乱应无奈，衙内敛金确有人。
骨肉相残亲者痛，伤心怕见月黄昏。

临江仙·送春

萧索花飞春又去，夕阳一抹无多。残红零落影婆娑。无心吟柳色，不忍谱新歌。　薄酒难浇锥骨痛，奈何岁月蹉跎。昏鸦乱树噪城郭。夜临人寂寞，愁看暮云合。

威海卫怀古（二首）

（一）

筵开万寿谱新弹[①]，将士前方骨未寒。
一曲琵琶一捧泪，百年遗恨断涯天。

（二）

日没霞收水色铅，刘公岛外起苍烟[②]。
残碑故垒苍苔覆，血战当年壮海山。

【注】

① 甲午海战前慈禧太后为祝寿花巨款修复被八国联军焚毁的颐和园。

② 清代北洋海军提督署设刘公岛。一八九五年日军攻略威海卫，提督丁汝昌指挥击沉七艘敌舰后以身殉国，北洋海军全军覆没。

访问曼谷感怀

五味杂陈次第尝，浮屠绚丽遍城乡。
沉沦孽海人出世，无悔红尘佛跳墙。
两党竞争奚弱智，三军政变逞强梁。
横流物欲何时了，风气笑贫不笑娼。

读《明史》思崇祯旧事（二首）

（一）

嘉靖以来百事哀，官贪吏暴祸苗栽。
哀鸿遍地金瓯乱，烽火连天帝祚衰。
苛己苛人难救世[①]，伴君伴虎枉怜才[②]。
家亡国破覆舟日，冷月残阳照古槐。

（二）

金戈铁马入京华，破碎江山望肃杀。
李闯建元骄放纵，朱明失道苦挣扎。
尸横四野嘘白骨，血浴中原吊赤霞。
成败岂关阿九[③]事，可怜生在帝王家。

【注】

① 明朝末代崇祯皇帝的个性以及为人处世的特点。

② 冀辽督师袁崇焕等被冤杀事。

③ 长公主小名，城破之日被崇祯砍断手臂，后不知所终。

一九九〇年

谒中山陵

高陵颔首拜君前，天下为公气宇轩。
履险敢冲名大炮，临危何惧字逸仙。
无心称帝心似水，有志共和志若山。
惜让非人生战乱，恨遗千古碧云间。

浣溪沙·无题

几度春风几度游，杜鹃声里过沧洲，杏花零落水东流。　一样斜阳一样柳，百般心事百般愁，欲言难诉语还休。

吊南唐二陵[①]

燕语夕阳绕春山，魂断江南实可怜[②]。
东风难解无限恨，年年花谢满栏干。

【注】

① 五代南唐国烈主李昪（音变）、中主李璟陵墓。

② 后主李煜于亡国后被俘，客死宋朝帝都汴京。

谒雨花台

雨花飘处每伤神，怅见石中碧血痕。
硬骨天生难化土，晶莹剔透蕴忠魂。

游钟山

老杏新枝燕子鸣，春山入梦起乡情。
忽然夜半东风过，满树飞红落孝陵。

忆年前旧事（二首）

（一）

长街去岁沸声喧，奇变顿生肘腋间。
物价飙升放开易，公司泛滥治理难。
庙堂有隙吹风变，学子无辜静坐缠。
回首瀛台决未断，而今懊悔话当年。

（二）

力挽狂澜倚干城，纷纭乱事厌无宁。
精英意气蒙心智，魑魅谣诼惑视听。
每悸烽烟迷紫禁，常悲弹雨射白丁。
前辙之覆后车鉴，物必腐生患始成。

赋金庸小说人物（十二首）

郭 靖

宅心敦厚业惊天，保境安民渡难关。
今古大侠君为最，永留青史壮河山。

黄 蓉

皓齿秀眸艳一时，玲珑七窍几人知。
风姿妩媚女帮主，打狗杖出逃命迟。

令狐冲

任侠仗义肝脑涂，万丈豪情贯穹庐。
耻附炎凉学市侩，广陵一曲啸江湖。

任盈盈

鸾凤和鸣入翠微，琴箫并奏彩云飞。
自从识得儿郎面，常伴清风明月归。

袁承志

家仇国恨黯神伤，大义凛然忍断肠。
老子英雄儿好汉，金蛇剑舞扫八荒。

张无忌

悲绪萦怀荡海涛，亦邪亦正武功高。
一声沉叱桃花落，万瓣心香水上飘。

萧　峰

情天弥憾椎心碎，身世飘摇烈士悲。
敌我难分情最苦，瑶台梦杳竟无归。

段　誉

拈花惹草戏风尘，不爱江山爱美人。
父性子承终不改，风流倜傥一王孙。

石破天

孤苦伶仃未自卑，少年忍受罪千回。
运来想是机缘巧，石破天惊异彩飞。

小龙女

巨冢埋香隐丽颜，悲欢阅尽梦始圆。
有情人定成眷属，尝遍酸甜苦辣咸。

杨　过

古墓姻缘动古今，鹏飞万里觅知音。
可怜儿女柔肠断，一往情痴不变心。

韦小宝

秦楼楚馆育精灵，市井皇宫任尔行。
运走桃花真宝贝，纵横朝野小鲜烹。

临江仙·谒列宁墓

极目长空云色霁，不觉日月如梭，宫墙壮丽望嵯峨。香生芳草碧，肃立祭英卓。　　骇浪惊涛成过去，曾经多少风波？情仇爱恨付蹉跎。而今抒感慨，无悔笑言和。

莫斯科观感

城郭壮阔隐深忧，病入膏肓未见瘳。
傲慢时闻歧非亚，自卑常感羡美欧。
人心混乱易生变，货架萧条难掩羞。
每日街头多抢购，全民列队买黄油。

列宁格勒宾馆见闻

满目沧桑岁月催，柜台陈旧大堂灰。
鬓杂苍色门童瘦，面带油光厨子肥。
土豆汤鲜无美酒[1]，洋葱味辣伴金鲑。
殷勤最是玛达姆[2]，糖果一盒换热炊。

【注】

① 当时苏联全国禁酒，餐厅禁止供应含有酒精的饮料。

② 俄文妇女之意，女服务员常借清扫房间为名索要小礼品。

参观阿芙乐尔号巡洋舰

一声炮响震全球，改地换天壮志酬。
功建当年曾作俑，业传后世已堪忧。
思维僵化空说教，制度创新只口头。
龙种枉播收跳蚤，伟人泉下也应愁。

中兴乐·颐和园

回肠九转雁声长，宫墙一抹夕阳。漫天霜色，无限秋光，残红浮满横塘。晚风凉。临空眺远，登高啸月，烟水苍茫。　韶华易逝梦黄粱，人生难免疏狂。百般心事，千古兴亡，忧来凭吊堪伤。鬓毛苍。幽燕初雪，琼楼玉宇，素裹银妆。

一九九一年

参观宝钢忆父亲经历有感

改名换姓感情深，笃定今生献冶金。
风雨几经身不顾，蹉跎久历运逢春。
开怀方忆阴霾扫，瞩目顿觉面貌新。
铁水钢花明月夜，多年梦想喜成真。

【注】

在抗日战争最残酷的一九四二年，父亲一行七十六人被晋察冀中央分局派往冀东开辟抗日根据地。为掩护身份和保护家人，他行前按分局领导要求改名。抗战胜利后父亲一行幸存十四人，解放战争中又牺牲七人，没有一个是逃兵。一九六一年后他第二次被错误处理后降为某钢厂副厂长，“文化大革命”中又被“罢官”，自错划改正迄今，一直在冶金战线工作。

赋四菜一汤①

一盘四菜多②，四品一汤少③。
美酒天天醺，佳肴日日炒。
焉惴百姓责，只惮公侯恼。
对策奈娴熟，油条官场老。

【注】

① 中央纪委做了公务接待用餐“四菜一汤”的具体规定。

② 每桌摆四个大盘子，每个盘子中盛四种菜，算“四菜”。

③ 每人单独一个火锅，锅中有多种山珍海味，算“一汤”。

夜过太平洋（二首）

（一）

夜挟风雨跨南洋，剑气纵横扫大荒。
银汉无涯云万里，连绵澳陆透霞光。

（二）

冰天雪涌峰千簇，雾海云堆浪万叠。
寂望寒空鱼肚色，晨星寥落月西斜。

夜游扬州瘦西湖（三首）

（一）

莲花堤上五亭桥，湖瘦荷青束细腰。
疑是九天神女幻，仙宫不恋恋春宵。

（二）

水影江声远近摇，琼花妩媚柳妖娆。
酩酊最是黄昏后，月上扬州廿四桥。

（三）

忆古思今醉意消，隋炀绮梦没蓬蒿。
千秋功罪凭谁论，漕运关西到灞桥[①]。

【注】

① 漕运：为从水路运粮供应洛阳和函谷关西都城长安，隋炀帝命开凿大运河。灞桥：位于长安城外渭水上。

赴新西兰劳工部长晚宴感赋

琼浆玉液祝千回，兴尽酒阑共忘归。
笑语碰杯抒感慨，欢声颔首赞芳菲。
析疑土著田园毁[①]，力辩移民汗水堆。
本是英伦良善后，绝非三岛恶人胚[②]。

【注】

① 席间谈及英国殖民者当年屠杀大洋洲土著罪行。

② 三岛：英伦三岛，英国本土。恶人：主人辩护说：我们新西兰白人是苏格兰牧民的后代，都是好人家子弟；澳大利亚白人是英国被流放罪犯的后代，胚子坏，现在还欺负我们。

蝶恋花·记悉尼拉琴乞讨华人青年

一缕乡音萦夜幕，百转声哀，总是情难述。蓦到心酸泪落处，戛然弦断风尘路。　前岁错将终身误[①]，只恨当时，未把根留住。明月今夕照故土，几人知道飘零苦。

【注】

① 前岁：一九八九年。

感刘某离团出走（二首）

（一）

少年轻率去国游，忍弃亲朋未知愁[①]。
怕是明年中秋夜，无眠从此忆神州。

（二）

委曲原是家中事，焉比野鸡满天飞[②]。
难改乡音不言悔，有情哪管骨成灰。

【注】

① 刘某趁代表团在悉尼转机离团出走并编造受迫害谎言。

② 俗语：“家鸡打得团团转，野鸡打得满天飞。”

减字木兰花·登岳阳楼

西风古渡，千里洞庭云影暮。斜倚晴窗，北去归帆下楚江。　　沧波雪浪，极目岳阳天水旷。醉立花洲，桂子飘香月满楼。

谒霍去病墓

塬上蒿莱没汉城，犹闻昔日鼓笳声。
少年英气今何处？夜雨秋风伴茂陵。

【注】

霍去病：汉冠军侯，位同大将军，曾六击匈奴，惜二十三岁英年早逝。

闻东欧剧变忆去岁访苏（二首）

（一）

落英零乱褪芳华，疏雨夜阑不见霞。
梦里还寻无处觅，可怜春色入邻家。

（二）

恰是秋深恨意浓，杜鹃啼苦泣残红。
香尘暗堕芳飘絮，媚尽西风一场空。

一九九二年

处置某煤矿爆炸事故有感

痛知生命不值钱，寡母孤儿最可怜。
魂渺奈何灵肉碎，命危侥幸手足残。
忍听遗属号欲死，惑见公仆宴犹欢。
席散酒阑闻涕泗，夜深人寂我心煎。

吊　鳖

江湖水暖甲鱼多，蚌蟹鳅虾奈若何。
咧嘴龇牙侮善类，兴风作浪傍邪魔。
欺良舞爪凶无忌，怕恶缩头狡有壳。
蠢物逢时行大运，聊与贵客下汤锅。

登嘉峪关

嘉峪关前烽火楼，东接渤海老龙头。
高原浩瀚金风冽，雪岭巍峨铁木秋。
万里城残绝远塞，千年松茂藐寒流。
苍凉往事播今古，满目黄沙寂寞愁。

赞何光[1]

面目清癯笑语温，衣着简朴性情敦。
言直曾犯上司怒，宴罢常招下属嗔。
最忌公仆沦腐恶，尤忧孺子变黥髡[2]。
地方错待因何故，只认衣裳不认人[3]。

【注】

① 何光：离休老干部，原劳动部副部长。

② 音清昆，古代面部刺墨、剃去头发的刑罚，此指奴隶。

③ 何光因着装简朴，到某地调研时曾被误作领导随员。

金缕曲·无题

此恨凭谁遣？又中秋、相思入梦，更觉清减。犹记当时儿女态，欲语还休委婉。心暗向、廊前祝愿，盼两情、生生世世，不分离、连理永相伴。对明月，倚栏看。　神游故地柔肠断，望嘘唏、青山未改，红颜已换。兀忆温馨寻旧句，老树刻痕隐现，奈何是、鸳盟难践。俗所不容空恋眷，笑人生、谁解爱深浅？醒无计，愈心乱。

出　塞

大漠重关暮色垂，长河北去雁南回。
百代英雄皆不见，草青依旧天马肥。

青玉案·马尼拉街景

山清水秀香生处，莲影旖，芳菲馥。曲槛回廊宛转入，半塘花树，几重帘幕，寂寞谁曾住？　　相邻咫尺愁无助，浊气熏天风雨顾。百万黎民悲忍诉，活人棚户，死人别墅，地狱天堂误！

【注】

马尼拉富人别墅式豪华墓地和居住百万贫民的“垃圾山”对比强烈。

天山怀古

雪满天山草未黄，牧歌犹唱左宗棠。
怒旌十卷复西域①，恨眼千回弃北疆②。
哈密师出贼胆裂，伊犁地丧壮心凉。
将军功伟标正史，唾骂当年李鸿章③。

【注】

① 陕甘总督左宗棠上奏朝廷并经慈禧和光绪批准出兵，消灭了英国支持侵占南疆的浩罕国首领阿古柏匪帮。

② 一八七一年沙俄出兵侵占北疆伊犁九城地区，左宗棠收复南疆后抬棺进驻哈密，请战收复九城地区未果。一八八一年二月十二日曾纪泽与俄签订伊犁条约，争回崇厚擅自签约划失伊犁南境的两万平方千米土地，赔俄兵费增至九百万卢布，但俄仍割占霍尔果斯河以西一万平方千米土地。

③ 因多种原因，李鸿章当时主张放弃新疆。

浣溪沙·海湾战争后访问科威特

蔽日烽烟卷地来，千楼弹洞雁声哀，不识风雨旧池台。　　寡母孤儿神寂寞，悲魂怨鬼影徘徊，黄沙一片骨新埋。

谒彭德怀故居

众人皆醉君独醒，殉义忘身铁骨铮。
耻作瓦全贪禄位，宁为玉碎舍浮名。
丰碑罕见千秋矗，佳话永存万岁铭。
傲雪迎霜零落尽，梅花不信恨东风。

一九九三年

读《系统辩证论》[1]

谁为真理觅新路，秦城囚徒鹿城[2]牧。
豪文敢作语惊人，云中纵笔有奇著。

【注】

① 《系统辩证论》作者乌杰曾任包头市长、山西省副省长、国家经济体制改革委员会副主任，“文化大革命”中蒙冤入秦城监狱四年。

② 包头市又称鹿城，古属云中郡。

揭海南某地批地内幕

感君昨夜说究里，腐败竟然出政绩。
鼠窃岂谋蜗角私，狼贪专斩龙头利。
人冠猴戴假开发，狗肉羊标真卖地。
沃土良田任宰割，不如慈禧一支笔[1]。

【注】

① 针对倒卖土地乱象，当地干部群众气愤地说，满清政府割地赔款还得经慈禧太后一支笔批，现在市县乡村各级都可以卖地。

南方调查赠某公

喜沐东风睹物亲，新城崛起旧渔村。
高天北望千山暖，大地南巡万木春。
乐见升平设计好，忧闻腐败蔓延深。
发财多是宦门子，隐患已成谁痛心①。

【注】

① 据《深圳日报》披露，深圳自特区开办到一九九二年因经营性土地不招标致国有资产流失一百八十亿元。有知情机关干部揭露说：大中小衙内勾结起来炒卖土地，一夜之间就成暴富。回京后作者如实向中央领导汇报了海南省和深圳市炒卖土地情况，建议经营性土地一律实行公开招标，同时收集了类似问题如炒进出口批文、炒贷款额度等腐败行为，撰写了《社会分配不公与公有资产流失》一文投稿《工人日报》予以批评。

赞深圳速度

凌空塔吊望绵连，创业敢为天下先。
振奋精神思维变，放宽政策面貌迁。
高楼转瞬争崛起，广厦倏然竞斗妍。
喜看特区风景美，几年胜过几十年。

斥倒卖进出口批件[①]

酩酊酒后放言狂，道是发财靠秘方。
证卖指标刮进口，件批许可宰出洋。
贪无止境狐成虎，心有灵犀鬼作伥。
纵使勤劳能致富，怎如空手套白狼。

【注】

① 进出口批件：外经贸部颁发的货物进出口指标和许可证。

抢救某煤矿井下遇险职工

暴雨袭来横祸至，水淹巷道救难出。
身沦窑下儿郎死，心碎井旁母女哭。
县长依然夸政绩，镇官兀自装糊涂。
我今疑尔天良丧，午夜扪心问有无。

登昆明西山龙门

不觉秋至已重阳，大雁南翔暮色苍。
日隐龙门夕照暖，云堆草海晚风凉。
哀牢霞落思边塞，乌蒙霜飞念故乡。
惟记慈亲勤嘱咐，报国岂计短和长。

虞美人·毛泽东百年诞辰

风流百世君为最，身后名难晦。神州沦落大旗红，烈士长缨奋起缚苍龙。　　纵横天下谁敌手，谈笑风雷吼。古今华夏第一人，铁骨峥嵘傲立万国林。

一九九四年

登鸡足山

奇峰卓立唱金鸡，一岭擎天百岭低。
最忆登临风满袖，半空霞赤晓星稀。

【注】

鸡足山在云南大理州宾川县，形似鸡足，中国十大佛教名山之一。

悼引洱入宾工程[①]烈士

男儿流血不流泪，青春无悔岂无情。
八年寒暑功成日，英魂化作杜鹃红。

【注】

① 由大理洱海引水至宾川县的宾川坝子的水利工程。

参加引洱入宾工程竣工暨通水庆典

鸡足苍洱碧滴通，笑看人间飞彩虹。
期盼百年圆旧梦，爆竹声里泪纵横。

【注】

作者将引洱入宾工程竣工通水庆典原计划由省州县三级领导

干部十几把剪刀剪彩改由工程甲方、工程乙方、设计部门代表和施工牺牲烈士家属代表持四把剪刀剪彩，各级领导一律不参加剪彩。

大理风光

四朵青莲水一泓[①]，塔影三重入碧空[②]。
仙娥有情钟苍洱，金梭织出玉芙蓉[③]。

【注】

① 苍山、鸡足山、巍宝山、石宝山与洱海。

② 大理崇圣寺三塔。

③ 金梭：洱海西南小岛名。

登苍山

碧海万年几枯荣，玉带千寻舞天龙[①]。
南诏故国今安在，苍山无语唱大风。

【注】

① 大理点苍山的山腰常有白云如带，称玉带云。

三月街民族节观礼

百族歌舞庆升平，勇士如虎马如龙。
更有名花白胜雪，染遍点苍十九峰。

洱海之晨

雪岭云横曙色明，惊涛日沐雨初晴。
笙歌缭绕轻烟起，疑是蓬莱梦里行。

北　望

千峰弄雪杜鹃瘦，高山高堂两白头。
南来燕子衔云去，万里边关寄乡愁。

傣女词

景洪傣家女，城妇叹弗如。
明艳若桃李，窈窕媚态殊。
黎明即梳洗，殷勤侍翁姑。
妆罢悄问婿，新衣入时无[①]。

【注】

① 唐朱庆余《进试上张水部》有句：“妆罢低声问夫婿，画眉深浅入时无。”

火把节

笙歌动地喧，火把照山川。
儿女多情意，烧红不夜天。

罗平风光

碧水清泉飞碎玉，千山竞秀景迷离。
九龙咆哮流金彩，一目十瀑天下奇①。

【注】

① 九龙瀑布在文山州罗平县九龙河中段，一眼可见十个梯级瀑布。

佤山行

佤山抗英伟绩传，人民纯朴动我颜。
溪旁小憩同午饭，乡亲共话两心连。

访西盟县岳宋乡

赤贫惊看痛何堪，温饱未决寐怎安①。
羞入酒楼歌舞场，文盲满寨我心煎。

【注】

① 几个佤族村寨人均年收入一百余元，文盲高达百分之八十以上。

谒片马抗英纪念碑

男儿胆赤敢杀贼，埋骨南疆去不回。
忠烈有灵托怒水，江中万马吼奔雷。

三江并流

三山并肩立，三江比翼流。
冰峰横霄汉，雄浑壮全球。

梅里雪山行

太子高万仞，澜沧落千寻。
雄浑绵亘古，俯仰欲断魂。
远客哈达迎，奶茶寄深情。
藏胞如兄弟，伴我雪山行。
溪水弹秋韵，牧笛动边声。
危崖晨雾涌，幽谷晓岚萦。
壮丽奇峰矗，崎岖鸟道横。
英雄执宝剑①，神女佩珞璎②。
脉脉含情峙，巍巍并立擎。
遥遥佛龛影，磊磊玛尼经。
路转霓光耀，虹流冰塔凝。
琼林拔地起，变幻本无形。
斯洽明永洽③，双龙碧野腾。
狂飙凌绝顶，玉带绕青冥。
极目天低处，霞阑月半升。
炊烟燃袅袅，弦子跳嘭嘭。
美景沁身心，不觉暮色深。
相约明春见，再扣雪山门。

【注】

① 英雄：梅里雪山主峰卡瓦格博，高七千余米，佛教英雄化身。

② 神女：大海神女峰，卡瓦格博的恋人化身。

③ 藏语，梅里雪山两大冰川名。

石月亮

皎皎碧罗雪，萧萧贡山秋。
明月伴石月，万古照江流。

澜沧行

壮士驱白马，飞身过燕门。
何当凌绝顶，长啸扫浮云。

一九九五年

谒麻栗坡烈士陵园

三千壮士成雄鬼，十万旌旗奏凯回。
白发清明断肠处，绿满春山啼子规。

春江夜

春夜已三更，白云岭上生。
远村闻布谷，竹影弄江风。

老山远眺

南回老鸟伴雏飞，牧马少年唱晚归。
昔日硝烟弥漫地，残枝又绿吐新梅。

【注】
老山位于云南文山州麻栗坡县中越边境，主峰属中国。

翠湖（二首）

（一）

霞自水云生，船从天上行。
萍青莲并蒂，人在镜中明。

（二）

鱼翔穹顶月，蝠戏柳边萤。
夜寂人声远，荷香蛙鼓聆。

翡　翠

清风过玉堂，黄花暗生香。
皎如中秋月，碧色满春江。

念奴娇·泸沽湖

高原碧海，绕青峰，四面云白天远。春去杜鹃颜未老，犹带几分清艳。雾散烟消，波澄岭翠，绿岛渔舟现。斜阳西下，水光山影常伴。　　一轮凉月东升，残霞敛尽，篝火燃湖畔。酒不醉人人自醉，年少欢歌相恋。木鼓情深，三弦义重，儿女遂心愿。桃源惊梦，古风[①]今夜重见。

【注】

① 湖畔摩梭人保留母系社会“男不娶、女不嫁”走婚习俗。

方志敏就义六十周年祭

殉道当年主义真，光阴转眼六十春。
神州早见红旗展，赤县常闻气象新。
盛世方兴思患难，丧邦未远忘清贫[①]。
太平歌里君知否，一鲍如今值万金[②]。

【注】

① 丧邦：苏联于一九九一年瓦解事件。

② 豪华餐馆中进口日本名贵鲍鱼每只售价一万元人民币。

贺新郎·赋大理

日暮西河口[1]，正黄昏、归林倦鸟，立秋时候。水上渔舟齐唱晚，宛转情歌佐酒，共月满、人间少有。忽见爆竹燃古渡，望中天、漫落烟花秀。如星雨，撒江柳。　　下关[2]一醉听风吼，忆当时、貔貅[3]铁甲，气冲牛斗。岂料三军行险地，浊浪排空怎守，只落得、骨枯身朽。今夜南疆风景丽，好关山、愈感容颜秀。环宇内，俱亲友。

【注】

① 西河：西洱河，由洱海流入澜沧江。

② 大理市主城区，一年四季多大风。

③ 猛兽，此喻军队。唐朝中叶，唐玄宗受奸相杨国忠挑拨，派李密率十万大军征伐南诏，兵败西洱河。

鹧鸪天·巴黎感怀

久慕花都美奂[1]名，城乡锦绣盼中行。初觉艳丽容颜媚，后感沧桑旧梦惊。　　宫阙绚，恨难平，廊前俱是故园情。昔时紫禁皇家物，尽入他乡聚宝庭。

【注】

①《礼记·檀弓下》云：“张老曰：‘美哉轮焉，美哉奂焉。’”

衙　内

买空卖空手段高，无本万利领风骚。
台上作戏台下骂，羞与为伍愤难消。

咏剑川

霞染金川千行柳，钟鸣丹峰百尺楼。
石怀瑰宝湖藏剑，名山胜水两风流。

【注】
石宝山与剑湖系大理州剑川县两大名胜。

登大观楼

秋高春草白，水碧夕阳红。
千古兴亡事，尽在一楼中。

一九九六年

赠友人

去年今日别龙池，正值岁暮花开时。
不知昨夜西风起，一园寒梅红几枝？

登者阴山

男儿何须裹尸回，血染边关壮国威。
又是一年芳草绿，遥听凯歌伴春雷。

【注】

者阴山在云南文山州，边防前哨，对越反击战中与老山齐名。

挽和贵华

地陷山崩万物摧，死生何惧视如归。
人间恸谱英雄曲，百镇千村热泪挥。

【注】

和贵华，云南省丽江市纳西族村干部，在丽江大地震中抢救他人时牺牲。

临江仙·吊陈圆圆

疏雨夜来花落尽，窗前惜送春归。风流人物已成灰。香销苔绿，未见彩蝶飞。　　绝代红颜千古曲，新愁旧恨[①]谁知？因何缘尽悔情痴？冲冠一怒[②]，国破断肠时！

【注】

① 陈圆圆与吴三桂感情破裂，或有吴三桂追捕并处死永历帝因素。

② 清吴梅村《圆圆曲》有句：“冲冠一怒为红颜”。

闻某煤矿事故处理结果有感

尸横遍地血流丹，事过反思感万千。
巷道坍塌井独眼，瓦斯爆炸祸双连。
追究责任人皆有，撰写原因面俱全。
遗属感恩呈谢意，一条性命五千元[②]！

【注】

① 云南富源县某私营煤矿爆炸死亡三十多人，作者连夜赶赴现场。

② 每名死难者补偿五千元，远低于国营煤矿。地县领导汇报说，死者来自国家级贫困县，遗属从未见到过这么多钱，非常感谢政府。

辍 学

一师一校土基房，窗破柱斜野鸟藏。
年幼辍学何所事，十儿九作放牛郎。

【注】

当时云南边境贫困山区适龄儿童辍学率多在百分之六七十以上。

访贫有感

茅顶泥墙地作床，面青肌瘦破衣裳。
春城一席红楼宴，深山十载贫家粮。

罗平小三峡

雄狮翻云象门开①，十万芙蓉出水来。
天女罗袖飘千尺，劝君更上黄金台②。

【注】

① 象门、雄狮均为峡谷名。

② 罗平坝子有数万亩油菜，早春满目流金。

抚仙湖

孤山顶上望湖楼，碧水空天眼底收。
漫道游人醺不语，静听好鸟唱枝头。

思乡曲·朝鲜纪行

仲秋奉命平壤行[①]，雾散云开降铁鹰。
电掣风驰翔万里，惊观绿色满朝京。
夜邀便宴观歌舞，昼赴空山祭忠骨。
肃立灵前默无言，寒风刺目心酸楚。
高陵崇墓葬群英，烈士雄魂化将星。
功业辉煌昭日月，青春血热染苍冥。
倏忽停战四十年，唇齿相依山水连。
美酒鲜花迎贵客，相谈把臂诉衷言。
席间老丈发宏愿，话忆当年撤江南[②]。
岁月荏苒难消恨，阋墙兄弟忍相残。
两军鏖战飞霹雳，铁骑如潮下釜山[③]。
方庆前锋传捷报，忽闻鬼子占仁川[④]。
王家宫殿成灰烬[⑤]，百姓茅屋化炮烟。
最是师还兵败日，征人白骨遍荒田。
豺狼北进逼鸭绿，美李觊觎黄海湾[⑥]。
赖有神兵出中土，军威四振扫汉南[⑦]。
联军五战留遗憾[⑧]，勇士至今话上甘[⑨]。
从此一家如隔世，妻离子散泪不干。
板门店后松万坪，日夜朝南啸江风。

寡母孤儿分两地，何时骨肉再重逢。
梦回午夜搔白发，咫尺天涯共月明。
万缕乡思梳不尽，新家难抵故园情。
朔风吹雨碎叶枯，渐褪红颜日已无。
长叹涕流声泣下，柔肠寸裂话嗫嚅。
音绝晚辈失孝敬，信断高堂已呜乎。
老母临终难瞑目，儿孙耗至皆痛哭。
言终酹酒祭长空，虎老威存醉眼红。
志励心雄豪气在，筋刚骨硬斗强龙。
风云剧变情无悔⑩，霜雪交加柏愈青。
惟见国民多菜色⑪，三八线上少人行。

【注】

① 作者担任中国共产党友好代表团团长，参加朝鲜《反对帝国主义大同盟》成立六十周年庆典。

② 汉江以南。

③ 朝鲜战争爆发后，朝鲜人民军迅速占领汉城，直逼釜山。

④ 一九五〇年九月十五日，以美国军队为主力的联合国军在仁川港登陆，将朝鲜人民军后方交通线截断。

⑤ 汉城的李朝旧宫。

⑥ 美军和南朝鲜李承晚政权军队。

⑦ 中朝联军组织四次战役战绩辉煌。汉南：汉江以南。

⑧ 第五次战役歼敌八点二万人，中朝联军伤亡八点五万人。

⑨ 上甘岭曾为志愿军司令部驻地。

⑩ 苏联解体后，俄罗斯停止对朝援助。

⑪ 朝鲜连年灾荒，粮食和生活用品极度匮乏，作者访问朝鲜半个月间竟然没有看到一个胖子，街头百姓多面黄肌瘦。

一九九七年

文山踏月

千盏花灯照半坡，山歌俚曲入星河。
吹笙儿女蹁跹舞，城北城南都是歌。

悼小平（二首）

（一）

三贬三出展雄才，豪杰何惧风雨来。
已行大道功勋著，壮志未酬百姓哀。

（二）

万众悲声送挽车，英魂化雨润山河[①]。
家国每见今日好，热泪无声感君泽。

【注】

① 遵照遗嘱，由家人将邓小平同志骨灰撒入江海之中。

叶剑英百年诞辰

誉满神州号剑公，丰碑不朽立苍穹。
曾经九死威名盛，更拯万民德望隆。
晦迹韬光伏猛士，老谋深算斗奸雄。
晚晴壮志坚如铁，犹颂黄昏落照红。

滇池春

雨洗螺峰翠，风飏絮雪飞。
白鸥翔绿水，棹影荡云归。

三峡春晓

西陵昨夜过东风，多少落花烟雨中①。
白云半遮春江面，羞见巫山十二峰。

【注】
① 唐杜牧《江南春》有句“多少楼台烟雨中”。

谒屈原祠

云白花胜雪，峰青雨如烟。
楚江东流水，千古吊屈原。

庆祝香港回归（二首）

（一）

长歌万里寄情怀，五洲炎黄笑颜开。
百年梦圆耻尽雪，春光无限向未来。

（二）

朝阳碧海起红霞，夜雨香江洗铅华。
狮舞龙腾回归日，神州开遍紫荆花。

颂孔繁森

高原雪域几度秋，尽忠报国未言愁。
一家安危置身外，万户忧欢系心头。

贺父亲80寿辰

枪林弹雨不惜身，花甲之年再逢春。
爱憎分明情似火，耄耋犹是老天真。

中秋偶感

车水马龙礼物来，中秋月饼竟成灾[①]。
高官小院门庭堵，大款青楼酒宴开。
绿鬓明投沾贵气，红包暗送打桥牌。
肚圆腰满人潇洒，节过又发不义财。

【注】

① 杨宪益《中秋月饼》有句："中秋月饼又成灾"。

闻褚时健被立案查处有感

往事回眸不胜惆，临危受命解民忧。
无私一度轻名利，忘我几曾重报酬。
岁月蹉跎荣载誉[①]，人生坎坷耻蒙羞[②]。
红尘看破谈何易，多少英雄难到头。

【注】

① 褚时健于"右派"错划改正后担任玉溪烟厂厂长，将玉溪烟厂由严重亏损建成世界第三、亚洲第一大烟厂，烟厂累计为国家创利税上千亿元。

② 褚时健亲属通过他批烟收受钱物达数千万元，他未经国家烟草局批准，擅自召开董事会将违规存在香港外汇账户中的美元私分，涉嫌贪污。

一九九八年

再谒麻栗坡烈士陵园

岭翠云彤墓草青，男儿勇作报国行。
留得热血千秋碧，忍负春闺梦里情。

泸沽湖风光

人间何处觅桃源，难忘泸沽狮子山。
绝壑云腾花映雪，险峰棹荡水浮天。
涛连晓月青烟袅，影动夕阳碧岛悬。
儿女天生多丽质，神仙到此也流连。

基诺族太阳鼓

混沌初开凤凰舞，祖先擂响太阳鼓。
洪荒火祭百灵生，彩云从此飞红土。

题某君红梅图

倩影孤芳俏带霜，空山野岭静闻香。
火云忽伴东风舞，红雨蓦然落半梁。

自　嘲

兴师动众逃无计，百姓围观如看戏。
前后左右摄像机，疑是新排电视剧。

【注】

这是作者一次去某地访贫问苦时的真实写照，经劝说后撤走。

春　节

酒绿灯红夜色昏，欢歌劲舞闹新春。
儿郎斗富夸车马，父老愁无养老金。

【注】

因拖欠养老金和医疗费报销困难，近万央属企业退休职工于春节前夕在昆明市工业区海口聚会抗议，准备到市内游行并阻断交通。作者立即率省社保部门、银行和总工会等负责人连夜赶赴现场听取代表意见，当场宣布暂由省里代发养老金、报销医疗费用、银行对企业有订单销路的产品实行定向专项贷款并专款专用等解决措施，使问题得到缓解。

寄天涯

又是春归燕子回，红颜易老人憔悴。
梦里依稀话凭栏，明月如水眼儿媚。

风流子·苍洱之恋[1]

春燕弄池塘，涟漪里，塔影[2]舞岚光。望一川烟水，半峰残雪，北翔鸿唳，南去风狂。登临地，岭高深几许？径入暮天凉。千载梦回，叹说今古，悲欢多少，满目沧桑。　　云雾缭绕处，迷青海，曾有玉女[3]心伤，何日倩魂，新妆重会石郎[4]？想寄恨泉[5]中，年年三月，粉蝶千万，身殒花乡。情泪和雨，汇成一片汪洋。

【注】

① 苍洱：苍山洱海。

② 塔：大理崇圣寺三塔。

③ 南诏公主。其恋人为苍山猎人，猎人去洱海东面罗荃寺为公主盗取宝衣时被罗荃法师打入海底化为石骡。公主化为苍山望夫云。

④ 公主恋人，即化为石骡的苍山猎人。

⑤ 泉：苍山脚下的蝴蝶泉。

过大理风仪

水绕青山燕绕梁，春花遍野柳丝长。
下关三月风光好，跳脚打歌舞凤凰。

珠江源

翠峰一水滴双江，万里珠流入南洋。
最是阳春二三月，青山满目杜鹃香。

苦聪山调查有感

近入山村问苦寒，家徒四壁叹无颜。
蓬门筚户连阡陌，月夜归来难入眠。

【注】

一九九七年底，红河哈尼族彝族自治州金平县拉祜族支系苦聪人集居的者米乡，年人均有粮三百六十四斤、人均纯收入一百六十九元，适龄儿童入学率百分之二十五点五，完学率百分之三点三。在云南大多数地区实行农业家庭联产承包责任制都“一包就灵”，但在者米乡等“直过区”（解放初期仍处于原始半原始社会形态的民族地区直接过渡到社会主义，建立合作社和生产队制度），实行家庭联产承包后效果不佳，致使粮食产量、医疗卫生水平和儿童完学率等明显下降。作者由此认识到一切政策都要从实际出发，决不能搞一刀切。经过多次座谈，总结经验教训，制定了苦聪人集居地一揽子综合扶贫规划，决定恢复合作社建制，统一组织犁田、推广优良稻种、育秧插秧、施肥、田间管理和组织收割事项，同时制订搬迁、通电、通路、教育、医疗和推广良好卫生习惯等一揽子计划，并派驻常年驻村工作队。

火把节之歌

山儿高高，崖儿峣峣。
烟儿渺渺，云儿飘飘。
路儿迢迢，林儿悄悄。
风儿萧萧，人儿姣姣。
天儿朗朗，溪儿长长。
柳儿扬扬，花儿香香。
钟儿当当，狗儿汪汪。
衣儿浆浆，脸儿光光。
船儿哗哗，车儿嘎嘎。
鞭儿啪啪，蹄儿嗒嗒。
曲儿呀呀，手儿拉拉。
女儿喳喳，男儿哇哇。
霞儿红红，星儿朦朦。
火儿熊熊，月儿升升。
鼓儿咚咚，弦儿嘭嘭。
情儿浓浓，肚儿空空。
饼儿园园，酒儿鲜鲜。
果儿酸酸，蜜儿甜甜。
歌儿连连，舞儿翩翩。
影儿姗姗，意儿绵绵。

贺李老八十大寿

为甚老来更乐天，笑云不愿早成仙。
三生有幸仍喝酒，两害相权已戒烟。
坦荡何曾生媚骨，无私且喜耐凉炎。
难得一醉糊涂好，火气未消有胆肝。

【注】

李老系李忠贵，离休老干部，曾任个旧市市长、省测绘局长。

抗 洪

九江洪水百年逢，自诩金汤竟土崩[①]。
赖有忠诚豪气在，军民血肉铸长城。

【注】

① 媒体披露，朱镕基总理在江西九江视察防洪工作时，当地领导汇报说九江堤防固若金汤，后坍塌，被朱镕基斥为豆腐渣工程。

金边行

凤凰涅槃喜重生，潮涌湄江花满城。
西望吴哥狼烟寂，国势如龙再升腾。

出席高老遗体告别仪式

鞠躬痛悼忆高贤，未忘当年肺腑言。
武将失节因惧死，文官丧志为贪钱。
谆谆教诲犹在耳，默默慈颜已隔棺。
后继当忧风气改，灵前泪洒党旗丹。

【注】
高老为高治国，离休老干部，原云南大学校长、省委副书记。

刘少奇百年诞辰八首（选五）

（一）

刀林剑树若等闲，九死一生虎狼间。
北战南征行万里，江山半壁赤旗翻。

（二）

曾辅毛公取天下，雄文[①]自有百万兵。
安邦定国钦伟绩，日月同辉耀群星。

（三）

泣血锥心仍无悔，宁为玉碎不瓦全。
忠奸颠倒肠寸裂，魂断中原恨苍天[②]。

（四）

拼将一死换升平，领袖无私亦有情。
好在[③]人民写历史，千秋功过任说评。

（五）

百代中华封建志，前车之鉴后人师。
江山幸有能者继，笑慰君魂九霄知。

【注】

① 刘少奇主持制定《土地法大纲》，著有《论共产党员的修养》。

② 鲁迅《无题》有句：“敢有歌吟动地哀。”

③ 刘少奇在处境最艰难危险的时刻说过：“好在历史是人民写的！”

题独龙江月亮大瀑布

神龙见首难见尾，千曲百回梦魂牵。
一峰突兀凌空立，月在江心水在天。

【注】

傈僳语为“哈滂”，意思是月亮上流下的水。独龙乡海拔三千米以上山峰一百二十座。独龙族是全国唯一不通公路民族。一九九八年秋，作者和有关人员沿人马驿道徒步八天考察独龙江峡谷，制定了独龙族全面扶贫规划。

一九九九年

谒屏边烈士陵园

猛士戍边关，男儿热血丹。
英名昭日月，气壮好河山。

走访下岗矿工

柴门霜重薄衾寒，病中老母瘦影残。
娇儿初解愁滋味，旧衣新补又一年。

风花雪月

下关雄风上关花，银苍白雪玉洱茶。
十九峰头中秋夜，月色如洗浴万家。

【注】
风花雪月即下关风、上关花、苍山雪、洱海月。

登玉龙雪山

寥廓风行烈，寂寞花解语。
云山横断开，万里鹏正举。

丽江行

龙腾玉树双峰立[①]，虎跃金沙一线横[②]。
山花无意争颜色，天风吹雪香满城。

【注】
① 双峰：玉龙雪山、哈巴雪山。
② 一线：夹在两座雪山之间的金沙江中的虎跳峡。

石鼓怀古

青峰壁立水云间，南下金沙直北还。
神兵天降曾飞渡，万里长江第一弯。

【注】
石鼓镇名位于长江第一弯。贺龙曾率红军于此渡江北上。

情　死

多情自古最伤心，怎比春风了无痕。
五凤楼头萧声起，又是落日向黄昏。

【注】
纳西族解放前常以殉情反抗封建包办婚姻，在子女成人或成家后与初恋情人共同自杀，祈望在玉龙雪山上的天国相聚，这一悲剧被称为情死。

将台远眺

将台虎踞石门关，不尽长江万仞山。
玉壁金川浑似画，清风朗月放歌还。

【注】

将台位于丽江市石鼓镇北的金沙江边。

虎跳峡

绝壁穿云立，惊涛顶上来。
古国寻旧梦，石破天门开。

【注】

纳西族东巴教起源虎跳峡北白地村白水台，曾建花马国。白水台为亚洲面积最大的沉积盐台地。

玉峰寺环球第一茶花树

红浓绿淡玉龙白，万朵茶花次第开。
南北枝头齐烂漫，香流影动美人来。

丽江古城

家家流水杜鹃生，户户垂杨柳色青。
桥下方塘花映雪，满天星斗放河灯。

赞首漂金沙江勇士[①]

一九八六年，金沙碧水寒。
洛阳英雄汉，勇漂九州源。
励我强国志，激我奋争先。
慷慨别妻子，高歌赴深渊。
龙腾十三剑[②]，剑剑入云端。
虎啸十八滩[③]，滩滩鬼门关。
惊雷击深谷，石雨扫江天。
狂飙倾空泻，横流汇百川。
孤舟似丸跳，一叶谷中翻。
踏浪洪波跃，御风雪岭翩。
豪哉思猛士，长啸过千山。
击水三万里，弄潮东海边。
哀哉怀烈士，殒命怪石滩。
魂兮化雄鬼，永存云水间。
死者成仁去，生者凯歌还。
英名播华夏，壮举慑人寰。
我今临此地，不觉心肃然。
把酒酹江月，热泪洒南天。

【注】

① 勇士：一九八六年九月，河南省洛阳长江漂流队王起等人首漂长江。九月十二日孙志岭在金沙江满天星滩遇难。

② 玉龙雪山，有十三座高峰。

③ 虎跳峡，有十八个险滩。

愤闻北约轰炸我驻南使馆

导弹横飞骨肉焦，淋漓血溅夜冲霄。
声讨未解心头恨，抗议难熄霸主嚣。
愤返书斋生闷气，怒托诗赋泄狂飙。
抚膺喟叹思发奋，怯弱从来无外交。

承办昆明世园会

彩虹舒卷幻风华，幻尽朝霞幻晚霞。
从此不愁花落去，春花看遍看秋花。

【注】

1999 年中国昆明世界园艺博览会属国际展览局 A1 类展览会，系首次在发展中国家举办，江泽民主席和朱镕基总理分别与多国首脑、政要出席开幕式和开园式。国务院专门成立了筹委会。国家各部门、各省市区、全省各族人民给予很大支持，促使昆明市乃至全省基础建设、城镇面貌、旅游经济和绿色经济发展上了个大台阶，推动全国城市园林绿化建设观念和实践发生重大变革。中共云南省委与省政府为此分别召开十几次常委会和几十次省长办公会议。昆明市委市政府和有关部门及各地均做了大量工作。

纳西古乐

静夜临桥望雪山，风停水寂月儿圆。
悠然古韵传天籁，暗渡仙音入碧轩。

赧 颜

异域朋归言恨事，逍遥法外赌为欢。
责其纵子刮民脂，斥尔无能惩吏贪。
大盗移民加拿大，奸贼落户美利坚。
千夫皆指国人骂，我亦赧颜做此官。

【注】

据访问美、加团组和返乡侨胞说，他们多次看见省内外被国际刑警通缉的涉嫌贪渎受贿犯罪嫌疑人在拉斯维加斯赌场的贵宾室内豪赌。

阎红彦诞辰九十周年

风雨卅年未忘情，滇云蜀月悼英灵。
军从北地藐文痞，血热南疆陨将星。
百姓常思德并义，黎民最敬品与行。
凌空浩气如虹去，一啸经天贯日明。

【注】

阎红彦系原中共云南省委第一书记，“文化大革命”初期不幸蒙冤去世。

二〇〇〇年

挽王莲方

六十甲子潮头立，难忘英姿飒爽时。
鬓发而今白似雪，痴心无悔几人知。

【注】

离休老干部王莲方曾任云南省副省长、省人大常委会副主任，工作勤奋，廉洁自律，敢于批评一些领导干部及亲属以权谋私的腐败行为。

题昆明黑龙潭古梅

琼枝铁干傲风尘，玉骨冰肌倩影芬。
不为人情争妩媚，新红数点报新春。

三谒麻栗坡烈士陵园

欲语无言已断魂，临风把酒祭亲人。
隐约军号空中诉，永为国家守大门。

踏 春

鸣声宛转觅春情，笑入花丛问百灵。
井畔夭桃枝染碧，塘边曲柳叶生青。
炊烟袅袅闻鸡犬，布谷声声唱太平。
偶遇倚门多老幼，村中不见少年行。

横眉怎为孺子牛

昨日入山问麦收，村中先富盖小楼。
进门方赞家电好，老倌笑脸变孙猴。
老奶生气牢骚盛，无电盼望有电愁。
箐里箐外两样价，三元一度便宜收。
冰箱委屈作摆设，电视蠢贼懒得偷。
灯泡百瓦换五瓦，饭煲长休不煮粥。
意见提了一大堆，上下左右踢皮球。
儿媳偏说风凉话，公婆越老越会抠。
今天领导深入了，群众向你提请求。
临走希望表个态，这种情况何日休。
我听批评心里愧，承认此事令人忧。
忙说电改有政策，同网同价不用愁。
计划实行有先后，肯定不会变气球。
工程结束来检验，时间正好是中秋。
村民听了咧嘴笑，你咯官大人不熟。
那时我们找谁去，如今干部有点油。
乡长一旁偷着乐，忙说名字可以留。

县长立下军令状，狠拍胸脯手拉钩。
举一反三细了解，干群矛盾我心忧。
农村税费真不少，各种摊派加提留[①]。
文教卫生仍滞后，城乡衙门起新楼。
吃喝卡要招人恨，农业增产不增收。
应该干部求百姓，还是干部百姓求。
当家要让民作主，横眉怎为孺子牛。
振兴中华千秋业，多少事情把心揪。
人民公仆人民选，社稷稳固长悠悠。

【注】

① 按农民年收入比例提取管理费用。云南前任党政主要领导普朝柱和志强从省情出发，坚持由省级财政支付基层村干部报酬，但摊派仍然不少。

无　题

怅说独子难掩疵，利弊得失费寻思。
生男生女不一样，亦祸亦福实共持。
诟病惟忧空谈误，机缘只恐交臂失。
国民未富人先老，未雨绸缪怕嫌迟。

【注】

作者与时任省长李嘉廷等经研究，在得到时任国家计生委主任张维庆同意并经省委常委会讨论后，在昆明市试行独生子女生育二胎政策。

过明十三陵

日暮颓楼向晚霞，春风何处觅奢华。
帝王将相皆尘土，惟见空山噪鹊鸦。

踏莎行·访问纽约

塔傲双峰[1]，城骄广厦，马龙车水难描画。乡关远去感春寒，江流一片狂飙飒。　　温煦女神[2]，骄横恶霸，几人欢喜几人骂。西风万里藐全球， 韬光晦迹观天下。

【注】

①② 纽约世贸大厦双子楼和纽约港内的自由女神像。

临江仙·出访加拿大

铁鸟凌空天际舞，一夕飞渡重洋，落基山麓水苍茫。林中听鹤唳，海上看鸥翔。　　异卉奇花生北地，名园竞放芬芳，流连忘返记端详。欲携春共去，扮我彩云乡[1]。

【注】

① 汉时有“彩云南现”一说，后世遂称七彩云南。

游翠湖

红莲绽蕊丽容鲜，绿盖凌波鸟影翩。
船底白云浮翠意，蝶衣曼舞几回看。

见某公子有叹

胡言满口本无心，马仔随身马屁熏。
虎父从来多犬子，奈何自古到如今。

花 乡

花开万户一城芳，叶绿千村百里苍。
巧手耕耘播秀色，香飘海外送春光。

哭扫雷壮士王华

男儿有泪不轻弹，今日泪挥洒溪山。
我辈言行如相悖，无颜愧对好青年。

【注】

王华系甘肃人，驻滇某部战士，在中越边境第二次大扫雷中牺牲。

无　题

不学无术枉屈他，谄媚承欢是大家。
拍马当求臀肉厚，溜须何惧口舌麻。
枯肠搜尽多情累，官运亨通一路发。
欲壑难填尤未满，攀龙附凤望腾达。

谒岳王墓[①]

汗青阅遍问天公，自古忠良几善终。
奸佞误国多富贵，小人得志易穷通[②]。
月临西子哀壮士[③]，潮起海宁悼英雄[④]。
多少丈夫空切齿，千秋遗恨总相同[⑤]。

【注】

① 此诗及以下四首诗系作者和省长率团出访浙沪苏期间所作。

② 《周易·系辞下》云“易穷则变，变则通”。

③ 西子：西施，西湖又称西子湖。壮士：岳飞。

④ 英雄：伍子胥，传其死后被天帝封为潮神。

⑤ 清孟亮揆《于忠肃墓》有句：“英雄遗恨总相同”。

秋　月

天上新月已半圆，青山渐暗水渐寒。
西子湖畔秋欲老，十里黄花落画船。

登石头城

满目残霞天际流，秦淮风月入楼头。
多情常把归期误，花满秋江香满舟。

【注】

石头城：南京。唐刘禹锡《西塞山怀古》有句“一片降幡出石头”。

玄武湖

古塔立寒鸦，钟山透早霞。
烟云笼碧水，细雨落黄花。

姑苏怀古·吊伍子胥

登高临吴越，弹剑睨八荒。
将相本无种，男儿当自强。
虎贲①破荆楚，鞭尸盛气扬。
铁骑践齐鲁②，骄兵遂更狂。
秋蝉泣白露，黄雀捕螳螂③。
倾城复倾国④，忠魂痛断肠。
兔死烹走狗，文种国之殇。
哲人五湖泛，狐鼠⑤坐庙堂。
河山无定数，天命亦无常。
英雄皆成土，一枕梦黄粱。

尔今复临此，酹酒祭四方。
更新浏万象，绿野横大江。
广厦凌云起，儿女皆红装。
古来征战处，芙蓉遍地香。
乐中忽生惕，钟鸣起未央。
盛极物必否，万事有兴亡。
志以淡泊明[6]，节从肥甘丧。
载舟亦复舟，人心古难罔。
治世策千条，安民应为上。
居安常思危，国运方久旺。

【注】

① 虎贲：武士。贲：音奔。伍子胥与孙武率吴军攻破楚国，伍子胥鞭楚王尸，以报屠家之恨。

② 攻破越国后吴王夫差又打败齐国。

③ 吴太子友对夫差讲的“螳螂扑蝉、黄雀在后”故事。

④ 班固《汉书》云：（孝武帝李夫人）“一顾倾人城，再顾倾人国。”

⑤ 狐鼠：吴国佞臣太宰伯嚭。

⑥ 《菜根谭》：“盖志以澹泊明，节从肥甘丧也。”

赞铁军

手持风钻彩云间，直透关河万仞山。
飞架千桥凌碧水，铁龙横贯豆沙关[1]。

【注】

① 位于云南省盐津县城西南，古称石门关，地势险要。

辛 酸

屋寒被烂默无言，夫妇夜来傍火眠。
儿女辍学缺米面，洋芋水煮度新年。

访小龙洞乡宁边村

大路新村起两旁，乡亲感慨诉衷肠。
当年总理泪流处，今日草房变瓦房。

【注】

一九九五年十二月朱镕基和夫人劳安到昭通宁边村考察，流泪捐款。

重上苦聪山

乐见新宅起山梁，猪羊满圈谷满仓。
最是小儿颜色好，手舞足蹈上学堂。

【注】

省州县各部门深入苦聪山寨落实十三项扶贫项目。大批工作队员和群众实行三同。时任金平县委书记唐明生一年去者米乡十五次抓落实。

收看《焦点访谈》有感

惭闻百姓多饥色[①]，愧见公仆醉死生[②]。
感慨前朝成败事，扪心自问品与行。

【注】

① 云南昭通永善县还有上万人未解决温饱。

② 八月永善县某局长参与公款吃喝，因窒息死于歌厅，亲友闹事，歌厅老板被逼自杀。作者和地县领导多次批示严查，要求各地各级举一反三检查公款吃喝问题。九月，省地新闻机构公布了事件发生过程和查处情况。十一月，央视《焦点访谈》予以揭批。时任总书记江泽民与作者通话时批评：如果我们党的干部都是这个样子，当年还能取得革命胜利吗！干部没有教育好，我作为总书记有责任啊！作者检讨并报告查处经过后，他问：为什么央视不同时报道查处情况？央视台长得知后作了补充报道。

娶新娘

忽闻酒酿入鼻香，笑指炊烟问老乡。
云是左邻光棍汉，绿荫浓处娶新娘。

【注】

在镇雄县访贫问苦后，作者看望了一个脱贫致富的农民。

闻刘树生私访西山某家别墅

赤贫惨状犹难忘，讶看斯楼入目新。
鲜见豪门迎贵客，时闻坚锁拒平民。
真言偶泄真成假，假话常言假作真。
立党为公说而已，难分真假最忧心。

【注】

某家别墅：某省级领导儿子将一家三口和父母冒充农民身份申请屋宅地，村干部批二百平方米后上报乡政府，乡里按规定核准一百平方米，但其子贿赂村干部后在昆明西山国家森林公园内砍伐一千余平方米林木建起一座别墅，农民群众和邻近省委党校师生反映强烈，时任省政协主席刘树生亲去现场察看并向省委报告，要求调查处理。作者批示纪检监察机关组成调查组，核准情况后，经研究并报请省委批准，决定依法依纪没收别墅、追究当事人责任。作者告知该省级领导此案及其子女另外三件严重违法违纪事项的处理意见，并对其予以严肃批评。

二〇〇一年

挽马继孔[1]

政见虽然有不同，人品道德气如虹。
炬灰丝尽[2]遗文在，生前寂寞[3]去从容。

【注】

① 马继孔曾任云南省副省长、江西省顾问委员会主任，他在对云南某历史问题处理上持不同意见。

② 唐李商隐《无题》有句：“春蚕到死丝方尽，蜡炬成灰泪始干。”

③ 马老勤于笔耕、著述颇多，晚年因病不便于行。

入滇第九年感春

金马仲春绿意浓，碧鸡又见杜鹃红[1]。
山花水鸟皆亲友，惟念高堂月影中。

【注】

① 金马山和碧鸡山，昆明市郊有市内有金马、碧鸡两座牌坊。

挽孙雨亭

遥望北天曙色阴，漫空春雨寄哀音。
永别犹带英雄气，恰似梅花淡泊心。

【注】

孙雨亭系离休老干部，曾任中共云南省委副书记、省人大常委会党组书记。

游西山古寺

古木禅门又逢春，夕阳几度照红尘。
青山依旧僧人老，犹向堂前话龙云①。

【注】

① 龙云解放前任云南省政府主席，新中国成立后任中央人民政府委员和国防委员会副主席，曾被定为“右派分子”，一九六二年逝世。

蒙自南湖

春来嫩柳黄，惆怅暮云凉。
花谢红飞雨，萍生绿满塘。
远山收晚翠，游子倚斜阳。
犹恋南湖月，不思返故乡。

【注】

南湖在云南红河州蒙自县，传云南特色小吃过桥米线发源于此。

吊腾冲国殇墓[①]

空山热海[②]边，血战旧曾谙。
碑矗子高地[③]，骨埋腾越川[④]。
千秋标正史，万塚壮人寰。
慷慨英雄气，永存天地间。

【注】

① 国殇墓在云南保山市腾冲县腾越川畔，葬有数千余具国军抗日烈士遗骨，祠内有蒋介石、胡汉民等人题词。

② 空山：火山名。热海：温泉名，又名大滚锅。

③ 松山主峰，建有松山战役纪念碑。

④ 江河名，流经腾冲坝子。

金沙夜渡

云崖日暮长风舞，川流百转天门开。
江月一弯出秀水，山间铃响马帮来[①]。

【注】

① 上世纪五十年代一部以云南少数民族为背景的影片。

闻李嘉廷被查办有感

实意诚心曾相劝，誓言岂料俱谎言。
黄粱枕梦沦囹圄，冰雪聪明堕巨贪。
俦侣失足钱何用，子孙励志何用钱。
秦城泪尽空余悔，愧对人民愧对天。

【注】

李嘉廷系红河州石屏县人，一九六三年考入清华大学，一九九八年二月担任云南省省长，二〇〇一年五月涉嫌受贿被立案查办。

无题（二首）

（一）

娥眉谣诼①浮名累，樽前拭尽英雄泪。
自古红颜多命薄，任他声影共群吠②。

（二）

清者自清浊自浊，流言蜚语似网罗。
纵观天下谁无过，率性真情奈我何。

【注】

① 楚屈原《离骚》有句：“众女嫉余之娥眉兮，谣诼谓余以善淫。”

② 清纳兰性德《金楼曲》有句：“只将那、声影共群吠。”

遽闻纽约世贸大厦倒塌感赋

烈火腾空巨厦崩，纽约惊见倒双峰[①]。
无辜岂料成冤鬼，罪首居然是友盟[②]。
蠢事做绝横祸至，天良丧尽恶魔生。
全球本少安宁日，尔后当忧恨愈增。

【注】

① 本·拉登领导的基地恐怖组织九月十一日劫持航班撞击纽约世贸双子楼和美国国防部五角大楼，双子楼倒塌，死亡数千人。

② 美国曾扶持本·拉登打击苏联占领军，后翻脸成仇。

登太华山

入世容易出世难，白云苍狗[①]意阑珊。
羞为浮名博青眼[②]，心慕雄鹰竞蓝天。

【注】

① 唐杜甫《可叹》有句："天上白云似白衣，斯须改变如苍狗。"

② 目光正视，尊敬之意，反义是白眼，如白眼相加。

惊闻王骁自缢（二首）

（一）

铅华尽付东流水，家破人亡亦可悲。
锦绣前程贪字误，无边恨海泪空飞。

（二）

镜花水月何足恋，富贵荣华似暮烟。
人去楼空无处觅，卧听秋雨夜难眠。

【注】

王骁系李嘉廷妻子，她于中纪委解除“双规”后由京返昆当晚将作者安排的陪住友人支走，自缢身亡，是夜昆明大雷雨。

过洱源[①]

九气台泉暖，金风茈碧柔。
红阳浮野水，白鹭没沧洲。
黄叶清俗欲，青梅解杞忧。
晴云回首晚，知己最难求。

【注】

大理州洱源县。以九气台温泉、茈碧湖、青梅酒闻名。

水调歌头·武定狮山怀古

松柏啸明月，千载去如梭。昔时帝子[①]曾住，未敢[②]作狂歌。幸有三春佳景，善解胸中愁闷，渐忘旧城郭。高处何足恋，一笑醉颜酡。　百年事，飘然过，不须说。花开定有花落，肠断又如何？但看边疆绿遍，更慰同胞百姓，饱暖少风波。惟愿人强健，妆点好山河。

【注】

① 明建文帝朱允炆，被其叔父燕王朱棣以“清君侧”为名夺位。

② 传朱允炆曾在武定县狮子山隐名埋姓修行，名文和尚。

别大理

平生最爱雪峰松，伫立山前望海东。
浪落舟轻穷碧影，云腾雾重漫青空。
城乡万户夕阳下，草树千层暮霭中。
雁去鹰翔别大理，秋浓愈见晚霞红。

乃古石林

奇石生翠野，水墨画青山。
万壑峰头望，悠然片云闲。

望 月

龙门月满已中秋，浩瀚星河一望收。
天外更有千河在，人神几时共遨游。

与身边工作人员小酌感赋

岁暮秋深木叶猩，悲欢阅尽早无惊。
酒酣尤感亲情重，心暖顿觉权位轻。
放浪闲谈嘲往事，开怀畅饮侃生平。
但求今日同一醉，不问离前去后名。

重阳登高

封疆原不为封侯，笑看金色染霜秋。
清风两袖飘然去，落日如火云如舟。

望江南

岭暗山风啸，江流碎月飞。
残红犹胜火，晚渡暮云灰。

别云南（二首）

（一）

乱峰横立天涯路，乡音渐改景物殊。
彩云南去春城远，一步一回一踟蹰。

（二）

秋山目断忍回头，浩荡江流送晚舟。
桥上浮云桥下水，乡愁载尽载离愁。

【注】

为谢绝送行，作者于二〇〇一年十一月十三日中午乘汽车离昆，夜宿昭通市郊，翌日经水富县金沙江大桥入渝，由重庆登机赴京。

离别难·赴渝途中

独对南天遥望，嗟故地云深。怅秋川、谁解春心？噪寒鸦、橙紫染霜林。暮阳里、孤鹜哀鸿，啼情泣血，声断江津。水东流、此去身行万里，何处觅乡音？　　风猎猎，草殷殷，念人生、似箭光阴。想花残莺老何憾？纵千山踏遍也无痕。看惯了、暮雨朝烟，悲离欢聚，苍狗白云。翘首处、七彩霞生如幻，樯橹棹流金。

话　别

西来逝水正东流，岁尽巴山日已秋。
露重寒生黄叶落，别离最怕月当头。

【注】

① 作者秘书董和春、警卫员陆斌和司机李德文在机场送行。

无　题

临风一笑扫阴霾，万里长空入壮怀。
三迤[①]梦牵边塞远，九霄人去断鸿来。
前途未卜何须卜，后事难猜任意猜。
不信世间无正气，浮云吹散落尘埃。

【注】

① 迤：云南古代省内行政区划名称，云南亦因之称为“三迤”。

谒荆轲塔

烈云猛气漫霜天，秋水悲歌动寒川。
刺秦壮士空遗恨，千古风雄紫荆关[①]。

【注】

① 位于河北与山西交界的内长城上，为明代防御瓦剌由大同方向入侵包抄北京的重要关防之一，传燕太子丹易水相送后，荆轲由此赴秦。

南　望

南天鸣燕子，北地已秋风。
情寄绿浓处，来年红豆生。

祭狼牙山五壮士

鸟道直通太行巅，边关雪涌断壁残。
昏阳坠地朔风吼，皓月临空劲草寒。
易水秋声歌烈士，狼山剑气斩凶顽。
健儿燕赵轻生死，笑掷头颅扫寇焰。

二〇〇二年

烛影摇红·诉衷情

怕咏愁肠，千言万语悲难诉。卅年一梦鬓成霜，转眼芳菲去。多少忧思忍吐。忆华年，欢欣几度？青眸白眼，背后人前，吝说酸楚。　往事如烟，从来无悔功名误。蹉跎难免暗神伤，只是家国负。恨海情天怎补？夜三更，相思最苦。如今已是，未了凡心，美人迟暮。

题张学良幽禁处

关东束手寄愁肠，梦断白山黑水乡。
渭北阋墙①失斗志，长安泣血②谏强梁。
恩仇半世③痴情重，忠义一生侠骨香。
志在九天④击万里，晨钟暮鼓伴凄凉。

【注】

① 一九三五年，张学良奉蒋介石命令入陕与红军作战，失利后接受了中共“停止内战、一致抗日”的主张。

② 一九三六年张学良与杨虎城在西安发动兵谏，逼蒋抗日。

③ 蒋介石去世后，谈及与蒋关系时张学良说：“关怀之殷，犹如骨肉；政见之争，宛如仇雠。”

④ 卢沟桥“七七事变”后，软禁中的张学良向蒋介石上书“请缨杀敌”，蒋介石回答：“好好读书。”

咏 梅

倩影寒冬晚，嫣红报早春。
雪凌枝愈俏，清气满乾坤①。

【注】

① 元王冕《画梅》有句：“不要人夸颜色好，只留清气满乾坤。”

登北斗峰长城

北斗峰头望燕幽，龙蛇苍莽峙千秋。
关河日暮西风劲，雪满敌楼月如钩。

登溪口妙高台

百丈岩头水丝长，妙高台上风意凉。
朦胧月色叠翠里，满壁春花暗流香。

无 题

疑是弄臣来转世，寡廉鲜耻一宗师。
栽赃陷害品格差，献媚奉迎官瘾痴。
笑里藏刀刁难斗，心中有鬼丑不知。
行同狗彘招人厌，看尔嚣张到几时。

题浙江义乌小商品市场

生意兴隆四海夸，财源茂盛万民发。
古稀翁妪倚门笑，天下客商到我家。

临海怀古

临海古城冠东南，箭楼高峙北固山。
巾峰鹤唳镌神迹[①]，灵水龙游铸铁关[②]。
时颂高僧传教义[③]，每歌虎将扫烽烟。
千年往事一挥去，万里层云漫昊天。

【注】

① 传皇华真人乘鹤升天，头巾化为巾峰。

② 灵水：灵江。铁关：史载，戚继光与谭纶为抵抗倭寇劫掠而改造台州临海城墙，兴建了敌台。

③ 高僧：唐代鉴真大师和日本最澄大师。

西湖（二首）

（一）

雷峰塔北玉皇东，燕子纷飞杨柳青。
细雨扁舟花影棹，千丝万缕舞春风。

（二）

雨后新晴草木荣，桃花满坞碧纱笼。
六桥遥望夕烟袅，风月无边落日红。

登戚继光抗倭敌台[①]

猛将今安在，倏忽五百年。
当时强盗恶，匪患[②]祸东南。
胆战倭刀厉，心惊鼙鼓喧。
连年烽火举，无日不狼烟。
枯骨横荒野，鹫鹰立阵前。
灵江漂腐肉，海上遍寇帆[③]。
幸有飞将[④]勇，戚家[⑤]甲胄坚。
鸡鸣人起舞，角奏箭离弦。
夜半龙泉啸，中天碧血斑。
三军惟恐后，铁骑奋争先。
烈士搏生死，豪杰保境安。
妖贼肝胆碎，百姓谢苍天。
今看梅花瘦，谁觉剑气寒。
壮心多寂寞，满眼旧关山。

【注】

① 抗倭敌台位于浙江临海古城墙上，系抗倭名将戚继光所建。
② 勾结日本倭寇抢掠商贾的海匪。
③ 祸延中国东南沿海百年之久的倭寇船只。
④ 匈奴称李广为汉之飞将军，此指戚继光。
⑤ 戚家军。

过舟山

海天辽阔渺无垠，涌起涛狂万马奔。
待到潮发春汛日，千舟竞入沈家门[1]。

【注】

① 位于舟山，为全国最大渔港和渔产品加工基地。

过金华

青山两岸伴江流，碧水蜿蜒无尽休。
八咏婺州[1]成绝唱，春风又过明月楼[2]。

【注】

① 金华古称婺州。南齐东阳郡太守沈约造玄畅楼，题《八咏》诗。

② 玄畅楼现叫明月楼。

三亚观海

天涯风雨骤，海角洗碧空。
浪涌驰奔马，涛飞舞彩虹。
霞辉晨雾里，日沐晚潮中。
夜半临新月，清光浴亚龙。

陪老父游京西戒台寺

桃花方谢杏花开，檐下呢喃燕子来。
山寺未觉松柏老，堂前红落满苍台。

【注】
戒台寺位于京西马鞍山，始建于唐，寺内有全国第一大戒坛。

游十三陵

平湖水碧莽山遥，细雨和风过小桥。
野老闲说今古事，一壶浊酒话前朝。

中卫行

白马拉缰①久闻名，香山泪蕴②黄水情。
沙坡草被③真奇迹，千里稻菽入望青。

【注】
① 宁夏回族自治区中卫县黄河边水渠名，建于两千多年前。
② 泪：泪泉。
③ 沙坡头铁路固沙技术工程简称，享有国际声誉。

塞上吟

雄山大漠莽连天，望尽黄沙是贺兰。
九曲长河观日落，霞飞塞上晚风寒。

过石嘴山

沙湖翰海酿神奇，万鸟腾空跃鲤鱼。
驼队漫行波光里，贺兰岩画千古谜。

赞盐池治沙工程

荒沙绿遍出三宝①，赛雪滩羊产二毛②。
喜看天边长虹起，扬黄集雨飞渡槽。

【注】
①② 三宝：甘草、滩羊皮、发菜。二毛：羊羔皮。

陇中行

六月陇中访定西，轻车细雨问贫瘠。
台田广见栽新树，百里群峰着绿衣。

登崆峒山

放眼奇峰叠翠间，赫然绝壁耸霄天。
黄河北去湮塞上，泾水南流漫潼关。
西望昆仑千里雪，东收巴蜀万重烟。
藏云断壑霞飞处，陇右边陲第一山①。

【注】

① 秦始皇命李斯书“西来第一山”刻于崆峒山前大石。

过天水

陇上明珠天水行，横空秀峙几丹峰。
羲皇故里研八卦，诸葛旧营论纵横。
烟雨麦积青鸟寂，金鸡①鹤立赤霞腾。
最奇笑影②凝千载，云散风流未忘情。

【注】

① 金鸡峰。

② 麦积山石窟第一百三十五窟北周小坐佛微笑恬静，栩栩如生。

怀　友

京华曾会百花前，意气风发正少年。
一去凉州音信杳，黄沙千里绕云山。

情　诀

纯情令人敬，矫情令人嫌。
薄情令人厌，痴情令人怜。

悼普朝柱（二首）

（一）

闻耗怆然泣燕京，不堪梦忆忍失声。
伤心最是别故旧，八宝山前送君行。

（二）

半世坎坷宁有悔，一生辛苦岂无情。
封疆十载人离后，欣看南天百业兴。

【注】

普朝柱系云南华亭县人，解放前参加革命，第九届全国人大常委会委员，他担任中共云南省委书记的十年是云南经济发展和财力增长最快时期。

谒井冈山烈士陵园

五指峰头雨初收，彤云如火岭上流。
青松十万涛似海，俱是英魂立千秋。

由南昌赴吉安途中

塞外风沙极目远，登高又见好江南。
稻黄荷翠红莲美，水秀山明白鹭闲。
陌上村姑插杨柳，滩头野老放钓船。
蝉声唱彻红日里，一路欢歌下吉安。

白鹭洲怀文天祥

丹心何处写春秋，山自横陈水自流。
动地歌吟撼今古，悠悠千载白鹭洲。

【注】

白鹭洲在江西吉安（庐陵）赣江中，建有白鹭洲书院，文天祥曾在此读书。

水口瀑布

十里琴溪百曲回，天龙泻地落惊雷。
金龟望月吞云气，雨霁岚生彩练飞。

谒红都瑞金

神往情驰谒瑞金，赤国血铸吊英灵。
凤凰浴火新颜美，敢忘当年烈士情。

登汉阳峰

登攀何处慰此行，畅立匡庐汉阳峰。
七彩虹飞斜日落，八音鹤唳暮山青。
西瞰巴蜀追云梦，东下三吴驭烈风。
阅尽人间烟火色，横天一笑看霞生。

含鄱口

大水出荆楚，洪流势破吴。
鄱阳风雨后，百舸过匡庐。

滕王阁

滕王阁外水连天，万里江流绕云山。
破浪千舟乘风去，登楼远眺忘忧欢。

无题（二首）

（一）

鼠辈从来最怕光，谣诼百变貌堂皇[①]。
明枪易躲何须躲，暗箭难防不设防。
官场厌当名利场，家乡盼作太平乡。
三人成虎寻常事，冷眼凛然看跳梁。

（二）

狱起风波三字枉，集蝇聒噪进谗诳。
言拙君子扪心赤，口利小人信雌黄。
曲意奉迎非我愿，因人俯仰去他娘。
位如朝露何足恋，耻为浮爵辩短长[②]。

【注】

① 有人继续指使人给中央领导寄诬告信，诽谤作者。

② 作者主动向组织提出不做十六大中委和中纪委常委人选，推荐别人做中纪委常委人选，要求重选作者已被选上的十六大代表候选人选。

再访上海浦东

伟哉大上海，鼓翼奋争先。
廿载峥嵘日，鹏飞竞九天。
新城拔地起，雄峙浦江边。
广厦排空立，世纪大道宽。
明珠赛明月，高塔入云端。
车流如潮涌，竞驰彩虹前。
千舟驭风去，直上天水间。
文艺百花放，科教五洲连。
万众齐踊跃，奇迹动人寰。
伟业惊世界，领路拓鸿篇。
今日游故地，顿觉天地宽。
感慨会旧友，忆昔弹指间。
沪上千般美，情系彩云南。
多少好儿女，青春献高原。
扶贫又扶志，团结善攻坚。
江头连江尾，同建大家园。
我虽赴新任，热眼望东南。
长空遥祝愿，两地友谊绵。
为圆强国梦，志士勇登攀。
中华崛起日，共庆赏新颜。

【注】

按中央关于东部发达地区要支持西部欠发达地区的统一安排，滇沪结为帮扶合作关系。自实施以来，上海市在支援重点村扶贫攻坚和开展义务教育等方面给予云南很大支持。

重读《官场现形记》有感（二首）

（一）

献媚求荣岂愧惭，寡廉鲜耻理当然。
狗行千里缘吃屎，骄谄因人为做官。

（二）

祖业荒芜基础无，后人考据起新屋。
争风吃醋荒唐甚，铺就升官路线图。

登西江大桥

云敛烟霏听晚钟，山阴岭暗月朦胧。
无言东去西江水，俱是滇中乡土红。

夜游珠江

何处城郭胜桂宫，琼楼玉宇几千重。
瑶台贝阙辉霄汉，画舫珠灯射夜空。
绿女芳桥临碧水，红男酷艇贯白虹。
冰颜靓貌浑如梦，一唱船笛月影东。

南风古灶

榕风收地气，古灶旺石湾。
郡立三千岁，窑开五百年。
阴阳调水火，龙凤佑河山①。
陶艺冠中外，佛山谁可攀。

【注】

① 佛山市南风古灶有龙窑、凤窑之分，传窑火百年未灭。

闻某形象工程资金来源有感

人有野心戏有腔，政出虚假谷出糠。
花园广阔高楼伟，草地斑斓古木僵。
疑作调查诘尔账，怒生嗟叹骂他娘。
谁知广场新形象，换取荣升宦运昌。

【注】

审计发现，广东某市主要领导公然违规挪用该市某上市国有企业的数亿资金兴建城市广场和五大班子办公楼，广场之大堪比天安门广场，致使该上市企业面临严重困难。

夜游七星岩

浴水芙蓉秀岭南，七星月下化青莲。
云峰似梦湖如幻，玉貌花容缥缈间。

斥公款奢宴成风

而今何事最堪忧，民血民膏似水流。
美酒朝朝醺不忌，笙歌夜夜唱无休。
新迎旧送旋灯马，夏往冬来傍馆楼①。
百感交集思旧句，子孙容易误神州②。

【注】

① 各地公款宴请成风，终日迎往送来，有的领导长期包住豪华宾馆套间。人民群众挖苦说：三十六个文件管不住一张嘴。

② 清吴梅村《台城》有句：“形胜当年百战收，子孙容易失神州。”

无 题

谀词无耻旧宫体，官样文章格本低。
满耳酣歌浑不入，情移山野寄相思。

重登燕窝岭

海上白云缀远帆，峰头醉看水天蓝。
闲听鸟语闻知了，翠岭清风送爽还。

【注】

燕窝岭在大连棒棰岛至老虎滩间，作者少年时常去此地碰海。

滨海路遇暴风雨

涛惊浪怒碧空乌，敢笑雷公不丈夫[①]。
霹雳一声天欲裂，红阳万道破云出。

【注】

① 借古人诗句：“敢笑黄巢不丈夫”。

赤峰远眺

红林叶暗已苍茫，赤岭峰高犹沐阳。
塞外霜秋风景异，天青水澈草初黄。

野　菊

草树凋零旺野菊，清香漫岭火云低。
秋花更比春花艳，沐雪凌霜色最奇。

草原雕

纵横最忆草原雕，千里翱翔万仞高。
羽落钩伤犹奋翼，冲天志在啸云霄。

【注】

乡亲们说，因用药灭鼠，草原雕数量大为减少，过去常见的狼群、梅花鹿和黄羊群也几乎绝迹。

喜逢原大队领导忆当年趣事

誓斗天公亦斗私，青春热血逞英姿。
支边带队解脱日[①]，落户屠牛害命时。
土酒十斤迷干部[②]，粗盐百袋媚羊只[③]。
今虽半老豪情在，共笑当年创业痴。

【注】

① 见一九七六年《无题》注。

② 为给知青做过冬皮袄，作者和大队干部赌酒取胜，翌日杀羊剥皮。

③ 作者单位曾运海盐喂大队的牛羊群。

青年点旧地重游

当年旧友今存几，又见秋山雁影稀。
坐久难离情更切，乡亲看慰泪沾衣。

阿斯哈图石林

洪荒太古育峥嵘，寂寞石城壮远空。
幻境天生雄塞北，奇花异木傲霜红。

【注】

阿斯塔图石林位于赤峰市克什克腾旗，其占地疏阔，与云南石林紧凑密集的形状不同，别有特色。

包头夜景

阴山苍莽大川横，火树银花伴月明[1]。
玉殿冰楼灯海里，天河幻落草原城。

【注】

① 唐苏味道《正月十五夜》有句："火树银花合，星桥铁索开。"

华佗无奈小虫何

进京跑部费唇舌，立项行文恨久拖。
招待简单花费少，报批繁琐损失多。
漫天要价权铺路，坐地还钱色润泽。
万炮齐发糖弹射，华佗无奈小虫何。

【注】

毛泽东《七律二首·送瘟神》有句："华佗无奈小虫何！"

谒成吉思汗陵

秋光万里朔云遥，九曲黄河入碧霄。
雁过成陵长天阔，英雄岂止射大雕[1]。

【注】

① 成吉思汗创文字、制律法，畅通东西方贸易。

过鄂尔多斯

草原伫望暮空青，曾是天骄秋点兵。
铁马金戈来去处，新城灯火赛繁星。

蝶恋花·敕勒川至鄂尔多斯

敕勒川凉秋烂漫，草木初霜，犹有黄花倩。放眼长河青岭远，高天极目送归雁。　瀚海白沙奇迹现，亿万新苗，绿染荒原面。最是夕阳斜影灿，云流树碧红霞艳。

读汉唐史感当时官曹冗滥

滥竽充数几良俦，冠冕堂皇跳沐猴。
补阙连车多混沌，拾遗平斗少清流。
漫天太保中郎将，遍地司空关内侯。
貂尾不足狗尾续，酒囊饭袋烂羊头。

【注】

汉末更始称帝，官爵泛滥，世传“灶下养，中郎将，烂羊头，关内侯”。晋时讥赵王伦“貂不足，狗尾续”。唐武后时“补阙连车，拾遗平斗”。唐末周行逢据湖湘滥封官职，“漫天司空，遍地太保”。补阙、拾遗乃汉唐官职 。

扶老父重登雾灵山

旧日青松旧日山[①]，登高一笑望长安[②]。
松山未老征人老，两鬓霜飞霞满天。

【注】

① 父亲抗日战争中曾被日寇围困在京东雾灵山上半年。

② 长安：喻指北京。

台城路·登长城

北来独上青峰顶，霜天一览无限。日落雄关，风吹大野，绚烂黄花争艳，寒烟数点。问春去秋来，几多浓淡[①]？雨过层峦，千山万壑都红遍。　　当年烽火燃处，断垣幽谷里，隐约曾见。古木苍台，残楼弹洞，更伴南归鸿雁，相思怎遣？夕照晚霞中，关河尽染，月朗星稀，彩云天外远。

【注】

① 清蒋春霖《台城路·易州寄高寄泉》有句：“问春去秋来，几多鸿雁。”

谒焦裕禄墓（三首）

（一）

奋斗当年创业艰，荒滩笑见米粮川。
言行一致人民敬，不朽精神重若山。

（二）

满目生机意盎然，沙丘碱地变良田。
凶龙已锁焦桐绿[①]，告祭英魂慰九泉。

（三）

做官容易做人难，难在荡涤世界观。
愧对灵前焦裕禄，誓言如水宴犹欢[②]。

【注】

① 凶龙：风沙、洪水和盐碱。焦桐：焦裕禄带头所栽桐树。

② 作者自掏腰包请县委书记吃打卤面后，他说兰考是个穷县，还要招待川流不息来学习焦裕禄的领导和客人，财政捉襟见肘。

参观龙门石窟

伊水无声东北流，中州风雨几春秋。
神游秦汉三川郡，梦入隋唐五凤楼。
千载盛衰烽火杳，九朝成败丽华收。
石窟残破劫痕在，遗恨难消万古愁。

【注】

一九三五年石窟中的帝后礼佛图被普艾伦勾结古玩商岳彬盗往美国。军阀石友三等也肆无忌惮劫盗贩卖石窟雕像。

赞红旗渠

十万大军战太行，山碑厚重峙昂扬。
群峰矗立皆雕像，漳水天来玉带长。

【注】

红旗渠是中国人民自力更生艰苦奋斗的象征。上世纪六十年代，在极其艰难的条件下，河南林县人民用近十年时间在太行山上建成长七十余千米长引水渠，被誉为“人造天河”。

忆少年·无题

几番疏雨，几多愁绪，锦书难递。无奈离人去，
离人了无迹。　　月落更深鹧鸪泣，此情何系？
无悔相思苦，相思了无益。

八声甘州·访问尼泊尔

驾长风、万里过边关，秋色满霜天。见冰峰雪筑，寒川玉砌，雾漫烟绵。俯望千重云水，日暮大江悬。梦醒容颜陌，身在山南。　　有幸他乡游览，访古城街寺，景物悠闲。且名园欢宴，凉夜舞灯前。叹王都、花香鸟语，却庙堂惊变[①]默无言。韶光去，雪山依旧，难觅桃源。

【注】

① 尼泊尔国王比兰德拉等九名王室成员不久前惨死家人枪下。

浪淘沙·不丹纪行

天外有琼山，缥缈云间，霞明雪霁远空蓝。绿树红窗田野里，疑是神仙。　　暮色已阑珊，篝火新燃，奇花异草暗香传。俚曲民歌情更盛，共舞翩跹。

闻某地出警镇压“闹事”被征地农民

农户并非思贾祸，青苗毁尽似刀扎。
有钱有势强征地，无势无钱任宰杀。
赌命匹夫生计断，谋私恶吏宦途达。
缘何田亩便宜甚，阿狗阿猫财暴发。

闻某高官“蒸发”忆昔共事有感[①]

同僚共坐主席台，道貌岸然颂经来。
呵斥贪婪误家国，痛陈腐败乱情怀。
皮妍未辨真媸骨，行狡难识假清白[②]。
满座貂蝉[③]惊无奈，上梁不正下梁歪。

【注】

① 国家电力公司董事长、中央委员高严忽然失踪。

② 作者与高严在云南共事期间，就其秘书警卫司机均不知其节假日行踪及亲属来滇经商问题，给他当面提过意见，他说是国家安全机关委托他找人谈话，需要保密；对亲属来滇经商问题他表示感谢提醒，但自己并不知情。

③ 汉代侍从官员帽饰，后喻官员。

闽西行

云奔絮涌百重岚，漫卷龙蛇莽秀间。
铁马鞍横驰赣粤，银鹰翼展舞东南。
青山妩媚千溪翠，绿水妖娆万岭丹。
翘首红旗腾跃地，汀江瑞雪兆丰年。

闻厦门红楼故事（三首）

（一）

销魂帐里暖风柔，一纸通关不用愁。
三百男儿齐解甲，只缘春色满红楼[①]。

（二）

大盗嚣张感万端，远华黑幕案惊天[②]。
千军折戟因铜臭，失守江关失海关[③]。

（三）

不堪回首暗惊心，瓦釜雷鸣教训深。
痛定之时思更痛，朝阳怕现近黄昏。

【注】

① 红楼系赖昌星腐蚀拉拢干部的色情场所。

② 经查，赖昌星远华集团走私金额达数百亿元人民币，收买贿赂涉及各级党政军警与海关人员三百余人，均创全国之最。

③ 二十世纪九十年代中后期全国各地海关大案迭出。

土楼歌

八闽土楼惊世界，独行特立盛名扬。
千人同住族同姓，百户一楼各一房。
互助团结福永在，敬贤尊老寿绵长。
院中有院壁中壁，圆外套圆方外方。
冬季和熙秋季爽，春天温暖夏天凉。
出神入化布局巧，鬼斧天工设计详。
老美无知胡乱语，瞎猜导弹井心藏①。
跋山涉水解疑惑，惊叹之余愧雌黄。
两岸弟兄连姊妹，闽台多是土楼郎。
漂洋创业传家训，过海开基恋故乡。
扫墓探亲同血脉，寻根谒祖共炎黄。
而今慷慨齐出力，兴我中华万载强。

【注】

① 传上世纪七十年代美国情报机构怀疑卫星拍摄的土楼照片是洲际导弹发射井，派人以旅游名义现场侦察过。

二〇〇三年

谒金门·南靖水仙

烟雨敛，浴水芳容清减。几朵疏花扶碧叶，蕾含三四点。　　夜寂窗前月满，若有似无香淡。玉面冰姿人眷恋，情浓不粉艳。

漳州行

岛环一海水，峰立九龙江。
花艳千山秀，果甜万树香。

九龙江入海口观潮

夜阑云海融，星烁水天重。
潮起涛声壮，日出红满空。

夜空遥望

月轮初上紫霞横，坐地巡天鼓角聆。
火蔓中东多战乱，祸殃西亚少和平。
伊拉克水深火热，阿富汗风起云涌。
瞑目无言难入静，婵娟共祝祈安宁。

无　题

纪律严明内容全，言行相悖也徒然。
正襟危坐求真理，放肆赌博惑老千[①]。
善跑巧将关系建，胡吹愚把乱琴弹。
论文自有秘书写，指望腾达咫尺间。

【注】

① 某副市长在中央党校学习期间去澳门用公款豪赌被老千骗走巨款。

读薛涛诗词有感

啼血痴情志向高，亦诗亦史蕴节操。
叹绝拍案仰天啸，豪气顿生铜气消。

【注】

薛涛系离休老干部，原中共云南省委宣传部副部长，时任云南省诗词学会会长、云南省延安精神研究会副会长，有多本诗词集出版。

心　声

自古民心一杆秤，不称粮谷称政声。
鼎臣几个垂野史，多是平庸不倒翁。

登西山玉皇顶

四野清风拂面来，花团锦簇漫山白。
桃开杏绽云流火，醉眼思飞雁阵排。

评某领导答记者问

漫天愁絮漫天白，欲盖弥彰事可哀。
若是沉浮由百姓，问答何必费疑猜。

闻中央领导慰问疫区

人间万事民为重，盼把揪心注满怀。
真话实说情意切，新风从此豁然开[①]。

【注】

①“非典”后中央采取措施逐步推动信息如实及向社会公布。

哭叶欣护士长

生死几番荼火间，鲜花热泪满江南。
中华赤子情无价，不朽英名千古传。

悼邓练贤医生

疫病流行四海喧，舍身忘我奋争先。
仁民济世丰碑筑，万众齐歌邓练贤。

赞姜素椿教授

古稀犹胜壮年姿，勇斗瘟魔肆虐时。
愿化丹心为烈火，凯歌声里报春知。

祭梁世奎医生

抛家别子岂无情，亲友痛哭百姓宁。
待到瘟神涤荡日，江天酹酒慰英灵。

挽李晓红医师

无言拭泪悼英雄，拂晓东方已见红。
豪迈巾帼无畏去，临危不惧爱心同。

惊闻果子狸携带沙斯病毒

病毒出处费猜疑，源自嘴馋染陋习。
猴脑生吞心竟忍，鹿鞭熟啖性何急。
居然熊掌炖雁掌，遑论锦鸡炒田鸡。
境内吃光吃境外，生灵暴殄变公敌。

忧台湾疫情

防疫焉能玩伎俩，党同伐异路人知。
黎民沉痛忧难解，政客轻狂悔显迟。
胸罩[①]差强输口罩，间谍[②]惭愧胜沙斯。
死生与共应合作，何苦相煎豆泣时。

【注】

① 因防护用品缺乏，岛内出现“胸罩改口罩”的黑色幽默。

② 台湾疫情扩散很快，其卫生部门却宣称：“沙斯不如间谍威胁大。”

挽张爱萍并缅聂荣臻

元戎虽去笑从容，两弹一星耀远东。
卫道焉无打狗棒，保家必备慑敌功。
筋松难践复兴志，骨软易成跟屁虫。
赖有护身杀手锏，扬眉吐气立苍穹。

【注】

聂荣臻、张爱萍先后主持过中国“两弹一星”与核潜艇建造计划。

观蒙古族摔跤

虎背熊腰气势雄，漠南风烈起腾龙。
凯旋常作苍鹰舞，啸傲黄昏血色红。

长恨曲·李嘉廷浮沉警世录

人本聪明家本寒，自古英才出少年。
祖居峰青岭秀地，建水之西异龙南①。
童蒙天真赴学堂，家徒四壁少口粮。
可怜冬寒无薄袜，手皴足裂生冻疮。
幸得春晖沐哀牢，雨露三遍哺幼苗。
十载寒窗龙门跃，四邻轰动皆自豪。
白日梦想喜成真，全村亘古第一人。
谢党谢师谢父母，誓献此身报国恩。
清华园里芳满路，如鱼得水春光驻。
风雨飘摇亦逍遥②，随波逐流未受辱。
貌虽无奇非白马，命动红鸾运桃花。
同窗比翼枝连理，出身俱是百姓家。
妇唱夫随关东游，鸟飞兔走岁月流。
莲花并蒂添二子，渐解民间苦与忧。
冰封雪冻难久长，红阳又照国运昌。
男儿有幸显身手，果然黑土育栋梁。
青云直上雁高飞，南疆故里衣锦回。
荣升恰逢博览会，山作文章水作媒。
一朝园成惊四海，姹紫嫣红容颜改。
花好月圆迎贵人，瑶台贝阙流异彩。
岂料春风得意日，竟是乐极蕴悲时。
东窗事发梦难醒，身败名裂浑未知。
当年初返彩云南，耳濡目染岂偶然。
近墨者黑近朱赤，心生艳羡口垂涎。

江湖小妹设金钩，不钓鱼龙专钓侯。
每掷万金博一笑，翠楼歌舞夜未收。
酒残灯阑亦心颤，奈何色胆大如天。
红粉如花酬知己，柔肠九曲锁情关。
早有商家巧于谋，投桃报李味相投。
权钱交易生罪孽，从此发家不用愁。
有司调查曾告诫，仍图侥幸罗网开。
同僚爱护诚提醒，赌神罚咒演清白。
忽闻天公遣钟馗，鼓角动地响惊雷。
俯首奈何燕京去，乡关一别几时归。
秦城月冷细雨淫，抚膺长叹欲断魂。
失足即成千古恨，回头已是百年身。
天南地北相见难，妻儿泪眼望欲穿。
愁云惨淡孤鸿唳，无限伤心付逝川。
荣华利禄一旦倾，万念俱灰残梦惊。
子拘夫囚失颜面，羞见天日听骂名。
忆昔良人始加官，门庭蚁集车马喧。
若非黄粱虚幻灭，怎知富贵似尘烟。
荣辱炎凉若云泥，欲号无泪痛何极。
玉容憔悴心将死，哀怆欲绝歧路迷。
夜半霹雳震天庭，风声雷声伴悲声。
芳魂一缕葬花雨，人殁楼空泣秋蛉。
滇中杜宇啼落木，灵前纸灰吊冥路。
自古蛾眉怨命薄，高官常被财色误。
记得青春容貌妍，烛花倩影倚镜前。
山盟海誓恩情重，而今生死两无言。

嘘唏永诀肠已断，青丝俱雪目眦红。
人亡家破羁樊笼，名利权位顿成空。
欲诉惆怅有谁怜，人间地下怎团圆。
陈情旧事惭回首，五内俱焚度余年。
坠崖勒马思恨晚，修身种德事嫌迟。
朝立庙堂暮阶下，万箭穿心悔不值。
夜阑秋深寒露重，高垣铁网月明中。
但愿长醉不愿醒，人生长恨水长东[③]。
问君良知因何昧，聪明却被金钱累。
早知今日悔当初，弥天罪过难推诿。
良田万顷日三餐，广厦千间八尺眠[④]。
财聚万贯究何用，大限到来变纸钱。
纵观历史望全球，白云苍狗幻无休。
大浪淘沙抒感慨，多少教训涌心头。
每见节从肥甘丧，向来志以澹泊明[⑤]。
名利取之应有道，以民为本理自清。
贪婪贾祸行必险，恬淡消灾语常欢。
官少物欲乾坤静，吏多廉洁政体安。
缺德纵然才气横，侈谈报国一场空。
毁誉褒贬寻常事，腐败古今骂声同。
放眼中外几兴亡，覆辙重蹈费猜详。
王朝来去如走马，恒言警世岂无常。
盈缩之率不在天，懈怠缘由法治宽。
周期跳出唯民主，固本强根盼永年[⑥]。
以古为镜知兴替，以人为镜明得失[⑦]。
我今聊作长恨曲，只盼新来后人知。

【注】

① 建水：县名。异龙：异龙湖。李嘉廷原籍石屏县在异龙湖畔。

② 风雨：“文革”。逍遥：持消极态度。

③ 唐李白《将进酒》：“钟鼓馔玉何足贵，但愿长醉不愿醒。”南唐李煜《乌夜啼》：“胭脂泪，留人醉，几时重？自是人生长恨水长东！”

④ 《增广贤文》：“良田万顷，日食一升；大厦千间，夜眠八尺。”

⑤ 《菜根谭》：“盖志以澹泊明，节从肥甘丧也。”

⑥ 毛泽东在延安回答黄炎培关于周期率的困惑时说：“我们已经找到了新路，我们能跳出这个周期率。这条新路就是民主。只有让人民来监督政府，政府才不敢松懈；只有人人起来负责，才不会人亡政息。”

⑦ 《旧唐书·列传第二十一·魏徵》：“夫以铜为镜，可以正衣冠；以古为镜，可以知兴替；以人为镜，可以明得失。”

望关中诸陵

高陵古墓卧山阳，皓月千秋照汉唐。
路兽凋零神色黯，石人落寞物华苍。
成王败寇皆冢土，梦死醉生俱黄粱。
望断三秦思废立，灞桥风雨感秋凉。

夜登兰州兰山

雨霁星稀夜鸟翔，苍茫四顾晚空凉。
云开风凛菊初放，月满露寒叶早黄。
古戍高台同寂寞，新楼广厦共辉煌。
阳关远去浑不见，灯火绕城大河长。

贡嘎雪山行

日照冰川雪色红，金山静卧半峰松。
白花紫陌芬芳淡，绛树青峦画意浓。
莽岭浮天寒百里，荒烟卷地暖千重。
夜来兀自思登顶，万壑云飞入梦中。

涪陵月夜

月仍去岁人异人，万里清辉共一轮。
夜半涛声流入梦，天光水影戏江豚。

云阳夜泊

水荡云浮棹月船，半城灯火落山前。
高峡午夜江声远，浪遏舟飞载客还。

无　题

名门书法一团糟，票友题词笑有娇。
背后嗤称符鬼画[①]，人前谬赞字神教[②]。
笔挥形似七星剑，墨洒迹如三脚猫。
风气奈何思作俑，路人遥指过江桥。

【注】
①② 当面和背后对受请题词领导书法的评价截然相反。

白帝城怀古

天兵一怒出巴蜀，百万貔貅誓破吴。
非为汉家复社稷，只因兄弟断头颅。
营联百里烟尘灭，火浴三军骸骨枯。
帝子归天遗恨处，江声如泣诉托孤。

【注】
三国时刘备为报关羽被杀之仇，不听劝阻而伐吴，被“火烧连营”后败退白帝城，死前托孤于诸葛亮。

小三峡

峡深不见天，万木起岚烟。
壁峭猿声咽，山空鸟语喧。
泉流飘赤叶，瀑落挂白川。
解缆秋溪上，横笛正少年。

巫 峡

月笼轻纱雾笼峰，巫山云雨怅成空。
苍凝翠岭秋烟紫，秀聚青溪暮霭彤。
神女今夕如有梦，高峡翌日宁无虹。
安生彩凤双飞翼[1]，共渡关河几万重。

【注】
① 唐李商隐《无题》有句："身无彩凤双飞翼"。

夔 门

粉壁[1]崩涛裂岸回，瞿塘一入势难追。
千舟来去等闲渡，不见当年滟滪堆。

【注】
① 古诗称夔门两侧江崖为"粉壁"。

高阳台·登三峡大坝

神女青凝，长峡翠拱，横空截断江流。乍现平湖，烟霞万顷翔鸥。少年堪羡高唐事，梦魂销、云雨含羞。驾飞舟，破浪乘风，直上丹丘。　涛声依旧月新满，想天仙神采，思慕怎休？青鬓霜生，真情总是难求。千年绮梦随风去，看东方、九派横流。望洪荒，雪域昆仑，傲立清秋。

登黄鹤楼

历尽沧桑诗满楼，骚人墨客竞悲秋。
兴衰百姓评毁誉，爱恨人间演恩仇。
日月轮回如箭过，乾坤覆载似江流。
古来黄鹤谁曾见，枫岸又红鹦鹉洲。

江南游

金风乍起雨初收，极目河山遍地秋。
玄鹤唳空凌雁阵，子规啼血泣芦洲。
宦游吴越同僚喜，月照秦淮过客愁。
转眼鬓华搔欲谢，大江依旧水东流。

登钟山

烟雨江山依旧同，六朝金粉淡成空。
古来多少儿郎血，化作霜天万木红。

秋　望

江色连天色，山亭望水亭。
鸡鸣烟雨霁，风月满金陵。

念奴娇·乡思

登高眺远，望钟山，雨霁相间红绿。潋滟湖光金烁处，帆底云分云聚。影弄楼台，舟行天上，空水茫无际。夕烟凝紫，北来鸿雁声呖。　　漫空霞火西流，秋风化雨，应落哀牢地[1]。对月长吟花树下，不觉翩然心寄。流水无情，落花有意，杯酒填新句。今夕无梦，乡思万缕千里。

【注】

① 云南中部的哀牢山脉，古代建有哀牢王国。

登阅江楼

岭上斜阳射远桥，千舟奋进入云霄。
山川眼底生秋意，阅尽江天万里娇。

由李真案斥某地官场腐败

好酒千盅醉几回，痛风何惧肚皮肥。
谄说荤段孳丑态，媚作淫行臊花魁。
美女金钱谁送尔，高官厚禄尔赠谁。
浑身解数都使尽，色艺双绝胜三陪。

【注】

李真系河北省外经贸厅原厅长，因受贿被判死刑。

挽孙毅

纵横驰骋风骨奇，将军百岁世间稀。
逆多顺少轻宠辱，戎马一生志未移。

闻某友谈及参加某学会年会有感

连篇废话俱空言，滥调陈词貌凛然。
舌燥口干活遭罪，脸憨皮厚死要钱。
会长装神拉赞助，学究弄鬼搞宣传。
服务伪称讨人厌，偷闲且上洗手间。

闻某留英学生赌博负债感赋

盼子成龙泪眼迷，天涯望断怅别离。
可怜慈母情一片，尽入英伦老虎机。

贺“神舟”胜利巡天致顾逸东友并缅顾准伉俪

火箭扶摇上九重，巡天壮举赞英雄。
“神舟”浪漫迎朝日，泪雨滂沱绘彩虹。
赤子心丹终有报，高堂血热亦非空。
江东自古多志士，慷慨一门俱精忠。

【注】

顾逸东系中国科学院院士，任职国家空间科学与应用研究中心，对我国载人航天工程有重要贡献。其父顾准两次被定为“右派”，惨遭迫害，一九七四年病逝。其母汪璧亦因受牵连、批判不幸去世。一九八〇年顾准夫妇冤案昭雪。顾准生前研究成果问世后，在思想理论界引起很大震动。

感猪八戒民测夺魁

六畜名登恭作尾，肥头大耳貌堂皇。
揽功推过领导喜，偷懒耍滑弟兄忙。
敌我不分缘好色，生杀有命自流芳。
若非心惧成火腿，变个猪儿又何妨。

【注】

传某网站对唐僧师徒进行征婚择夫民测，猪八戒票数最高，成为择夫首选，唐僧人气最差。

吊宋美龄

晚岁漂泊未忘情，百年回首怅伶仃。
谈婚得意堪才女，论嫁违心惑利名。
夫唱妇随奇险履，人亡家破异乡行。
纵然骄横过难掩，抗日之功国史铭。

【注】

宋美龄青年时期另有恋人，为家族利益嫁给蒋介石，政治上支持蒋介石反共清共。西安事变发生后，她坚决反对武力解决，不顾劝阻亲赴西安参加谈判。蒋介石去世后她一直定居美国，反对“台独”。抗日战争期间宋美龄曾赴美在国会发表演讲，对美朝野各界援华起到重要推动作用。

讽某地政绩造假

作风浮躁世风移，恨不争当报晓鸡[①]。
造假难能珠目混，弄虚势必正邪迷。
浮皮有道脸皮厚，潦草无非料草稀。
可怜辕驾套拉日，懒马懒驴屎尿急。

【注】

① 公鸡认为太阳升起是它叫出，此喻贪天之功据为己有。

哈瓦那狂欢节

拉丁劲舞最动人，弦歌热烈长精神。
一年一度狂欢夜，媚眼流波倍摄魂。

夜越大西洋

破雾穿云入夜空，大洋风雨渡从容。
黎明静看天连水，万道霞飞丽日红。

过博斯普鲁斯海峡

身跨亚欧览古今，城垣两岸自浮沉。
宛然一水通三海，百舸争流入目新。

【注】

土耳其伊斯坦布尔市地跨亚欧两大洲，博斯普鲁斯海峡和达达尼尔海峡将地中海、马尔马拉海和黑海连在一起。

谒东北烈士纪念馆

敢惜青春好头颅，明知必死抛自如。
百年回首思犹痛，血热心锥沸欲出。

记伊斯坦布尔连环大爆炸

昨夜太平朗月明，翌晨突见血光凝。
可怜一片繁华地，竟作无辜枉死城。

【注】

作者访问土耳其的前一天及访问期间，伊斯坦布尔两犹太教堂和英国总领馆、汇丰银行土耳其总部先后被炸毁。作者回国后就全面加强我驻外机构安全防范恐怖主义袭击向时任国务院总理温家宝、国务委员唐家璇书面提交六点改进建议，被采纳。

参观铁人王进喜纪念馆

肃立今朝忆旧年，精神铁铸撼心弦。
斯人虽去豪情壮，一吼永存天地间。

【注】

大庆油田钻井队长王进喜被誉为“铁人”，他生前说过：“宁肯少活二十年，拼命也要拿下大油田”，“石油工人一声吼，地球也要抖三抖！”

同学聚会（二首）

（一）

当年幼稚不怕虎，敢为人民鼓与呼。
世事多艰情未改，至今仍是老牛犊。

（二）

霜生两鬓半赋闲，眉目依稀似少年。
最喜诸君身尚健，愿同花好月长圆。

二〇〇四年

闻某地卖官成风有感

冠冕堂皇狗彘多，世风日下奈若何。
黄钟毁弃鸣瓦釜，汤臭岂因屎一颗。

【注】

① 据纪检监察机关调查，黑龙江省绥化市多数正处级干部为升官保官给时任市委书记马德送过钱。此案牵连出时任省委副书记、省政协主席韩桂芝严重买官卖官案件。

夜登岳麓山

爱晚欣登岳麓山，漫空霞赤沐城垣。
江流九曲浮红土，岭镇三湘[①]卧紫天。
学府探幽贤关[②]杳，坛席访道圣脉延。
峰巅小坐思源水，月下梅花放万千。

【注】

① 湖南省别称。

② 《汉书·董仲舒传》云：“太学者，贤士之所关也，教化之本源也。”

夜上衡山

南眺衡阳北岳阳，洞庭风雨过潇湘。
涧寒人去仙桥寂，云暖雁回耒水[①]狂。
虬柏琼枝擎翠盖，苍台古殿覆黄裳。
兴高直上祝融顶[②]，残雪半山古月凉。

【注】

① 耒水，流经湖南衡阳，耒：音雷。

② 南岳衡山主峰，建有祭祀火神祝融的庙宇。

谒刘少奇故居（三首）

（一）

不是帝王不是神，鞠躬尽瘁为人民。
丰功伟绩传天下，后世犹沾雨露恩。

（二）

如烟往事不堪追，每见衡阳北雁归。
睹物思人清泪坠，萁燃豆泣最伤悲。

（三）

土木大兴智者忧，主席泉下亦心揪。
显灵当斥糊涂甚，此地无楼胜有楼①。

【注】

① 刘少奇故居村庄所属乡名花明楼，但历史上并无此楼。当地为发展旅游经济，兴建了花明楼园林并设展品。一些参观者误以为该园林是刘家祖上留下的私家花园。

记香港各界泪别梅艳芳

魅影如花竟艳芳，香消玉殒吊情殇。
苍天惯把红颜妒，泪眼婆娑几断肠。

【注】

梅艳芳：香港特别行政区表演艺术家，蜚声电影、电视剧和歌坛三界，有“天后”之称，惜盛年病逝。

颐和园西堤咏春（七首）

（一）

东风暗入景明楼，雪自消融水自柔。
寒去不觉春气暖，桃花一夜满枝头。

（二）

玉带桥边碧色生，南湖岛上斗风筝。
云浮镜底游鱼跃，倒映悠闲老钓翁。

（三）

长堤绿柳弄红桃，雁落霞飞漾六桥。
遁影流光烟水里，风姿旖旎醉妖娆。

（四）

草木贲华翠满园，廊桥小坐望春山。
层岚叠嶂霓霞涌，万道金波漾画船。

（五）

夕阳西下月初升，树影婆娑花几层。
烟笼镜桥情寄处，一池云水晚来风。

（六）

芳亭雨霁感春娇，红淡绿柔雁影悄。
满目缤纷风骤起，众香国里任逍遥。

（七）

昨夜尚觉花意浓，今晨却见路飞红。
鬓霜何必伤春去，风景四时各不同。

题颐和园知春亭

玉树临风日影迟，桃花人面竞芳姿。
知春亭外痴情水，漫弄红桥柳万枝。

探春（四首）

（一）

弓桥水榭卧石堤，漫步山阴景物奇。
碧叶千条织曲柳，红花万朵绣霞衣。
悠然锦鲤湖光耀，婉转黄莺塔影迷。
眺远忽觉风意冷，林间阵雨晚来急。

（二）

闲庭信步上楼台，放眼春情入画来。
粉影飘香芳鬓俏，白衣胜雪靓颜乖。
经霜老木花一树，沐雨新枝蕾半开。
秀色如云迷我目，湖山畅对阔胸怀。

（三）

绿鬓朱颜晓色阑，颐和园里柳含烟。
云霏燕岭生湖底，画满长廊括柱间。
曲径通幽芳染地，游鸿戏水羽拨天。
花飞絮舞情何限，乱飘香雪落樽前。

（四）

松烟淡笼镜新磨，翠岛琼楼起画阁。
棹荡扁舟浮綠水，丝摇岸柳漾金波。
螺山对耸白云袅，蟒带横陈碧玉琢。
午夜雷鸣清早雨，蛙声一片入青荷。

登泰山玉皇顶

岱岳凌空壮古今，横天百里鸟绝音。
葱茏跃上三千丈，万壑烟腾气象新。

观台湾选战及公投（八首）

（一）

挑唆离间编瞎话，挟洋自重媚干爸。
族群对立是非淆，权欲熏心千夫骂。

（二）

卖狗悬羊胡乱吹，原来坏蛋不吃亏。
谎言无数人无信，我是流氓我怕谁[①]。

（三）

烽火外交一团糟，尾巴摇狗手段高[②]。
国人不齿主子怨，政客从来脸皮糙。

（四）

烛影斧声千古谜[③]，弹丸偏爱胖肚脐。
巧施无耻苦肉计，当选可怜靠赖皮。

（五）

兄弟阋墙爆丑闻，眼花缭乱闹纷纭。
厚皮兀自谈民主，且看离奇子弹门[④]。

（六）

共祖同根骨肉情，风云变幻备刀兵。
应知血色浓于水，两岸家和万事兴。

（七）

称孤道寡早有心，割据岂因误解深。
台海纵然多变数，中华谁敢做罪人。

（八）

实力亦需智谋精，晓之利害动之情。
咬牙切齿均无用，帷幄运筹盼双赢。

【注】

① 作家王朔一部小说名。
② 陈水扁搞得美国很被动，被某媒体称为“尾巴摇狗”。
③ 野史疑传宋太宗赵光义弑兄篡位之事。
④ 陈水扁选情告急，被人射伤腹部后选情逆转。

题《陈广文学画》集

几点红白生铁干，岁寒松柏清香伴。
百花谁共占春先。惟见一枝凌雪艳。

【注】

陈广文曾任北京市委副书记、市政协主席、第十届全国政协常委。

咏　泉

清泉百脉[①]翠连珠，漱玉飘香绘春图。
瓣涌梅花[②]鸣黄鹂，风情不让大明湖。

【注】

① 百脉泉、梅花泉。

闻俞委员[①]发言有感

以往十年磨一剑，而今十剑磨一年。
齐王不辨南郭事，遂使滥竽吹满园[②]。

【注】

① 俞汝勤：湖南大学教授，十届全国政协委员，大会发言痛斥学术界浮躁风气，疾呼要厚积薄发，十年磨一剑。

② 南郭：南郭先生，出自“滥竽充数”成语。

唐多令·李清照身世感赋

花谢易伤春，春残欲断魂，叹流年、恨比江深。落尽红英痴万点，应笑我，醉花荫。　　冷月又西沉，夜阑灯色昏，忆平生、最苦情真。燕语梁前温旧梦，人难寐，黯伤心。

读琼瑶文章

冷雨寒风绮梦空，伤心难见九州同。
潮生台海思明月，照我乡愁几万重[1]。

【注】

① 琼瑶网站文章《写在台湾大选后》云："卷我乡愁几万重。"

重读《儒林外史》斥风气不正（三首）

（一）

复起沉渣来势猛，娴熟手段见心惊。
营私舞弊贪婪甚，拍马溜须技艺精。
官卖六成犹恨少，礼收千万尚嫌轻。
何妨办个销售站，打捆批发生意兴。

（二）

官场竟成名利场，旁门左道曲同工。
位失华落人情淡，财尽交绝物欲浓。
权重每因贪渎败，心哀半是绮梦空。
古来殷鉴知多少，乐此不疲入彀中。

（三）

病根不铲志难承，警世恒言贵谏诤。
千里长堤崩蚁穴，百年基业毁权衡。
官箴忌似墙面饰，国法畏同耳旁风。
律跳周期呼民主，发聋振聩斥守成。

研读《往事并不如烟》（二首）

（一）

从来往事去如烟，宠辱浮沉弹指间。
难挽前人无限恨，悲歌一曲寄辛酸。

（二）

覆雨翻云疑觊觎，大同何处觅通衢。
九州毕竟人民属，春暮时节忆钓鱼。

【注】

① 《往事并不如烟》作者章诒和，系中国农工民主党前主席章伯钧次女。

喜闻《全面推进依法行政实施纲要》出台

以民为本官为附，言语有节行有度。
权力监督靠制约，透明公正江山固。

星空仰望有悟（三首）

（一）

利禄名声皆过客，人生有舍方有得。
归真返璞天地阔，褪尽荣华是解脱。

（二）

淡名泊利无烦恼，博爱广施悔恨少。
随遇而安心自安，明白比不明白好。

（三）

浮云幻尽苍生路，以往千年皆序幕。
亿万银河亿万星，兴亡恩怨演无数。

挽常香玉

九州誉满感情真，演戏全凭精气神。
德艺双馨梨园敬，安身立命重做人。

【注】

常香玉系著名豫剧艺术家，她生前有三句话脍炙人口："演戏最重要的是精气神，戏比天大，人民是我们的衣食父母。"

题《中华崛起》照

锦绣山河春光媚，祥云徐降骏马飞。
中华崛起苍天鉴，乐见东风日劲吹。

【注】

《澳洲日报》刊登陈力所摄照片：高空云朵恰似一幅中国版图。

萨摩亚人

重义疏财利本轻，无忧无虑世无争。
从来不解愁滋味，体胖心宽度一生。

鹧鸪天·赠罗美富君[①]

已过中年更自由，笛声吹彻海天秋[②]。花间倚醉交新友，月下放歌会旧游。　词漫谱，曲温柔，醒来愿作一沙鸥。知足最喜添孙辈，万事今生不再求。

【注】

① 罗美富：时任审计署外事司司长，在同作者访问萨摩亚后飞赴巴西参加国际会议途中喜得外孙。

② 南半球节气，五月已是深秋。

闻粮食库存剧减

库存吃紧物价扬，谷贱伤农黯神伤。
两统三提费收重，八村十里田撂荒。
少年儿女打工去，老弱病残种地忙。
对立干群如水火，其中利害费裁量。

伊瓜苏瀑布（二首）

（一）

大水北来跃万滩，天河横断荡云山。
彩虹飘处千崖裂，动地洪流汇百川。

（二）

言语难描画亦难，环球壮瀑伟当先。
里根怪道曾惊叹，尼亚加拉太可怜。

【注】

伊瓜苏瀑布在南美伊瓜苏河上，当时电站装机容量世界第一。三峡电站工程开工前后，我国许多领导人都来此考察过。传美国里根总统看后叹曰：“可怜的尼亚加拉（美加交界处的著名瀑布）！”

望亚马孙河

浩荡烟波天地小，望中帆影知多少。
晚霞明灭卷流云，月镜新圆花不老。

赠华侨侨领

极目西洋万里苍，中华儿女各一方。
有情当做天上月，照遍他乡照故乡。

青玉案·谒邓小平故居

蓦然回首花飞雨，佳树郁，青山里。牌坊巍然高馆起，红流翠淌，山奇水异，喜有园林碧。　流连我亦相思寄，面貌全新风景丽。往日乡邻何处觅，旧朋缥缈，故居孤寂，似违亲人意。

【注】

四川省广安市在整修邓小平故里过程中，将其乡邻牌坊村所有农户整体迁出纪念园区外另建联体别墅新村，园区内只保留小平故居。市里因资金匮乏贷款三千万，故参观收取三十元一张的门票。因园门置放出土的担任过清朝侍郎的邓家某先祖石碑和复建牌坊，一些游客误以为整个纪念园区是小平先祖所留。邓小平同志亲属得知作者见闻后对此持批评态度。

中兴乐·谒朱德故居[①]

藏龙卧虎话琳琅，微风拂过横塘。故园萧索[②]，蔓草猖狂，井前无语神伤。水徜徉，几曾流到？金沙江渚，易北河旁。　　当年鏖战创辉煌，耄耋傲雪迎霜。英雄虽老，敢斗豺狼，岂容奸佞嚣张！越苍茫，元戎已去，黄钟大吕，气荡云扬。

【注】

① 朱德故居在四川仪陇县马鞍镇，与琳琅山为邻。

② 作者就朱德故居年久失修致信中央领导，建议国家拨款修葺并遵守修旧如旧原则不准将邻里整体搬出，并支持仪陇县基础建设。鉴于一些省市存在争相建设在职国家主要领导人祖籍和故居乱象，建议参照外国做法并从国情出发就国家主要领导人退休后纪念作出统一规定，各地不得擅为。

参加某地土地清查有感

别墅豪庭阡陌起，文章锦上喜添花。
良田千顷忽征尽，百姓万人顿丧家。
朝里有人钱好挣，手中无地药难抓。
怨声一片群情沸，世道如今怎么啦。

评粮食补贴政策

政策亲农风气邪，村民最怕上面截。
为防口惠实不至，央财直补最科学。

忧被征地农民（二首）

（一）

一寸土地一寸金，寸寸连带百姓心。
忍痛贱卖垂泪问，何日再现鱼水亲？

（二）

进城无望富无路，就业无门病无术。
无地无钱文化无，老来最怕无人助。

谒隆化董存瑞陵园

夜来风雨肆陵园，木叶凋零草花残。
忍见芬芳污泥水，纸灰飞处泪泫然。

过董存瑞牺牲处

假堡荒唐锁铁栏，坐收门票老头闲。
如今世道潮流改，不爱英雄只爱钱。

古格王朝遗址

长云遮紫塞，古堡蔽崖天。
秘境传千载，土林誉雅丹①。

【注】

① 札达县数千平方千米土林是世界面积最大雅丹地貌。

金缕曲·圣城拉萨感赋

山水惊飞渡，棹仙槎、高原浩瀚，云帆漫舞。雪岭冰河风物异，此景能临几度？不是梦、人间难述。却看庙堂连广宇，叹巍峨、净土秋阳暮。灯万盏，花千簇。　　香生夜寂随风入，暗缠绵、隐约梵唱，欲寻无处。回望京华三万里，总被浮云遮住，想岁岁、月明如故。我亦曾经蹉跎甚①，感年华、无悔红尘误。惟笑对，人生路。

【注】

① 清俞樾《金缕曲》有句：“我亦浮生蹉跎甚”。

虞美人·赠郭金龙

别君已近三年矣，把臂高原聚。缘何鬓似五更霜？想是无眠长夜立寒窗。　　有情依旧边疆系，血热韶华去。男儿岂恋一家欢，但慰万家灯火报平安。

【注】

① 郭金龙时任中共西藏自治区党委书记。

浪淘沙·巴松错

霞漾水声柔，芳满花洲，经幡五彩绕琼楼。疑是仙来神往地，晚唱无忧。　　风雨洗清秋，又弄轻舟，滴滴点点入心头。吹淡悲欢眼底事，消尽闲愁。

菩萨蛮·颂青藏铁路建设者

西风一夜寒生处，千峰万壑等闲度。儿女本情长，别离草又黄。　　凉云横雪岭，敢啸冰原顶。何日走长龙，相思意更浓。

蝶恋花·谒阿里神山圣湖[①]

百道清溪生绝巘，莽域荒原，突见瑶光现。流翠烁金波潋滟，宝蓝一片红阳绚。　　谁遣浮云崖望断？难觅神踪，雾掩天仙[②]面。寂寞长空舞彩练，含羞未许人相见。

【注】

① 冈底斯山主峰岗仁波齐是佛教、苯教、印度教三大教派的最崇高的圣地。玛旁雍错系西藏三大圣湖之首。

② 玛旁雍错西面是喜马拉雅山脉的神女峰。

临江仙·那曲行

放眼白云浮碧海[①]，不觉地老天荒。望中何处是羌塘[②]？草原风凛，大野暮苍茫。　　水远山高人迹杳，任它世态炎凉。牧歌豪放伴夕阳，哈达情重，一醉奶茶香。

【注】

① 纳木错系西藏面积最大的湖泊，三大圣湖之一。

② 藏语“北方高地”，习惯上指阿里、那曲地区，有大片无人区。

八声甘州·山南怀古忆松赞干布

惊回首、宫阙立云端，金顶俯河川。瞻田间古寺，香烟缭绕，法象庄严。塔外千山万岭，霞灿火烧天。一派苍凉意，顿上胸间。　霸业雄图何处？金戈铁马里，威镇雪原。连理结双好[①]，花雨满长安。画楼前、美人曾伫，慕风流、今也意留连。江声远，古陵[②]新月，秋野苍烟。

【注】

① 松赞干布迎娶了唐朝的文成公主和尼泊尔的赤尊公主。

② 吐蕃王朝时期的藏王陵墓群。

高阳台·游布达拉宫感赋

彩绘瑶台，镏金宝塔，天宫瑰丽堂皇。祭拜神佛，应图社稷安祥。浮沉欲海初衷改[①]，忆前生、愧对庙堂。泪空流，难耐清修，自蹈凄惶。　农奴百万翻身舞，喜当家作主，涤尽愁肠。护国利民，方能大法弘扬。荒唐料是终难悔，想如来、语重心长。坐莲花，手印降魔，亦厌猖狂。

【注】

① 新中国成立之初，中央人民政府与西藏地方政府达成的西藏和平解放和维护祖国统一的协议。达赖集团在外部敌对势力策动下背弃这一协议，于一九五九年发动叛乱，失败后外逃。

谒江孜抗英纪念碑

健儿赴国难，烽火照宗山。
血浴雄碑矗，永垂雪域间。

菩萨蛮·别拉萨

江天又染金秋雨，斑斓万点催人去。涛起晚风凉，离肠共水长。　　地寒霜色早，黄满山南道。霞灿雪峰彤，情生暮霭中。

清平乐·谒川藏公路烈士纪念碑[①]

云翩水舞，伟业英雄谱。筑就高原万里路，血碧长眠忠骨。　　险峰飞越千重，萦怀烈士光荣。眺望军魂祭处，日边一片霞红。

【注】

① 当年十万将士参加川藏公路施工，牺牲人员超过三千。

金沙回望

水流花落已情痴，况是临风把酒时。
月解相思天朗后，片云江上雨先知。

读姜戎《狼图腾》感赋

远天大漠望苍黄，遥想当年霸气昂。
放马长河一啸壮，雄飞瀚海万蹄狂。
男儿血热情慓悍，女子性刚体健强。
今日猖獗惟鼠兔，最悲不见草原狼。

满庭芳·吊中国驻原南使馆旧址

弹洞惊心，残垣触目，腥风血雨曾稠。鞠躬痛悼，不觉泪长流。自古强食弱肉，准星误[①]、岂信无由？伤心地，凄凉如旧，此恨几时休？　百年积弱苦，欺凌受尽，犹记心头。纵相逢一笑，难泯恩仇。试看鲲鹏展翅，腾飞日、强我神州。秋风劲，兵戈未洗，慷慨论吴钩。

【注】

① 美国对轰炸我驻前南大使馆伤亡多人事件百般辩解，说是“误炸”。

闻中央领导讲话有感

抚膺长叹思忧患，腐败日深世风变。
自古治国忌空谈，无私无畏无羁绊。

登维托莎山[1]

秋山入目百千重，正是天凉冷意浓。
横黛乱峰添黯淡，惊霜病树褪葱茏。
冢荒园废朝凝露[2]，影吊形只晚寄虹。
忆旧思今多感慨，祸福难料几国同[3]。

【注】

① 维托莎山位于保加利亚首都索菲亚南，自然保护区。

② 保加利亚二战烈士墓和国宾馆年久失修、衰败不堪。

③ 东欧剧变后，保经济凋敝，风气腐败，人均国民收入尚未恢复到一九八七年，贫困人口占三分之一以上。

临江仙·过斯库台

斯库台前西逝水，寒来燕子惊波，繁香零落已无多。荒城[1]秋草蔓，日暮影婆娑。　　伫望南天思旧事，山鹰[2]啸傲关河，风流人物任评说。心忧科索沃，烽火照城郭。

【注】

① 阿尔巴尼亚斯库台市有中国援建毛泽东纺织厂，现成废墟。

② 阿尔巴尼亚被称为山鹰之国，有抵御外来侵略的光荣传统。

赞洪虎

处世为人耻谄迎，胸怀坦荡焕真情。
心同比干无七窍，身效魏征怀五经。
执政当忧言路废，为民岂惮视听明。
壮哉洪虎国之宝，刚正耿直两袖清。

【注】
洪虎系原吉林省省长，曾向时任中央主要领导人当面进言。

关外纪行

北地苍茫落日悬，松辽眺远阅空天。
冰封九塞千河冷，雪漫三山百岭寒。
客路难行伤旧事，乡情易动感新年。
人间莫谓知音少，好友相逢尽展颜。

养狗场

树海林山流苍莽，雕梁画栋思怅惘。
谁知绿化栋臣碑，竟守豪门养狗场。

【注】
有人写信举报北京西山全国绿化功臣碑纪念园改成名狗养殖场，纪念碑蒙上黄布改供神像。作者经实地了解，举报属实，转北京市政府查处后作了整改。

鸡脚可怜油水薄

岁尾年终宴请多，名楼爆满惑笙歌。
金钱开路良心涅，美女攻关醉眼酡。
小鬼难缠易打点，阎王好见费揣摩。
羊毛出在羊身上，鸡脚可怜油水薄。

狗场打工少年

金抛百万意何为，竞购西洋名狗回。
狗吠狗骄狗得志，人穷人病人倒霉。
人操苦役思救命，狗享清福盼夺魁。
敢怨家贫不如狗，心结难解可问谁。

【注】

价值百万获欧洲比赛冠军名犬每日伙食费几十元，少年月薪六百元。少年打工是为患病母亲筹集医疗费。

回京三周年偶感

漫说捉鬼赞钟馗，信有忠良惩佞贼。
磊落为人羞纳贿，光明处世耻分肥。
聊擒社鼠揭猫腻，且斩城狐挫虎威。
小试牛刀惟尽瘁，回春乏术恐难追。

雪中吟

琼花万点满穹庐，雪舞白山壮画图。
槛外烟浮如过梦，临风啸傲话江湖。

二〇〇五年

过莆田

八闽山青景致妍，荔城风物亦缠绵。
湄洲神往虔心暖，九鲤仙游瀑影寒。
百戏杂陈言傀儡[①]，千腔荟萃话莆仙[②]。
今同畅饮枇杷酒，海上潮生共月圆。

【注】

① 木偶，福建莆田民间自古至今盛行木偶戏。

② 流行闽南的莆仙戏。

不盼凌云盼海宁

昂首放歌月下行，厦门岛外怒潮鸣。
台澎虽近归心远，不盼凌云盼海宁。

谒湄洲妈祖庙

虔诚祭拜地，缭绕青烟里。
无尽故乡情，满腔游子意。

【注】

东南沿海和东南亚各地信仰妈祖者数以亿计，祖庙在湄洲。两岸三地大批同胞每年都来此祭拜。

闻妈祖显灵

千里信风驭海龙，帆樯每渡载情浓。
香焚两岸施甘露，喜见淋漓草木荣。

【注】
百姓相传台湾与金门遭遇大旱，请妈祖金身巡游后普降甘露。

吉林行

虎啸峰头月影泠，寒川日上色新晴。
长白莽莽瞰北域，鸭绿迢迢向南瀛。
叶挂霜花随雁舞①，鸿翔雪柳伴霞鸣。
松江两岸春常驻，玉树冰凝②未了情。

【注】
① 小丰满电站坝前松花江面不冻，有雁群过冬。
② 雾凇，俗称“树挂”。

再读《三国志》感赋

字里行间白骨森，全篇要义是杀人。
黎元命舛同草芥，将相功高比龙麟。
血雨腥风翻作浪，痴心妄想碾成尘。
灯蛾投火无休止，权瘾远超海洛因。

望司马台长城

桃李春风几度开，漫山红绿醉心怀。
雄边铁锁云如海，万里长城天际来。

挽赵紫阳

犹忆当年局势险，栋梁末路亦堪伤。
何来运舛失高位，难许民安享小康①。
误党无心歧见误，匡邦乏术甲兵匡②。
尘埃落定思功过，未忘吃粮找紫阳③。

【注】

① 按照赵紫阳处理“六四”风波的方针，中国很可能如同苏联一样陷入瓦解分裂状态，绝无可能实现振兴中华和全面建成小康社会的目标。

② 赵的主张造成中央高层意见分歧，致使处理乏力、贻误时机。

③ 改革开放初期，赵紫阳与万里分别在四川、安徽农村率先实行家庭联产承包责任制，民间广传“要吃米，找万里；要吃粮，找紫阳”。

忧闻长江污染日益严重

淮河病重大江愁，忍见青山癞痢头。
两岸烟尘弥九派，一川浊水向东流。

【注】

《光明日报》披露，仅二〇〇三年排入长江的污水即达二百七十九亿吨。

闻豪坟被盗

豪坟厚葬几生悲，尸骨支离恨怨谁。
此地无银三百两，墓碑高耸易招贼。

临江仙·谒马江海战昭忠祠

九冢山青眠烈士，当年气贯长缨。马江鏖战炮声鸣。罗星塔外，血染晚潮猩。　物竞天择多变幻，如今百废皆兴。健儿勇作弄潮行。心雄万里，壮志缚长鲸。

【注】

一八八四年八月二十三日法军偷袭马江，福建水师全军覆灭，后人建有义冢和昭忠祠。

陪各国同仁游九曲溪

三月幔亭[1]细雨迷，千丝万缕入花篱。
清流九曲逍遥渡，一路江声满翠溪。

【注】

① 武夷山幔亭峰。

深圳重游（二首）

（一）

转眼阔别十二年，蓦然仙境降人寰。
晴川锦绣芳颜美，曲径蜿蜒丽景妍。
跨海长虹飘雨后，凌空广厦缀花前。
生机无限春晖里，灿烂霞生艳水天。

（二）

茶余饭后友闲谈，话系民工愧展颜。
楼起百层凝血汗，路修千里筑辛酸。
操劳半世人权匮，茹苦一生社保悬。
进退皆难愁后路，城关内外两重天[1]。

【注】

① 深圳关内常住人口有社会保障，关外数百万农民工无社会保障。

赠调任蜀中友人

炎凉懒问不参禅，随遇而安一笑迁。
兴至乘风朝贡嘎，忧来酹酒祭前贤。
武侯联撰思痛定，诸葛魔生惑情专。
潇洒得闲川中走，巴山蜀水阅万千。

斥贪官污吏

自诩庙堂比圣贤，原来暗地敛金钱。
清廉假冒娇情隐，成就滥吹马屁穿。
下海子孙皆暴富，升天鸡犬俱荣迁。
贪心未满行无忌，岂管他年启祸端。

贺国共两党高层会晤

破冰之旅巧安排，好戏联翩共舞台。
跨海搭桥亲戚至，归宗认祖手足来。
紫金山麓偿夙愿，黄帝陵前慰心怀。
把臂言和明大义，真情一片铁石开。

【注】

中国国民党副主席江丙坤率团访问大陆与中国共产党领导人会晤。

望海潮·登云顶岩

云岩雄峙，一衣带水，澎湖险扼东溟。潮涌夜阑，魂托皓月，团圆两岸生灵，惆怅意难平。听万顷涛吼，惊起鸥鸣，故垒残台，又谁曾奋戟挥缨？　　追思猛士豪情，笑谈恩怨泯，功照汗青。兄弟阋墙，沧桑阅尽，焉同孽子螟蛉？何必论虚名？愿驾鹏宝岛，同会燕京，更盼亲朋解甲，歌舞庆升平。

相见欢·夜眺金门岛

江声暗送琴声[①]，月新明。两岸青山尽染望乡情。　　心相印，习相近，笑相迎。骇浪惊涛盼作晚潮平。

【注】

① 因厦门鼓浪屿住户多钢琴，鼓浪屿又称琴岛。

浣溪沙·贺两党领袖会见

月海星波两岸隔，鹊桥今夜架银河，痴情万种影婀娜。　　咫尺天涯人易老，百年恩怨恨休说，团圆共盼舞婆娑。

述 怀

感君义气抱不平，粪土公侯亦多情。
本是三言两语事，何来万世千秋名[①]。
醉生未解疑梦死，特立焉知必独行。
敢笑蝴蝶非庄子[③]，虚空踏破志自明。

【注】

① 改聂绀弩《散宜生诗》（杂诗四首）其一：“从来两语三言事，未必千秋万世名。”

② 《庄子·齐物论》云：“昔者庄周梦为胡蝶，栩栩然胡蝶也。自喻适志与！不知周也。俄然觉，则蘧蘧然周也。”

赴珠穆朗玛峰登山大本营

烟波雪浪起伏间，百岭千川晓色丹。
苦短春风又一度，登高愈感大荒宽。

踏莎行·珠峰晨眺

日月交辉，霞霓明灭，一峰雄峙千崖列。长空回首向旗云，烟生绝顶狂飙泻。 雪岭流金，冰川浴血，几番心醉迷晨野。情牵此地最相思，红尘荡尽俗肠解。

杞人忧天歌

道路无穷尽，浩漫似长河。
重读革命史，感慨教训多。
牺牲为信念，献身靠寄托。
但悲胜利后，险重蹈覆辙。
前程虽锦绣，好事奈多磨。
三贬复三起[①]，实践蕴真灼。
新功夸盖世，隐忧未能遮。
光鲜难掩过，积弊待改革，
极左遗大患，封建似网罗。
人性多自利，却空讲道德。
积弊愁难扫，暗行潜规则。
监督非无效，硕鼠日渐多。
胎脱家长制，经历必坎坷。
乾坤常独断，久之定骄奢。
壮哉怀烈士，信仰不能夺。
人治与法治，水火亦相合。
出路唯民主，利益大家得。
权利受尊重，社会庆谐和。
树倒缘内朽，机失恐误国。
狂澜挽乏术，届时痛奈何。
渠成水始到，冒失易翻车。
古来多少事，渐进少波折。
真理靠求索，岁月本蹉跎。
弄潮须勇气，此事岂能拖。

呜乎执政久，易把斗志磨。
惟恐枢渐蠹，惯性走下坡。
杞人忧天堕，愚作警世歌。
每思周期率，嗟叹泪滂沱。

【注】

① 邓小平历史上三次被打倒、三次复出。

临江仙·访问冰岛

浩荡烟波极北地，浪涛席卷涯端，火山缥缈紫云翩。悠闲鸥鸟戏，长昼夜流丹。　寂寞洪荒依旧是，海枯石烂空天，温泉水暖晓风寒。冰原春梦绮，人媚野花鲜。

高阳台·埃及行

树影摇红，笙歌送晚，尼罗难觅残春。艳舞缠绵，花舟醉倚江浔。风流往事堪谁问？六千年、故国湮沉。望怆神，月泛波粼，转瞬浮沦。　凭栏我亦思今古，叹繁华易冷，富贵烟云。惟有狂沙，依然乱落红尘。堂皇最是国王谷，想当年、销尽黄金。暗惊心，梦醒长河，淡抹晨昏。

吊蒙恬

浪起黄河卷暮云，晚阳濡血祭战神。
始皇黩武浑一统，二世穷兵惑贰臣。
鲜耻奸贼暂得势，沉冤将士久断魂。
可怜忠义常凶死，从古至今有几人。

【注】

秦始皇死后，名将蒙恬与太子扶苏被赵高和胡亥矫诏赐死，胡亥篡位。

登浑怀障

水漫浑怀障，风扬瀚海天。
云浮白日尽，气贯贺兰山。

【注】

蒙恬北击匈奴后在河套建“浑怀障”要塞，屯垦戍边。

戏答某公

老来尤忌牢骚盛，有话直说但无争。
莫道人微言非重，须知放屁也添风。

【注】

某公在一会议上说，人微言轻，如同放屁。

读中国盗墓史

筹饷焉能守清规，凄凉月冷照断碑。
冢掘十丈原无鬼，坟盗万茔怎有亏。
胜者王侯败者寇，魏家将相汉家贼。
摸金校尉[①]由此设，鼠窃狗偷亦增辉。

【注】

① 三国时，曹操设立“摸金校尉”一职，专司盗墓筹饷事项。

额尔齐斯河

众水俱东流，尔独西北游。
不羁俗世路，放浪啸春秋。

【注】

额尔齐斯河发源于阿尔金山南麓，流入哈萨克斯坦和俄罗斯的西伯利亚，注入鄂比河，是中国唯一流入北冰洋的河流。

克拉玛依[①]

何惧冬寒暑日蒸，荒滩井架壮新城。
磕头机下油如海，银水[②]北来奇迹生。

【注】

① 克拉玛依在天山以北的准格尔盆地中，是新中国成立后开发的第一个大油田。

② 准格尔盆地中流经石河子和克拉玛依的引水渠。

由塔城至霍尔果斯（六首）

（一）

万马奔云岭上飞，边关游客笑语归。
阿拉山口西北望，血色年华不忍追。

（二）

塞垣忽感古城秋，往事重温冷意流。
惠远楼南西逝水，冤魂无数怨声啾[①]。

（三）

蒙耻当年未雪时，肝肠俱碎痛谁知。
千秋难泯英雄恨，回首故山[②]落日迟。

（四）

本来革命党同根，称霸只因权欲熏。
此后西陲频启衅，亲人泪血洗黄昏[③]。

（五）

艾比湖旁忆旧年，秋来春去几桑田。
干戈终见化玉帛，共庆中天月儿圆。

（六）

世代姻亲岂寇仇[4]，是非何必论无休。
两国兄弟同携手，喜建金桥连亚欧。

【注】

① 惠远为清伊犁将军驻地，清末分裂势力暴乱在此屠杀大批军民。

② 清末沙俄侵占我国新疆霍尔果斯河以西一万余平方千米土地。

③ 苏联曾在中苏边境多次挑起流血事件。

④ 哈萨克民族世代跨国而居。

伊犁行

遍地牛羊景旖旎，天山深处草原奇。
江头江尾烟云幻，秋雨秋风雾霭迷。
马上健儿欢聚会，座中朋友惜别离。
今生难忘林水碧，此去常怀那拉提[1]。

【注】

① 那拉提，草原名，位于伊犁河谷。

高阳台·眺楼兰遗址

朔漠横空，荒烟卷地，曾经百里蒹葭。朽柱凋台，湮留旧日繁华。颓垣断壁夕阳下，想当时、燕子谁家？两千年，渐没风尘，寒噤昏鸦。　升平自古从来少，叹兴亡难数，代谢无涯。绮户朱阁，已成昨夜昙花。王家霸业今何觅？向天边、一抹残霞。更平添，冷月悲笳，白骨黄沙。

【注】

楼兰是汉代位于罗布泊流域的强盛王国，曾与匈奴结盟，后败亡。

赠新疆诸君

望中身影又相逢，喜见天山雪岭横。
重彩新描塔里木，雄图再绘草原城。
葡萄美酒千家酿，瀚海昆仑万马腾。
塞外休说无故旧，各族兄弟俱亲朋。

北疆怀古（二首）

（一）

梦回昨日忆东归[①]，烽火蔽天血雨飞。
绝漠朔风摧战马，嘶声惨烈角声悲。

（二）

玉壶铜箭射冰天，瀚海八旗铁甲坚。
今日升平征戍少[②]，犹编劲舞颂西迁[③]。

【注】

① 在伏尔加河流域生活的蒙古族土尔扈特部落因不堪沙皇压迫东归，一路被追杀，伤亡惨重。经清朝乾隆皇帝批准在新疆居住，仕地位于今北疆的博尔塔拉蒙古族自治州。

② 清张亨甫《砧声》句。

③ 清初蒙古族察哈尔部奉皇命西迁新疆驻守戍边，驻地位于今南疆的巴音郭楞蒙古族自治州。

南疆行（四首）

（一）

枝头月上火云烧，烤肉香喷手鼓敲。
弹起我的热瓦甫，龟兹[①]歌舞动今宵。

（二）

老城新貌话昔游，彩笔填词难写愁。
戈壁荒原今见绿，风调雨顺庆丰收。

（三）

喀什访罢又于阗[②]，百果飘香一路甜。
玉美须知心更美，团结共建好家园。

（四）

他帮助我我帮他，自古中华是一家。
国盛人和兴万事，新疆遍种友谊花。

【注】
① 音求词，古代西域小国，现库车县。
② 音于田，古代西域小国，现和田市。

过塔里木（三首）

（一）

跃马天山意气吞，流沙万障卷昆仑。
暮云七彩镶金色，瀚海无垠月半沉。

（二）

盖地浮尘蔽日轮，塔河南北少行人。
刚强当属胡杨树，最具风流战士魂。

（三）

千里雪山次第排，大漠烟霞壮情怀。
黄云远望弥天地，欲驾惊雷叱咤来。

赞巴音郭楞州建设者

死亡之海显英才，绿贯长廊志满怀[①]。
气盛情豪征且末，心雄胆壮战轮台。
荒原钻塔擎天立，绝漠灌渠彻地排。
孔雀河旁风摆柳，销魂最是月光白。

【注】
① 南北贯穿塔克拉玛干大沙漠的公路两侧绿植如带。

颂新疆兵团老战士人生三部曲

（一）

男儿戎马戍边关，百炼身经尚少年。
爱到深时心似铁，家山不恋恋天山。

（二）

麦菽千里稻花香，一手拿锨一手枪。
雄唱赋诗身未老，凯歌常颂进新疆。

（三）

如今少壮已白头，草木初黄正感秋。
忆此人生从不悔，蹁跹一曲藐封侯。

虞美人·谒西路军纪念碑

当年惨烈成仁处，血染无情路。虎狼鼙鼓泣哀鸿，将士西征号角震苍穹。　山川百战多白骨，胜负皆黄土。但留忠勇励新人，盼我中华奋进长精神。

【注】

红军长征到达陕北后，中央决定组织西路军打通去新疆道路，以便获得苏联支援，沿途被马步芳、马步青等反动武装围攻，弹尽粮绝，大批将士英勇牺牲，仅有极少数人突围到达新疆或回到陕甘宁边区，被俘官兵受到惨无人道的折磨。

无　题

车载斗量职数滥，前朝旧病叹今遗。
座中摩踵皆常委，台上比肩俱主席。
公卿似水乘别克，冠盖如云坐奥迪。
朝露浮爵难舍弃，只因狗眼看人低。

夜乘长途客车[1]

票卖超乘车主喜，屁熏足臭客生疑。
榻中幸喜无虱子，寒气袭来透铁皮。

【注】

① 作者与秘书和杰由西宁乘长途客车去格尔木，发现该客车严重违规超乘，无座黑票五十元一张。

齐天乐·青藏铁路行

穆王八骏[1]传千载，瑶池寄情王母。雾漫昆仑，云堆纳木，怎有霓裳歌舞？无垠冻土。更寒飙夜吼，朔风凄苦，孤旅天涯，驼铃瘦马度朝暮。　而今默忆往事，雪山呼啸过，争看霞吐。莽域虹横，英雄泪纵，道是人间天路。功德万古。汗洒几春秋，梦回无数，跃上丹峰，铁龙谁敢阻。

【注】

① 传周穆王驾八骏巡游天下，至昆仑山瑶池会西王母。

贺抗战胜利暨父母钻石婚六十大庆

血沃中华擂战鼓，青春火浴铸丰碑。
前仆烈士抛头去，后继豪杰唱凯回。
发鹤颜童心不悔，风狂雨骤志难摧。
千秋义勇新儿女，业耀神州万古辉。

贺父亲米寿（五首）

（一）

两耳犹聪两鬓华，今天老爸寿双八。
筵席大摆坚不准，家庆建军宴烤鸭。

（二）

少年赴死驱倭寇，垂暮养生种草花。
酣梦时常作虎啸，怒吼仍思把敌杀。

（三）

老来成了慈善家，雀鸟窗前叫喳喳。
引类呼朋三餐供，皤然不顾腿脚麻。

（四）

虎子焉能离虎父，两情相悦榻中趴。
每逢午晚喵喵闹，快上床头共枕吧。

（五）

老妈今亦笑哈哈，她敬你来你敬她。
共饮一杯同心酒，白头红似两朵花。

送 行

寄语清秋不胜情，生来鄙作媚俗鸣。
弱冠岁月原无忌，知命年华仍有棱。
傲物易招神鬼妒，恃才难免小人撄。
愿君此去风行健，沧海弄潮一雁轻。

采桑子·重谒列宁墓

容颜未改书难寄，叱咤风云，横扫千军，曾是群英尽望春。　　殷勤慰有宫前月，永伴晨昏，今古情真，无论新人换旧人。

虞美人·圣彼得堡行

梦中独眺寒江碧，雨霁红无迹。夜阑霜重百花凋，怅见落华难聚付狂飙。　　醒来痴看霞生处，望断凌波目。万顷烟水耀金辉，饱阅海天一色彩云飞。

踏莎行·红场感怀

旧景锥心，黄花瘦尽，红颜褪去绝芳信。男儿有泪为谁垂？重来已是繁霜鬓。　斗转星移，难回国运[①]，天公岂吝生才俊？蹉跎往事动愁吟，耐人寻忆[②]忧相近。

【注】

① 苏联瓦解后，俄罗斯经济倒退，元气大伤。

② 苏联共产党亡党和丧失政权的教训值得中国共产党汲取。

伊萨大教堂

血筑庙堂骸骨枯，冤魂十万祭浮屠[①]。
人间地狱疑无异，圣母有灵当痛哭。

【注】

① 圣彼得堡的伊萨大教堂建设历时四十年，死亡十万人。浮屠：原指佛陀、塔，此指教堂。

挽汪道涵

三迤聆听话一席，真知灼见世难及。
温良儒雅神谦恭，睿智博学话启迪。
烈士暮年犹奋力，壮心晚岁愈执迷。
君今已驾黄鹤去，风范永留后人仪。

悼巴金（二首）

（一）

处世缘何媚意无，百年风雨沐修竹。
晚来随想尤真挚，忏悔良知蘸血书[①]。

（二）

看破浮华难苟同，颂词称誉淡成空。
梦魂应与黄花似，定有清香冷处浓[②]。

【注】

① 巴金晚年著有《随想录》，反思“文化大革命”，拷问良知。

② 清王彦泓《寒词》有句：“个人真与梅花似，一日幽香冷处浓。”

禁　赌

捷报频传庆凯旋，沿边赌场纸牌闲。
国门冷落澳门热，肥水不流外姓田。

【注】

报载我打击沿边口岸境外赌场效果明显，澳门博彩业却愈加兴隆。

登剑阁

北望秦关冷意浓，剑阁飞峙晚阳红。
参天尽是张飞柏，万壑分流古道雄。

二〇〇六年

扫花游·夜泛两江四湖

江声水影，浮宝塔珠灯，玉桥花艇。萃集百景，似瑶池金殿，广寒意境。一片闲情，且有笙歌助兴。月如镜，想云岭[①]岁余，今宵同映。　烟水原无定，愿好景常留，花季无令。曲终梦醒，盼扁舟再棹，碧潭鱼影。胜地重回，共莅神仙画境。更谁请？万山西、雪峰[②]绝顶。

【注】

① 在云南西部。

② 云贵高原横断山脉雪峰。

漓江晨望

岭右山溪带雨浑，秀峰江左翠接云。
如烟似幻飘风过，白鹭一双落碧林。

过河池

诗赋难吟笔难描，青莲地涌秀琼瑶。
神仙境里多佳色，惜在深山伴寂寥。

谒袁崇焕故居感赋[①]

金瓯难补庙堂昏，独守孤城倚栋臣。
宁远报捷才具显，平台奏对智谋深。
蜚言成虎和悲咽，柴市磔身带愤吞[②]。
众喙漂山多冤死[③]，每读明史每断魂。

【注】

① 袁崇焕：原籍广西藤县，祖籍广东东莞，崇祯年间任蓟辽督师，领导取得宁远、宁锦和京师大捷，因皇太极施反间计被崇祯下诏磔死。

② 磔身：剐死。史载，袁公下狱天下冤之，却被北京官民误解。带愤吞：明计六奇《明季北略·逮袁崇焕》：“时百姓怨恨，争啖其肉。”

③ 明谈迁《国榷记》：“逮袁崇焕时，一时难民愤祸，众喙漂山”。多冤死：瓦剌在“土木之变”中俘获明英宗后围攻北京，兵部尚书于谦等拥立明英宗之弟击退瓦剌，英宗复辟后于谦竟被下狱冤死。

双塔赋

人间罕有此峥嵘，天上蟾宫落九重。
双塔凤鸣乌兔[①]聚，梅花陌上绽新红。

【注】

① 金乌、玉兔。中国古代神话中的太阳为金乌、月宫中有玉兔。

登真武阁

悬空四柱水云托，殿宇巍峨耸碧螺。
举世无双真胜迹，天南傲立壮关河。

夜行柳江堤

雁唳霜天水影涟，江流九曲绕城垣。
烟迷夜色寒云晚，十二桥头月半圆。

夜游某地市容

月下花容赞未休，细观难掩杞人忧。
仿欧广场垃圾满，复古长街污水流。
公厕涂鸦瞎办证，私家广告乱忽悠。
何关市长眼神差，只怪阑珊灯火柔。

蝶恋花·贺二老

烟火漫空芳讯报。极目中天，瑞雪丰年兆。记得儿时娘手巧，新衣缝就窗花铰。　　莫误团圆惟恨少。聊祝高堂，比翼百年好。白首红颜相对笑，童心共话春来早。

和谐社会解析

和是民能吃饱饭，谐为众有讲话权。
公平兑现惟正义，关键心与百姓连。

颂冯志远老师①

塞上红烛冯志远，平凡业绩动人寰。
根扎贫困农家院，身舍繁华上海滩。
愧对妻儿虚膝下，慰闻桃李满贺兰。
一生辛苦从无怨，恰似长白红杜鹃。

【注】

冯志远从上海到宁夏支教四十三年，双目失明后仍坚持教学，被评为二〇〇六年度感动宁夏、感动吉林十大人物。

挽从飞

意气神交恨未通，短歌一阕敬英雄。
蝇营鲜见真善美，狗苟常闻假大空。
文化道德中外异，爱心慈善古今同。
风行草偃情真挚，感动中华贯始终。

【注】

歌唱家从飞捐献钱财三百余万资助贫困学生和残疾人一百五十余人，被评为二〇〇五年度感动中国十大人物，病逝前遗嘱捐献角膜。

八声甘州·访问佛罗伦萨

望楼台、山河环绕间，钟塔入云端。仰巍峨旧宫，坐堂圆顶，金宝灿然。雕塑[①]迷情烁目，画卷起长篇。神女翩跹舞，梦喻春天。　回首千年往事，恨贪婪愚昧，战火绵延。圣徒虽有爱，处世亦从权。怅人寰、无穷疾苦，斥野蛮、同类总相残。心常念，太平世界，永扫烽烟。

【注】

① 米开朗琪罗的《大卫》雕塑与达·芬奇的《蒙娜丽莎》画像、博蒂切利的《春天》油画并称为欧洲文艺复兴时期的三大代表作。

临江仙·威尼斯

忽见城郭浮碧海，轻舟来去凌波，楼台巷陌水云托。堂皇圣马可[①]，冠冕塔巴罗[②]。　万众狂欢披面具，一年一度笙歌，沉沦日近奈愁何？春晖夕照处，风景妙难说。

【注】

① 圣马可大教堂。

② 威尼斯狂欢节流行的戴面具的披风。

高阳台·谒教皇宫[①]

五彩缤纷，琳琅满目，穹庐[②]万象辉煌。画顶雕廊，教堂姑作天堂。琴鸣诗唱销魂后，看华台，烛影摇光。却年年，神迹空谈，难洗俗肠。　　牺牲流尽耶稣血，倡众生平等，理想传扬。后世谁知，火刑[③]最是凄怆。圣灵圣子情何寄？愧难言，无尽彷徨。教廷忙，法驾威严，富拟人王。

【注】

① 教皇宫：梵蒂冈圣伯多禄大殿，又译圣保罗大殿。

② 圣伯多禄大殿拜占庭式穹顶。

③ 中世纪罗马天主教廷宗教裁判所对异教徒和科学家实行过火刑。

虞美人·马德里观感

梦中皇马寻无迹[①]，鲜有游人觅。惊心最是看屠牛[②]，血箭腥红遍体望中流。　　街头巷尾闻歌舞，快乐不思蜀[③]。英雄虽老赛廉颇，壮士常夸徒手斗风车[④]。

【注】

① 皇马：西班牙皇家马德里足球俱乐部简称。

② 屠牛：斗牛。

③ 取之中国成语“乐不思蜀”。

④ 见西班牙作家塞万提斯名著《唐·吉诃德》。

踏莎行·过索涟托半岛

紫陌红嫣，青崖绿峭，天空海阔霓虹绕。争流百舸弄潮急，放舟直上皆年少。 风卷画帘，香飘古道，霞浮万朵朱颜俏。关山几度沐斜阳，春花人面同窈窕。

【注】

索涟托半岛在意大利中部，海岸山水相连，风景旖旎。

蝶恋花·丹麦见闻

童话美人鱼国度[①]，生面别开，感慨说情愫。老有所依穷有助，公平效益兼相顾。 贫富难分谁嫉妒？社会谐调，揖让人和睦。罗马路通无定数[②]，山回水转从容渡。

【注】

① 美人鱼：见丹麦作家安徒生童话《海的女儿》。

② 出自西方俗语“条条大路通罗马”。

蝶恋花[①]·枫丹白露宫石狮

岁月难蚀真面目，怒目如初，坐守春将暮。流落异乡风雨度，花前似把情相诉。　　道是昔年别故土，火纵名园，劫历悲无助。国破奈何身易主，迄今未解相思苦。

【注】

① 代表团在巴黎转机之际参观了枫丹白露宫中国馆。馆内说明承认展出文物及宫门前石狮为劫掠圆明园所得。

过钱塘

细雨钱塘忆旧游，乱红迷眼送兰舟。
倚栏独对桃花水，浩荡春江入海流。

赠杨咏橘女士[①]

生就易安才[②]，身挟风雨来。
忧心昭日月，血热铁石开。

【注】

① 杨咏橘：笔名橘子，时任欧洲时报社社长，有多部诗歌出版，其诗歌多爱国忧民之作，以感情奔放、言辞优美见长。

② 易安：宋女词人李清照，字易安。

研读《张国焘成败记》有感

亦曾风雨弄潮行，敢补金瓯巧运营。
辛酉三英[①]襄义举，虎贲十万[②]厉奇兵。
渭泾莫辨由谁辨，功罪难评任尔评。
灵药悔偷[③]应有恨，天涯梦断泣伶仃。

【注】

① 辛酉：一九二一年。三英：陈独秀、李大钊及张国焘。张为中共一大中央局三成员之一。

② 张国焘率红军入川后发展到八万人，加地方武装号称十万。

③ 张国焘投靠蒋介石做了特务，后病死于加拿大。其传记披露新中国成立初张托陈独秀公子致信毛泽东，有回国效力和以赎前愆之意。

昭君故里赋

侏罗古纪蕴灵珠，沧海桑田容貌殊。
芳瀑香溪流日夜，千呼万唤美人出。
官舟三月下春江，遴选红颜侍帝皇。
泪洗未央蛾眉锁，君王弗似田舍郎。
遽闻边地起烽烟，愿以身心靖河山。
设使清白毛延寿[①]，艳名遑论满长安。
楚天遥拜告慈亲，琴瑟联姻奏佳音。
朔漠母仪和匈汉，凰车凤辇抵千军。
凛然大义惟嗫呢[②]，乡里永诀暗涟洏[③]。
千载颂传出塞曲，女儿原本胜男儿。

【注】

① 传昭君拒绝行贿，毛延寿为她画像时故意隐其美貌。

②③ 强笑和流涕。呢，音耳。洏，音儿。

考察三峡移民赠高金榜

苦辣酸甜汝自知，艰辛岂敢笑君痴。
村村跋涉披星早，镇镇流连戴月迟。
故土离情柔似水，新乡道路密如织。
黎民百万安居日，金榜高登凯唱时。

【注】

高金榜系时任国务院三峡办副主任，分管移民工作。

某市街景（三首）

（一）

见怪人云早正常，亦云不怪又何妨。
要闻频赞扫黄日，神女街头拉客忙。

（二）

捷报每传领导喜，现实常使百姓忧。
中心广场锣鼓响，前巷后街臭水流。

（三）

心情郁闷向谁说，房价暴增怎奈何。
巨厦豪宅平民少，有人囊里贿赂多。

贺张文勋八十寿辰

文川学海逆行舟，不拜黄金不拜侯。
血性真情多妙论，一床书卷但无求。

【注】

张文勋系云南洱源人，云南大学教授，著名学者、诗人。

六十自勉

流年漫忆无愧疚，花甲岁逢正中秋。
向吝求人心未泯，偶痴得句意方遒。
虽乖命舛经三难[①]，但眷情深系九州。
画虎雕虫皆不易，船行逆水靠追求。

【注】

① 作者曾经三次被人诬陷，组织调查后均予以澄清。

声声慢·谒马六甲郑和庙

乘风驾浪，沥胆披肝，英名千古流芳。万里鲸波，峥嵘百丈帆樯。望只手回澜地，念旌旗，七下西洋。思壮士，盛世天威远，教化八荒。　叹说元戎老去，有鼓鼙声起，甲烁寒光。舰炮排空，胡尘弥漫东方。依稀故园物是，却人非、爱恨绵长。抒感慨，把酒斜阳。

南泥湾新貌

当年纺线又开荒，万马千军镐作枪。
今日长空飞井架，油香更比稻花香。

高阳台·马来西亚沙巴州怀古

翠岛盘螺，浮沙载雪，海风吹落云帆。鱼跃鸥翔，瀛洲醉看霞烟。水光摇漾波无际，最销魂，皓月初圆。竟谁知、此处曾经，狱火曾燃。　甲子年前倏忽过，记啼鹃泣血，烈士沉冤。废冢荒庐，凄然难觅花间。亡灵怨鬼五十万[①]，吊空天，草漫青川。忆鸣镝、乱箭穿心，泪洒苍山。

【注】

① 日寇在沙巴州竟然残忍屠杀当地华侨五十万人。

纪念红军长征胜利七十周年延安行（六首）

（一）

梦绕魂牵宝塔山，雄姿依旧壮河川。
当时陈迹今难觅，林立高楼靓水天。

（二）

凤凰山上赤霞流，万木猩红景物秋。
百岭千塬颜色好，高歌一曲信天游。

（三）

忆昔魔舞外患生，国难当头暑日蒸。
赖有南湖燃火种，沉沦大地亮明灯。

（四）

万里铁流到吴起，长征原是播种机。
英雄伟绩惊世界，壮烈史诗绘传奇。

（五）

帷幄运筹智谋良，能文能武队伍强。
人民拥护根基固，星火燎原国运昌。

（六）

光阴转眼古稀年，创业艰难守更难。
忧患中生安乐死，甲申教训记心间。

延安剪纸

巾帼四海行，神技五洲惊。
刀赛生花笔，剪出黄土情。

瞻延安窑洞毛泽东旧照有感

补丁衣裤不寻常，百炼钢成大气扬。
兄弟捐躯情更迫，妻儿罹难志愈强。
清风两袖穷国事，硬骨一身壮庙堂。
赶考[1]于今题未破，抚膺忆此每心伤。

【注】

① 毛泽东在新中国成立前夕进京路上说：“今天是进京赶考的日子。”之前他在七届二中全会上提出两个“务必”，即“务必保持谦虚、谨慎、不骄、不躁的作风，务必保持艰苦奋斗的作风”。

高原晚眺

流霞绚丽迷烟树，远岭苍茫霜满路。
万里鹰击啸傲独，长空寂寞寒云暮。

惊闻某高官垮台

丑事堪羞恨远播，鬼迷心窍入邪魔。
台前慨颂艰辛业，人后巧搭安乐窝。
官跳三级犹恨少，贿收百万岂嫌多。
若非今日逢背运，高坐俨然念弥陀。

【注】

高官指时任中共中央政治局委员、上海市委书记陈良宇。

挽王光美并缅刘少奇

与共祸福志向同，巾帼本色亦英雄。
岂安危坐书斋里，何惧勇投弹雨中。
囹圄窗寒情义重，耄耋血热爱心浓。
荣华富贵等闲弃，青史永垂并蒂红。

水调歌头·谒萨迦寺[①]

瑞雪掩重岭，苍色壮危楼。神鹰翔处，经幡宝顶泛云舟。参差莲花千座，错落僧房百所，古刹几春秋。贝叶[②]称极品，劫过灿然留。　青丝少，情未老，愈风流。慈航普度，悠扬梵唱诉心求。遑论来生往世，且许今年明日，何必恨无休！一笑禅声里，缘至再重游。

【注】

① 萨迦寺在西藏日喀则地区萨迦县，是藏传佛教萨迦派的主寺，元朝时期历代萨迦法王均为国师。

② 贝叶经，约有两千五百年历史。

赋老子骑青牛像

三清一气化，万象两仪生。
世界和谐日，人间大道成。

谒张大千旧居

梦笔风流绘大千，钟情最忆赤城山[①]。
斯人已去梅花老，留得清香满碧轩。

【注】

① 青城山又名赤城山，中国著名画家张大千旧居所在。

登峨眉金顶

秋暮霜天好，御风蜀地游。
放歌凌雪岭，长啸棹云舟。
万壑岚烟荡，千川翡翠流。
身飞心欲醉，不向鬼神求。

维权曲

民众受压迫，世代惜无权，
革命风暴起，九州战鼓喧。
烈士千千万，开创新纪元，
权柄握在手，方知执政难。
建国近甲子，教训万万千，
多少官僚变，重蹈旧权奸。
狐鼠横行处，敛财不避嫌，
沉湎钱与位，早忘甲申年[①]。
高薪惊天价，低保太可怜，

下岗勉糊口，暴富笑语欢。
当家难作主，征地价格廉，
高楼起连片，建者了无缘。
悲哉打工仔，辛苦怎堪言，
公民沦二等，嗟叹落户难[2]。
劳动吝酬报，法制欠健全，
权益乏保障，生命不值钱。
身陷血汗厂，灵肉愁榨干，
罹患职业病[3]，垂死把家还。
最痛黑窑井，儿郎泪水涟，
频繁出矿难，命舛赴黄泉。
怨极向天问，究竟谁掌权，
本是新社会，悲竟闻此言。
汝有缘入股，我失业难眠，
地位不平等，关键有无权。
伊种摇钱树，尔充保护伞，
寻租作交易[4]，要害有无权。
思想愁蜕变，媚富贫益嫌，
黑金忧泛滥，愤懑满人寰。
念此伤心事，常觉肝胆寒，
侈谈人为本，行动胜宣言。
睿者观历史，盛衰记心田，
何须师欧美，周边教训全。
且说国民党，痛定建台湾，
经济大发展，小龙舞翩跹。
印度人民党，改革奋争先，

全球刮面看，巨象步冲天。
岂料下台日，两党皆汗颜，
至今思殷鉴，切齿悔当年。
痛哉思我党，岂为己掌权，
情因民所系，服务理当然。
腐败成大患，惩治必当先，
代表见成效，群众才喜欢。
监督实要害，首推重维权，
执法须公正，改革防吏贪。
出路在民主，端正价值观，
提高透明度，方能为政廉。
展望新世纪，复兴盼梦圆，
言行贵一致，辉煌伟业传。

【注】

① 甲申年：李自成败亡之年，郭沫若文章《甲申三百年祭》。

② 作为城市建设主力的农民工进城落户难。

③ 罹患尘肺等职业病数量为新中国成立以来最高且多半得不到治疗。

④ 官商勾结、利益输送等权力寻租现象蔓延到肆无忌惮地步。

陪老父游“天下第一城”（二首）

（一）

凤殿龙楼耸入云，帝城豪阔降红尘。
佛光闪烁浮三海，宝顶辉煌耀九门。
慷慨竟因尊偶像，克隆疑为长精神。
黄金钜万掷如土，善款孰知捐几分。

（二）

怪胎京畿建堂皇，极欲穷奢效帝王。
水法玲珑承玉露，麒麟威武守明堂。
歌房舞榭情初起，酒肆牌厅兴正狂。
佛祖不闻城里事，杀生厨外放生忙。

【注】

“天下第一城”在河北香河县，克隆北京古城，有皇城王府、佛寺酒楼。

南柯梦里人难醒

作假弄虚话语豪，吹牛拍马口舌劳。
商家攻战穷心术，官场应酬费血膏。
曲意奉迎延旧调，公行贿赂创新招。
南柯梦里人难醒，无耻犹夸智计高。

二〇〇七年

邓小平逝世十周年祭

十年弹指一挥间，万众思亲赞胆肝。
党若重生息旧怨，国同再造启新篇。
金瓯易补功堪敬，宝岛难归梦未圆[①]。
犹在九霄思猛士，大风遥唱壮云天[②]。

【注】

① 指港、澳顺利回归祖国怀抱，但海峡两岸尚未统一。

② 汉刘邦《大风歌》有句：“大风起兮云飞扬，威加海内兮归故乡，安得猛士兮守四方。”

饱汉焉知饿汉饥

位占鳌头荣获奖，哄传能力世间稀[①]。
赃官八九腐兼色，情妇六七贪且嫉。
恨弃糟糠如旧履，愿闻皇帝不新衣。
穷乡僻壤多光棍，饱汉焉知饿汉饥。

【注】

① 传有一百多个情妇的某贪官网上投票获“管理奖”。

赠牟新生[①]

长城自毁忆前朝，狼藉东南社稷摇。
戏演红楼耽酒色，精生白骨肆蛇妖[②]。
人间常见魔降道，鬼域罕闻鼠畏猫。
重担勇挑抒正气，雄关铁筑看今朝。

【注】

① 原公安部副部长，调任国家海关总署署长，曾任福建厦门远华集团赖昌星特大走私案专案组组长。

② 福建省数百官员被赖昌星腐蚀拉拢。上世纪九十年代中期走私猖獗，多个海关关长卷入走私案件，不少关员被追究刑事责任。

怀小克

技赛猫咪耗子晕，专拿鼠辈艺压群[①]。
花心遑论克林顿，色胆匪夷裤链门[②]。
有志未酬年方盛，无常难卜爱正深。
炎凉耻效真挚友，生死不渝忆清纯。

【注】

① 作者曾养一犬，善捕鼠，好色且洋种，故名克林顿，昵称小克。

② 美国媒体称克林顿与莱温斯基风流韵事为“裤链门”。

悼某曾共事同僚

君本朴直一党员，机缘巧遇彩云翩。
业留丽水求名切，功建金沙得道玄。
部曲多才骄贡献，儿郎少教愧清廉。
唏嘘抱恨留遗憾，论定灵前话盖棺。

【注】

原云南省长和志强为云南发展作出过重要贡献，但其子和江辉与时任昆明烟厂厂长陈传柏内外勾结，采取翻包提级、以次顶好和雁过拔毛等手段将烟厂巨额资产据为己有，在立案查处过程中潜逃国外，国际刑警对二人发出了红色通缉令。

步王留芳《丙戌仲春》韵

东君送我登兰室，胜友风姿不一般。
厌寄虚名浮宦海，愿添佳作烁诗坛。
雅人幸会涤心肺，高论欣闻畅胆肝。
小坐书斋①聆恨晚，江潮笑指荡胸宽。

【注】

① 王留芳：浙江海盐人，沈祖棻诗词研究会会长，当代诗人。作者去岁在其书斋相晤，蒙赠《丙戌仲春》诗：“梦中胜友来空室，好似花春熟惯般。未赋增辉亮蓬筚，直劳砥课振吟坛。为言忧世涉江韵，立命生民琢肺肝。博古师今刚劝酒，送行北望水云宽。”

惊悉洪洞县黑砖窑事件（四首）

（一）

洪洞甚事闹翻天，劲曝黑窑血泪潸。
恶霸嚣张人作孽，少年身殒鬼哭冤。

（二）

因何老板气焰煊，狼狈勾结傍靠山。
贿赂公行无法度，偷天换日敢藏奸。

（三）

一朝败露众心寒，丑恶竟同解放前。
利益羞谈能代表，践行深感最艰难。

（四）

新编起解惩贪官，依法卫权义凛然。
作主当家抒正气，焉甘俯首胜苏三。

贺母亲八十父亲九十寿辰（五首）

（一）

牡丹竞放喜盈门，共祝高堂福寿深。
诗酒娱情花悦目，酩酊家宴满屋春。

（二）

如歌岁月忆当年，千里姻缘战火牵。
国难当头何惧死，一腔热血两情连。

（三）

凯旋之日凤求凰，风雨同舟缘分长。
转瞬时光逾甲子，新郎永远爱新娘。

（四）

历尽沧桑话语谆，清风正气教子孙。
荣华利禄身外物，戒谄勿贪记在心①。

（五）

慈母八十父九十，纯洁信念似金石。
嫣然笑貌英姿飒，百岁期颐望可知。

【注】

① 马识途《八五自寿》有句：“勿贪戒谄莫盲从。”

祝英台近·梦登大观楼

望无涯，风骤起，弱水飞难渡。零落桃花，狼藉眼前路。梁前燕语呢喃，翩跹共舞，新比翼、乱红坠处。　　思且住，常疑梦里相逢，怯把此情负。春雨阑珊，心绪更谁诉。倚楼长啸云天，相思刻骨，遗恨事、南疆射虎。

闻郴州领导班子窝案有感

恶行败露底戳穿，爱党何如更爱钱。
立誓常闻克己易，践行每见奉公难。
花花世界真情减，滚滚红尘铜臭添。
猫鼠同流逐粪溷，争先恐后赴深渊。

【注】

时任湖南郴州市委书记、市长、常务副市长、纪委书记等多名领导人皆因收受巨额贿赂被严肃查处。

满江红·登好望角

断壁雄绝，正潮起、惊涛溅雪。望无尽、大洋交汇，日轮明灭。海市沉烟排浪涌，蜃楼迷眼流光烨。看扁舟帆影荡云归，鱼龙跃。　琼岛外，狂飙冽，今古事，登高阅。奈瑶台梦杳，残阳濡血。故垒难消昨夜恨，新朝未解前人孽。盼升平感慨话凭谁，补天裂。

百字令·塞伦盖提草原[①]

洪荒千里，近隆冬节令[②]，浓黄淡碧。木落花残凋未尽，依旧林稀草密。纵目高台，迎风远眺，一片萧索意。蓦然狮吼，余音缭绕云际。　更见浮尘蔽日，奔蹄百万[③]，海泻川流去。环伺强敌食弱肉，物竞天择无计。赤道烟光，高原丛莽，豪放今难觅。苍凉景物，望中狂野常忆。

【注】

① 赛伦盖提位于东非草原，世界最大自然保护区之一，世界审计组织环境审计委员会曾于会议期间组织与会代表考察。

② 南半球节气相反，六月正是冬季。

③ 作者与同仁幸遇数万牛羚迁徙，势如洪流。

维多利亚瀑布

谁遣天河下碧霄，晴空阵雨莅虹桥。
惊心最是奔雷吼，万鼓齐喧动地摇。

【注】

维多利亚瀑布位于非洲中部的赞比西河上，赞比亚官方曾安排作者所率代表团参观。

金明池·东非怀古

胜地初游，宛然良港，疑是旧时门户。记浩瀚、鲸波横渡[①]，越重洋远涉曾顾。慕仙槎、君子礼仪，主客共、揖让谦和欢处。并佐酒高歌，弹筝劲舞，人物风流争睹。　　好景难延悲忍诉，恨火炮夷船，鸣镝笳鼓。最痛是、丛林血溅，直落得、贩奴割土。而今闻、国泰民安，喜独立自由，当家作主。迎四海亲朋，帆樯笑数，又现神州楼橹。

【注】

① 明初郑和率舰队下西洋时多次到过非洲东海岸。

和而不流是圣贤

恕以待人蕴平凡，阴阳一统万物绵。
吏洁于上俗移下，和而不流是圣贤。

【注】

和而不流出自《礼记·中庸·问强章》：“子曰：‘故君子和而不流，强哉矫’。”和：和谐、和睦。流：流俗。

夏初临·墨脱[1]雅鲁藏布江大峡谷行

莽岭横空，荒林蔽日，流云席卷烟蒸。万壑葱茏，山川锦绣天成。魂销心醉伫凝，话当年、同忆远征[2]。英雄何在？漫天红艳，霓聚霞腾。　我来尤羡，门对青峦，窗含碧水，芳草香生。层岩叠嶂，依然众志成城。难尽幽怀，慕翱翔、寄兴临风。望苍茫、大江南去，月上三更。

【注】

① 在西藏林芝地区，百分之八十领土被印度侵占，因雅鲁藏布江峡谷地形复杂，雪山终年积雪半年封山，系全国唯一不通公路的县。作者与平措专员和尼玛县长考察回来后向国务院呈送尽快修建公路报告。

② 指一九六二年的中印边界自卫反击战。

声声慢·再过嘎龙山口

登临又现，神湖如幻，天涯望断空山。满地繁花，连绵开遍冰原。路尽峰回眺远，想同来、共赴边关。如挚友，畅饮交杯酒，一醉言欢。　雪岭高插云表，雾障霭迷处，日影沉山。千难万险，别离已化岚烟。惟有溪声如诉，隐约闻、心愿百年。何日见，鹊桥通、世纪梦圆？

三姝媚·登回雁峰①并贺中华诗词研讨会

凉烟浮玉练，青山外、长河九派流远。日暮江城，姹紫嫣红里，水天霞灿。嘹唳当空，疑又是、鹤迎回雁。衡岳摩霄，月上云停，船笛送晚。　今览湖湘之胜，看鱼跃鹰翔，风头正健。幸会诗乡②，共仲秋话旧，故人重见。梦入蟾宫，挥彩笔、醉书浪漫。酒罢更阑高唱，九州新传。

【注】

① 回雁峰：位于湖南衡阳市内，属南岳衡山余脉。

② 衡阳被中华诗词学会命名为诗词之市。

海宁观潮

海阔天空雪浪排，东风浩荡正满怀。
弄潮儿女说子胥，一怒之威动地来。

恨叹不知可信谁

平地政坛起炸雷，貂蝉竟落悔难追。
敛财多受娇儿累，猎色常吃荡妇亏。
一夜风流成梦幻，半生业绩化尘灰。
飞蛾投火今常见，恨叹不知可信谁。

闻某地高官被查处感赋

识君屈指二十年，权重位高岂等闲。
起自平凡根底浅，终成富贵羽毛鲜。
能谀却道羞拍马，善跑犹说耻做官。
料是金钱关未过，名声委地毁贪婪。

贺中华诗词学会成立二十周年

华诞廿年寓意深，欣逢好雨送芳春。
随风润物勃发日，盼有新人胜旧人。

南京大屠杀七十周年祭

当年血雨洗秦淮，遍地尸横草木哀。
卅万同胞齐赴死，至今磷火夜徘徊。

满江红·金陵抒怀

绿满钟山，风骤起、纵横云气。吹淡了、六朝烟雨，情思遥寄。论古楼头评代谢，议今江渚说兴替。看龙蟠虎踞越千年，秦淮地。　山河壮，霞光熠。繁华业，痴心系。望一川烟水，石头壁立[1]。鼓棹雄飞人翘首，弄潮高唱云流意。最扬波爽气阔胸襟，江天碧。

【注】

① 石头：石头城，即南京城。

赠某同事

少年颜色艳休夸，几度东风几度花[1]。
夜雨秋声惊叶落，不觉青鬓染霜华。

【注】

① 元王沂孙《高阳台》有句："更消他，几度东风，几度飞花。"

任中纪委常委有感

惑对同侪举荐声，古来忠孝两难成。
忧欢历久痴情老，真假见多退意萌。
羞粉太平欺大众，愤闻硕鼠坏长城。
忍甘俯仰随风倒，解甲归田惜未能。

一萼红·雅典卫城

越层峦，觉岚烟四起，风劲正凭栏。水上舟飞，楼头雁去，斜阳仍似当年。想神女[①]、风流倜傥，执宝剑、情重卫城山。三百豪杰[②]，一腔热血，气壮雄关。　成败岂成过梦？惜残梁断柱，入目怆然。蔽海旌旗，遮天霸业[③]，今来都化云帆。只神话、千古流传，倡民主[④]、慷慨奋先鞭。除却王冠无数，我亦流连。

【注】

① 雅典守护女神雅典娜。

② 斯巴达王率三百壮士抵抗波斯入侵，战死温泉关。

③ 亚历山大大帝东征波斯、印度以及占领过希腊的罗马帝国、拜占庭帝国、奥斯曼帝国故事。

④ 古希腊的人本主义精神和城邦民主政治的实践对后世影响很大。

忆楚汉相争

撼山盖世铲暴秦，逐鹿中原志摩云。
竖子胸怀狭若谷，英雄气度阔如针[①]。
陈仓栈道迷狡计，垓下楚歌惑精神。
设使当年江东过，不知更死多少人。

【注】

① 因刘邦出身底层而项羽出身贵族，有云：世无英雄，遂使竖子成名。

临江仙·和张民敬[1]词韵并谢郑曦原夫妇

感慨今夕说雅典，酒阑回首征程。卫城话尽话长城。凭高临故垒，无悔忆人生。　水阔烟沉心寄处，席间谁解真情？新词一阕贯白虹。畅谈今古事，时作不平鸣。

【注】

张民敬系时任我驻希腊使馆参赞。郑曦原系我驻希腊公使衔代办。张民敬在使馆赠作者《临江仙》："弦月新秋辞雅典，晶樽聊慰归程。九年感慨忆春城。直言抒块垒，坠泪悯苍生。题赠诗篇沉郁处，激扬磊落深情。侠肝义胆气如虹。宝刀今尚在，信作夜匣鸣。"

项　羽

壮士力拔山[1]，气吞万里天。
宁为雄鬼死[2]，不作媚声欢。

【注】

① 西楚项羽《垓下》有句"力拔山兮气盖世"。

② 南宋·李清照《项羽》有句："生当作人杰，死亦为鬼雄。"

垓　下

美人衣似雪，骏马汗如丹。
四面乡音起，三军斗志迁。

洞仙歌·登三台阁步朱孝臧词韵[①]

何来秋病，念太白[②]祝酒，畅对沧江祈重九。我今思乡土，倚醉登楼，嗟日暮、万紫千红时候。　烟霞生百态，遥望长安，谁是经纶治国手？昂首啸西风，阴雨无多，不需叹、水零花瘦。更朗月青峰遇仙家[③]。有狂客[④]流连，浮云盈袖。

【注】

① 三台阁在马鞍山采石矶翠螺山，山麓建有李白衣冠冢。清朱孝臧《洞仙歌·丁未九日》："无名秋病，已三年止酒，但买萸囊作重九。亦知非吾土，强约登楼，闲坐到、淡淡斜阳时候。　浮云千万态，回指长安，却是江湖钓竿手。衰鬓侧西风，故国霜多，怕明日、黄花开瘦。问畅好秋光落谁家？有独客徘徊，凭高双袖。"

② 李白又称李太白。

③ 人称李白谪仙。

④ 李白《庐山遥寄卢侍御虚舟》有句："我本楚狂人，凤歌笑孔丘。"

戏说豆腐起源

淮王[①]迷炼丹，错把卤汁添。
美味传天下，遂成豆腐仙。

【注】

① 汉淮南王刘安，与门客编著《淮南子》二十一卷。

重访六安有感

十五年前到六安，访贫问苦记辛酸[①]。
衣难蔽体愁金寨，屋不御寒叹霍山。
忆远唏嘘同感慨，瞻前顾盼竞言欢。
今来喜看容颜变，百业兴隆大道宽。

【注】

① 安徽省六安地区金寨、霍山两县是劳动部联系的国家重点扶贫县。作者十五年前到这两个县调研后建议与沿海发达地区劳动部门结对子，将劳动力输出作为脱贫重要举措。

过小岗村

古有朱皇帝，今说小岗村。
精神曾首创，佳话励儿孙。

瞻仰新四军军部旧址

倏忽甲子又十年[①]，策马深秋赴皖南。
岭上忆昔思壮士，祠前怀旧睹英颜。
仿佛耳畔杀声起，变幻山中战火燃。
同室操戈亲者痛[②]，从来此恨最缠绵。

【注】

① 二〇〇七年是新四军成立七十周年。

② 指皖南事变，国民党抗日期间突然以重兵袭击新四军。

谒陈独秀墓（二首）

（一）

山即此人人即山，青峰独秀大江边[①]。
科学力倡新文化，民主痛批旧史观。
敌我不容识傲骨，红白莫辩鉴忠肝[②]。
开基建党何曾忘，三拜墓前忆喟然。

（二）

斗志激扬意气吞，高歌勇进励同仁。
漫说豪举惊华夏，更撰奇文震鬼神。
二子牺牲皆烈士，一门悲壮俱忠贞[③]。
七分功绩三分过，历久弥真史永存。

【注】

① 山名独秀峰。

② 蒋介石发动“四一二”反革命政变后，陈独秀因对蒋介石反动本质认识不足犯有“右”倾错误被撤销中国共产党总书记职务，后受苏联清洗托洛斯基株连，又因“参加托派活动”被开除出党。二十世纪三十年代初，他被国民党政府以危害国家罪罪名判刑入狱，出狱后拒收接济，潦倒病死。

③ 中共政治局委员陈延年与中央委员陈乔年均系陈独秀儿子。

二〇〇八年

贺亲友诞辰

别时容易见时难[1]，过隙白驹去不还。
官场卅年忧看惯，民间百戏乐思凡。
真情每惹小人妒，率性常招君子嫌。
华诞思亲烟火绽，元宵夜里共婵娟。

【注】
① 唐李商隐《无题》有句：“相见时难别亦难”。

题老鼠上房图

硕鼠从来善跳梁，登房入室太猖狂。
脂膏偷尽充君子，戴个冠儿列庙堂。

颂全民抗击大雪灾

岁末天灾肆虐行，百年不遇祸生灵。
冰凝塔毁能源断，地冻寒摧血脉停。
一线指挥赢爱戴，八方会战保安宁。
和衷共济难关渡，风雪无情人有情。

每见公仆醉酒楼

功绩斐然赞正遒，新城壮丽羡同俦。
超今巨厦摩天靓，冠古豪宅傍水幽。
得意生财煊暴富，忘忧失地隐深愁。
休说社保无财力，每见公仆醉酒楼。

悼郑伯克

人生百岁耻偷安，重任肩承恰少年。
川沪冶情革旧世，滇黔浴火创新篇。
填波精卫微躯勇，断首刑天猛志坚。
历尽风霜留正气，鲜花一束献君前。

【注】

郑伯克系离休老干部，曾任中共云南省工委书记、滇桂黔边区党委副书记和纵队副政委、云南省委纪委书记、中组部顾问等职。

两 会

两会欣逢话壮观，喜忧参半未深谙。
登台大腕出招易，入市小民解套难。
贫病叠加愁涨价，觥筹交错贺升官。
太平盛世思危患，福祸同门敢尽欢[①]。

【注】

① 老子《道德经·五十八章》云："祸兮，福之所倚；福兮，祸之所伏。"

百字令·踏春

风停雨霁，任莺飞花放，飘香缀绮。两岸争鸣波潋滟，碧空如洗。鸿影弄云，鹤音嬉水，结对成双几。魂销此际，万千翎羽惊起。　　吹入凉翠满船[②]，一川青黛，疑醉仙乡里。笑看烟霞逐落日，红紫蔽天神寄。绝色当前，心仪赤子，深情海外遥系[③]。

【注】

① 世界环境审计组织组织代表参观爱沙尼亚自然保护区。

② 清陈澧《百字令》有句："满船凉翠吹入"。

③ 我驻爱使馆向作者代表团介绍了使馆和留学生与"藏独"分子破坏北京举办奥运斗争事迹。

于都农村见闻（四首）

（一）

绿陌黄花春剪裁，鹅鸭塘畔一字排。
东风得意儿女笑，叱咤摩托电掣来。

（二）

寨寨村村修道路，家家户户盖楼房。
果苗新种初见绿，翁妪双双备耕忙。

（三）

龙头一拧畅甘泉，合作医疗减负担。
学费税收今俱免，粮猪直补慰心田。

（四）

经商连锁村村有，移动手机处处通。
千万信息联四海，红区百业日兴隆。

南岭大雪重灾区观后（二首）

（一）

寒魔肆后望寂寥，两侧青山不忍瞧。
狼藉新苗哀断首，凄凉老木痛折腰。
松残难复当年茂，笋劲易恢去岁娇。
心怅未觉春意闹，残红依旧笑妖娆。

（二）

痛定时节话救灾，英雄可敬事可哀。
塔摧疑属观念旧，线断似因技术呆。
远虑易忽手脚乱，近忧难免道路塞。
风云莫测思教训，碧血悲流空壮怀①。

【注】

① 沿途干部群众反映，华南大雪灾损失很严重，有不少教训，不能用救灾的感人事迹冲淡这些问题。

重走长征路首日

江南春色好，油菜正开花。
知否人行早，日出沐彩霞。

庆春宫·夜登女神山

皓月当空，灯桥临水，明堂遥对王庭[②]。斡难河边，明妃冢上，曾经铁马秋风。逾沙越漠[③]，忆射虎、放歌远行。千年事杳，难忘去国，万里飘零[④]。　追思故土离程，渐改乡音，未忘乡情。慰有诗文[⑤]，九州传诵，自由高唱雄鹰。梦回昨夜，话旧怨、神伤泪倾[⑥]。沧桑剧变，情重血浓，谁解心声？

【注】

① 女神山位于布达佩斯市的多瑙河畔。

② 明堂：匈牙利国会大厦。王庭：旧王宫。

③ 清文廷式《永遇乐》有句："逾沙越漠"。

④ 匈牙利民族先祖从亚洲中部迁徙到多瑙河畔已逾千年。

⑤ 匈牙利诗人裴多菲诗："生命诚可贵，爱情价更高。若为自由故，两般皆可抛。"

⑥ 上世纪五十年代导致苏军镇压的"匈牙利事件"。

望八景台

一树杏花白似雪，三江柳岸绿如烟。
此生难作蓬山客，聊寄相思云水间。

【注】

八景台位于江西省赣州城外三江口。

无 题

得意之时易忘形，口出无忌众心惊[1]。
投桃报李言无耻，许愿封官事可憎。
忍看英雄临末路，权将禄位换清名。
前功尽弃天良昧，青史向来重晚晴。

【注】

① 某干部在党的会议上公开炫耀某领导同志曾当面许愿要提拔他。

由宜昌赴万州途中

疮痍满路不堪言[1]，到此方知入蜀难。
鸟道斜穿八字岭，断桥横挂九重山。
痔发小子臀流血[2]，心燥老夫嗓冒烟。
赖有儿郎豪气壮[3]，开颜盼勿待来年。

【注】

① 作者乘车经渝入蜀了解汶川地震救灾审计，因公路施工，不胜颠簸。

② 司机李学哲痔疮发作。

③ 沪蓉高速公路施工队伍提出力争年内竣工。

无　题

警卫森严夹道迎，恰逢圣火路中行。
闲杂人士靠边站，来往汽车傍远停。
举止铺张心费解，花销奢侈理难明。
国殇之日须从简，不重虚荣重性情。

【注】

作者路过重庆时恰逢奥运圣火传递，道路封锁，此刻正值汶川地震造成重大伤亡和举国抢险救灾之际，基层干部群众对各地组织大批人力物力组织圣火传递及封锁道路颇有闲言，后在地震波及地区停止了传递。

考察震中映秀镇

蜀地凄凉日色猩，高山为谷谷为陵①。
崖塌土溃千川断，石滚路塞百岭崩。
户户萧疏皆罹难，家家破碎俱伶仃。
废墟慰见红旗展，大爱无涯国史铭。

【注】

① 古书载：“高山为谷，深谷为陵。”

震区见闻（二首）

（一）

各级接待真无宴，乐见川中风气变。
顿顿干粮就矿泉，天天汤水伴盒饭。
迎来不必小车接，送往何须大礼献。
时过最忧返旧俗，恶习又把脂膏眷。

（二）

生死关头怪事多，人心善恶费琢磨。
施恩狗狗遭遗弃①，负义婆婆受谴责。
一气尚存惟一跑②，百身何顾宁百折。
天良兽性嗟谁辨，大难临头鉴品格。

【注】

① 网载震区某老妪卡在石缝中数天全靠陌生狗狗舔喂口水存活，其获救后却拒绝了打狗队的收养建议。

② 在网上宣称先于学生跑出教室是爱惜生命“本能”的教师“范跑跑”。

闻某书记向死难学生亲属下跪（二首）

（一）

裂肺撕心血泪滴，凄风苦雨忍别离。
耳闻怎比亲眼见，目睹奈何使人疑。
烈度设防决生死，工程质量辨高低。
子规啼处冤魂绕，公案似非千古谜。

（二）

何关校舍安危事，强震遽临无旧新[①]。
乱语惭觉见识浅，胡言惜辱遗属深[②]。
虽知易堵小民口，怎忘难服大众心。
百感交集豁一跪，男儿膝下有黄金。

【注】

① 有人不赞成审查倒塌建筑设计和施工质量，说震级太高致使建筑质量无论好差和新旧都会倒塌（胡言乱语非出下跪者之口）。

② 作者现场观察和向专家了解，即使在震中，凡建有圈梁的建筑虽须重建但大部分未倒塌，可见设计和施工质量的重要性。

赞茂县抢险队挖掘机司机

昼夜不分汗血凝，满身泥水历阴晴。
横飞断树擦胸过，直泻落石越首倾。
名利鄙求真忘我，安危冷对似无情。
家中妻子倚门望，抢险男儿冒死行。

题陈大桂、杨欢夫妇遗照

死生一瞬乱云翻，大难袭来意志坚。
壮士献身钟老幼，婵娟忘我护椿萱。
滚石涌浪壕沟没，落土飞湍倒木蹿。
山崩地裂英雄去，绝唱永镌人世间。

【注】

陈大桂系二炮某部排长，汶川地震发生时，他和妻子杨欢先将十一个乡亲推过壕沟得以逃生，他们和全家老少却被滑坡体吞没。

无　题

一表人才运气殊，每贪权位就糊涂。
父兄赴死壮何比，子弟敛财臊不如。
但患太平难粉饰，休说民众易欺侮。
生前纵使声名赫，国史耻添逐臭夫。

北归有感

烟沉斜谷道，月上剑门关。
夜寂巴山远，心伤忆汶川。

【注】

作者到地震重灾区十五个县市听取十八个县市审计局和十五个救灾款物审计组汇报，联系对口支援灾区的全国各地审计机关援助事项，几乎每日都途经仍有坍塌滑坡的险峻道路。看到许多动人事迹，颇受震撼和教育。

挽邵华并缅毛岸青

识君之日童心稚，转瞬哀音断九霄①。
最忆韶山红烂漫，人间永唱杜鹃谣②。

【注】

① 作者四十七年前与毛岸青、邵华相识。
② 毛岸青、邵华合写散文《我爱韶山红杜鹃》。

讥陈水扁告发李登辉

知遇之恩信口吹，政坛变幻事今非。
贿金偷运狐朋狡，垫背明拉狗友颓。
狼狈绝情惊反目，鼠蛇互噬奈同归。
跳梁小丑人不齿，天下乌鸦一般黑。

挽华国锋

安危成败系一身，领袖临行岂放心[①]。
波诡云谲除四害，冰融雪化报三春。
承前惜碍开新路，启后难能让老臣。
晚岁平和名位淡，当年困扰未成尘。

【注】

① 毛泽东晚年手书给华国锋“你办事，我放心”的字条。

无 题

神七九月贺巡天[①]，利害同邻未尽欢。
世界金融惊海啸，全球股市悸潮喧。
殇铭百代仁心种[②]，技竞五环圣火燃。
大喜大悲接踵至，向洋稳坐钓鱼船。

【注】

① 神舟七号飞船顺利发射成功。

② 殇：汶川大地震造成的惨重伤亡。

金陵登高

独立秋江上，长亭沐晚阳。
神怡天地袤，心旷水云茫。
霞落千山赤，霜飞万树黄。
凭高收远目，潮涌大风扬。

西湖远眺

醉入寒烟觅旧游，波涛隐现大江头。
楼台昨夜狂飙[1]凛，亭榭今晨细雨柔。
一路黄花随风落，满园红叶顺水流。
栖霞岭外芬芳淡，眼底湖山近晚秋。

【注】

① 双层含义，一指秋季寒潮袭来，一指世界金融危机的冲击。

参加北京奥运会开闭幕式

长卷豁然展画图[1]，磅礴气势壮穹庐。
顽强斗志天枢扭[2]，璀璨金牌霸主服。
父祖昔悲猪仔冠[3]，子孙今喜病夫除[4]。
泫然泣下国歌奏，一往无前浩气舒。

【注】

① 北京奥运会张艺谋策划的开幕式演出。

② 天枢：北斗。喻斗转星移、今非昔比。

③ 清朝末年数十万贫苦中国农民被冠以猪仔之名卖到美洲做苦力。

④ 去掉了对中国人的“东亚病夫”的侮辱性称呼。

读宋洪迈《容斋随笔·曹操用人》

青梅煮酒论英雄，鼎立三分剑气冲。
诗赋碣石平蓟北，槊横洛水定关东[①]。
六合威震烽烟扫，一篑功亏铜雀空[②]。
天下无敌非侥幸，知人善任古来同。

【注】

① 关东：秦汉时指函谷关以东的六国旧地。

② 传曹操于赤壁之战前扬言，战争胜利后要将江南二美即孙策夫人大乔、周瑜夫人小乔收入铜雀台中。

闻某寺宣称护佑领导官运亨通[①]

净土可怜铜臭浓，群蝇蚁聚闹梵宫。
敛财昭显凡心重，参庙妄求宦运通。
黄卷青灯难守戒，香车宝马易成空。
有钱能使鬼推磨，佛祖若知愁道穷。

【注】

① 浙江某寺大门外公然挂出“护佑各级领导官运亨通”的横幅。

二○○九年

戏赠某政协委员

创业曾为天下先，一朝富贵忘穷酸。
感恩济世人非慨，回馈解囊性本悭。
绝色缠身尽欢易，佞朋附骨交友难。
不如意事常八九，只差真情不差钱。

讥某博导

学子可怜入错门，耻说师表惑红尘。
论文首署常钓誉，题费独吞广收银。
酒后愈觉根底浅，人前惯炫道行深。
厚皮自诩国之宝，肥地不如屎一盆。

【注】

某友抨击当前学术和科研腐败时，谈及某大学一博士生导师善于沽名钓誉，所带研究生撰文必首属其名，平日不喜钻研，其主要精力用于拉关系、给好处，以揽课题费分钱。

浣溪沙·步穿南岭古道

小憩峰头倦意消，松竹满坳起岚涛，青阶幽径瀑声遥。 野岭苍崖颜色郁，山花古寨面容姣，风光无限入晴霄。

湘粤赣交界处农村调查偶感[1]

行遍湘南并赣南，沿途未扰饭一餐。
院中闲侃喝杯水，田里畅谈抽袋烟。
学费免缴家长喜，补贴拖欠老师烦。
乡村若问缺什么，不差别的只差钱。

【注】
作者去春今春沿红一方面军长征路线徒步共一千二百余里。

九峰山

清水一江九岭连，白头翁妪话当年。
殷红疑是青春血，染遍桃花染杜鹃。

【注】
红一方面军长征时曾经过粤北九峰山地区。

走访某改制矿山下岗职工

灶空屋冷望心寒，老母履艰带病颜。
矿主骄横夸富贵，工人愤懑道辛酸。
反思昨日守成误，回首当时改制偏。
进退两难愁出路，群情激怒骂苍天。

【注】

作者途经湘南某县时微服私访某有色矿山。下岗旷工反映该矿原领导班子思想僵化，经营不佳，潜在数亿元价值的矿藏被原矿长以五百万元控股后立即推翻职代会讨论通过的职工参与持股改制方案，一些职工被迫下岗和买断工龄。矿办大小集体企业资产被一并拍卖后，全部职工被辞退且无养老医疗社会保险，仅靠城镇无业人员最低生活费和打零工维持生活。被辞退职工多次凑钱进省进京上访，大都被地方截访人员截回。

五四运动九十周年暨蔡元培诞辰一百四十一周年

身逢乱世欲何求，博览群书觅自由。
才贯古今门并蓄，术兼中外派分流。
美学贡献旗独树，教育楷模士共投。
雄唱奋飞鸣五四，红楼业绩百年留。

【注】

蔡元培曾任北京大学校长，主张“思想自由，兼容并包”，使北京大学成为中国新文化运动策源地和五四运动发祥地。

惊闻央视新址配楼大火

央视元宵礼炮狂[①]，冲天火烈烁朝阳[②]。
夜阑惊忆烟花放，晨至遽闻壮士亡[③]。
网上冷嘲大裤衩[④]，民间热议“小沈阳”。
忘形八九因得意，从古捧杀最断肠。

【注】

① 中央电视台新址基建办负责人不经报批、不听警察劝阻，燃放北京禁放的A级花炮，引起配楼大火。

② 朝阳：北京市朝阳区。

③ 消防员张建勇，因将呼吸器送被困人员而中毒牺牲。

④ 民间戏称央视新址主楼为“大裤衩”。

研读《汪精卫传》有感

利禄熏心忍负亲，当年刺客岂堪矜。
羞说雨露爹娘换，恨斥言行泾渭分。
义胆常出屠狗辈，侠肝鲜见做官身。
前朝耻比吴三桂，不爱斯民爱美人。

【注】

汪精卫参加中国同盟会。曾因谋刺清摄政王事泄被捕，狱中赋诗“引刀成一快，不负少年头”传诵一时；后加入国民党成为主要领导人之一，抗日战争爆发后组织伪国民政府，当了汉奸。

凤凰台采访《杜鹃山》剧组感赋

旧戏新排话杜鹃，曾经烈火锻新篇。
唱腔豪迈学舌易，扮相鲜明继业艰。
事过无心说苦辣，境迁有意道辛酸。
百花还是齐放好，姹紫嫣红满春山。

【注】

《杜鹃山》系“文化大革命”中创作的八个京剧革命样板戏之一。

三鹿“毒”奶粉事件反思

果决查处顺民心，伦理呼吁重万钧。
诚信危机灵魂扭，道德失范利欲熏。
罚优奖劣优成劣，扬假贬真假乱真。
政绩考核求治本，职能转变盼佳音。

【注】

河北三鹿集团收购奶粉中被加入三聚氰胺，不少儿童食后患病。

闻房价急剧恢复上涨有感

民怨沸腾为哪般，价格扭曲是根源。
官商一体社情变，猫鼠同巢民意迁。
结构难调忧藏乱，风头易避喜过关。
急功近利无远虑，风险未消泡沫添。

摸鱼儿·赴拉美途中

阅重霄、海空一色，沧溟聊寄憧憬。鹏腾万里惊飞渡，日暮千层霞影。心欲醉，看红紫漫天，变幻多奇景，神游忘醒。更明月初升，星移斗换，浩渺寒空静。　　乡关远，一片烟波万顷。满腹衷肠谁省？卅年晴雨[①]思顺逆，脊梁依旧英挺。情愈炽，任风起风平，我行由我性。忽临秘境[②]，见冰岭摩天，雪峰矗地，银汉悬穹顶。

【注】

① 中国走上全面改革开放道路三十个年头。

② 纵贯南美洲的世界最长的安第斯山脉。

声声慢·凭吊马丘比丘遗址

云海沉浮，城郭隐现，望中如画山川。鬼斧神工，赫然气象万千。俯仰长峡花烂漫，怀故国、忍忆当年。魂摄处，见星图枕雾，日晷凌烟。　　往日辉煌如梦，叹呜镝濡血，抛骨荒原。荣辱兴亡，而今都付杜鹃。只恨强食弱肉[①]，古今悲、同类相残。十字架，愧难赎、原罪弥天。

【注】

① 指西班牙军队杀掠印第安人和迫其改信天主教。

矿工礼赞

华诞[1]喜迎返矿乡，山村惊看变城邦。
青春子弟神采奕，老迈父兄鬓毛苍。
乐见钢花浇夜月，欣逢铁水铸朝阳。
千锤百炼情如火，笑展宏图是赧郎[2]。

【注】

① 首钢矿业公司成立五十周年与水厂铁矿建设会战四十周年。

② 冶炼工人。唐李白《秋浦歌》有句：“赧郎明月夜，歌曲动寒川。”

悼任继愈、季羡林

聒噪不休说泰斗，如雷贯耳耐寻思。
酸甜苦辣谁清楚，深浅高低尔自知。
马屁瞎拍佳话滥，光环乱套厚颜媸。
大师何似大猪好，国宝惜成贬义词。

【注】

任继愈：哲学家、历史学家与宗教学家。季羡林：翻译家、语言学家和东方学家。两老生前均对“大师”“泰斗”“国宝”称呼极为反感。任继愈甚至调侃说自己不是什么大师，是大猪。

评《中国怎样才高兴》人文讲座

中华敢讲不高兴，指日当临驾驶舱[①]。
奴气全消豪气长，自卑一扫自尊扬。
国家地位凭实力，社会和谐靠法纲。
强大何曾胜伟大，道德缺损最无光。

【注】

① 在《亚洲周刊》举办的人文讲座中，有人提出中国在世界航船上应升入头等舱乃至驾驶舱。

贺香港书展二十周年

禁忌百无万绪纷，牢笼冲破大江奔[①]。
胸襟狭隘言论假，心态宽容视听真。
思想一元曾对立，意识多种已同存。
劫波历尽人犹在，地覆天翻气象新。

【注】

① 《亚洲周刊》总编感慨地说：如今在台港澳阅读马列毛等左翼书籍已百无禁忌，在大陆过去被视为“右派”的书籍也成畅销读物。

重访大寨有感

卅载重来游客满，金秋竞上虎头山。
梯田道道环坡倚，曲水条条绕谷盘。
果树飘香别墅美，花丛蕴秀校园妍。
迎风远眺狼窝掌，五谷丰登又一年①。

【注】

① 狼窝掌系一黄土沟壑，几十年前被大寨人削平山头填成大块农田。

祭陈永贵

今来古往两神农，自力更生壮志同。
造地开出新世界，移山胜过老愚公。
灵魂伟大脊梁铁，陋室平凡气度宏。
业绩长存应笑慰，一杯薄酒敬英雄。

【注】

陈永贵系原大寨大队党支部书记，劳动模范，“文化大革命”中曾任中共中央政治局委员、国务院副总理。

赠老英雄宋立英

喜会巾帼思荏苒，凝眸相忆泪花含。
当年豪迈英姿爽，今日慈祥笑语甜。
眉眼未觉朝气减，风霜已把皱纹添。
艰辛历尽骨头硬，勇士面前无困难。

【注】
宋立英系原大寨大队党支部副书记，陈永贵的助手。

仓央嘉措逝世三百零二年祭

倜傥风流骇旧俗，少年身世叹沉浮。
亦凡亦圣小和尚，敢爱敢憎大丈夫。
才贯古今屈指几，歌传巷陌放眼无。
鳌头独占人莫属，万里魂归青海湖。

【注】
仓央嘉措系六世达赖，生于藏南门隅一个普通农奴家庭，因十五岁才被确定为五世达赖转世灵童，了解民间疾苦。他才华横溢，所写万余言大量情诗在藏区城乡广为流唱。因不幸成为西藏内部政治斗争牺牲品，他在被蒙古拉藏汗押送北京途中死于青海湖畔，尸骨无存。

闻某校学生身着儒服祭孔

儒术独尊罢百家，自由从此被扼杀[①]。
愚忠愚孝奴才蠢，假义假仁主子猾。
规律难逃滋乱象，覆辙易蹈演浮华。
存真去伪袭传统，继往开来不谬夸[②]。

【注】

① 汉武帝采纳了董仲舒“罢黜百家、独尊儒术”的意见。

② 对“忠孝仁义”要赋予新意，决不能提倡愚忠愚孝和假仁假义。继承借鉴儒家思想，须取其精华、去其糟粕。

重读《中国人的特性》感赋

旧病未痊岂妄谈，痛心疾首语何堪。
谀歌盛世败亡易，厌纳危言崛起难。
历史重温思教训，周期再演话针砭。
亦应反省国民性，混沌大开盼久安。

【注】

《中国人的特性》作者史密斯在华传教二十二年。此书从一九〇二至一九九五年，先后由上海作新社、社会学家潘光旦、张梦阳和王丽娟译成中文，受到鲁迅推崇。

无　题

岸然道貌竟何耶，自诩青天大老爷。
贵胄事关多放水，平曹罪系少决绝。
谑闻竖子恶名种，惑见英雄美誉谐。
国史赢得邪不怕，名爵双获有人噱。

揭某国企改制内幕

秘事惊传愤忍闻，奇葩改制乱弹琴。
暗箱策划蛇吞象，明火抢劫鬼进门。
罪怪台前操作者，利归幕后隐身人。
个中奥妙何须问，内举如今不避亲。

【注】

某人幕后准备用几十亿元贷款收购某国企数百亿元资产，暗箱操作内容被知情者网上披露后舆论哗然，交易遂中断。

参加国庆六十周年庆典

天安门上望天安，盛世风华壮大千。
雁阵绵连渲五色，彩旗挥跃舞千帆。
巍巍画像排空至，滚滚军车动地还。
眼底谁思忧患事，赞歌齐唱荡心弦。

悼三名大学生

九州何故齐动颜，一曲悲歌撼云天。
人链江边急救死，船家水上漠收钱。
恨责冷血良知昧，钦赞爱心热泪潸。
面对英雄应有愧，盼今重塑价值观。

【注】

新闻披露，十月二十四日，长江大学十多名男女学生手挽手组成“人链”，协助跳入江中同学救人，三名大学生不幸遇难，但捞尸船竟以每具一万两千元代价将学生尸体拴在船边与亲属讨价还价。

闻某地流血抗争拆迁

媚富嫌贫自古同，频出此事叹怔忡。
行同恶霸天良丧，心比铁石血脉壅。
权力寻租风正盛，金钱开路祸无穷。
治标容易本难治，不患不均患不公。

颂钱学森

功劳殊伟天下传，雄励无前岂偶然。
立志报国慷而慨，无私奉献苦亦甘。
艰难何惧腰板挺，险阻敢排信仰坚。
富贵荣华如粪土，姓钱但却不爱钱。

李大钊一百二十周年诞辰（二首）

（一）

曙光初现早霞红，建党堪称不世功。
纾难倾家情似海，弹精竭力气如虹。
但求奉献轻名利，何惧牺牲做鬼雄。
大义凛然青史鉴，丹心留取去从容。

（二）

慷慨讴歌赤帜张，践行贵在效忠良。
羞思烈士精神痿，愧比英雄热血凉。
牢记铁肩担道义，重温妙手著文章[①]。
中华再造须反省，不务虚声内功强。

【注】

① “铁肩担道义，妙手著文章”系李大钊最广为人知的题词。

重读《水浒传》有感

水浒重读恨忍吞，天王命舛寨旗新。
招降痴送奴才命，纳叛妄同主子身。
兄弟相残方腊斩，手足自断李逵鸩。
歧途误入究晁盖，聚义厅前传错人。

赞师延林

昆仑一入二十年，业迹平凡不简单。
处世何曾求利禄，做人从未觅清闲。
初衷无悔身心累，信念如磐志向坚。
但慰乡亲说信赖，今生再苦也觉甜。

【注】

师延林系新疆阿克陶县干部，在少数民族聚集山乡埋头苦干二十年。

分裂人格

青云直上坐瑶台，狐假虎威意满怀。
口效钟馗擒鬼魅，行同硕鼠敛钱财。
谀言易纳邪风盛，奸佞难察正气衰。
分裂人格非罕见，少年得志惧德歪。

百姓常说办事艰

百姓常说办事艰，未经亲历怎知难。
折腰曲背强装笑，忍气吞声故作欢。
道道把关明侃价，层层伸手暗收钱。
世风如此招人恨，无可奈何苦不堪。

何日主人不再求·评央视“恶意欠薪”辩论

暴力频发事可忧，欠薪之痛几时休。
金迷纸醉老板喜，母病儿饥雇员愁。
法律修订急似火，诉讼程序慢如牛①。
默思惭愧扪心问，何日主人不再求。

【注】

① 亟须修订有关维护薪酬收入合法权益的法律条文内容。诉讼程序繁杂有待精简。

财金风险宜早防

西方未亮东方亮，喝彩声中走势扬。
悬念几无增长保，预期似有下行藏。
平台负债瞒超载，贷款融资隐不良。
美日覆辙忧重蹈，财金风险宜早防。

【注】

报载，世界金融危机爆发以来，国内金融机构贷给地方各级政府三千多个投融资平台的贷款数量急剧增长，其中很多贷款投入环境污染严重和产能过剩的行业。作者为此向总理建议尽快建立政府会计制度以及与之密切相关的各级政府债务统计、审批、监管、预警和偿还机制。

二〇一〇年

读史有感（二首）

（一）

歌舞升平岁月忽，未觉载道怨声毒。
狐狸安问鸡偷否，豺虎焉答患养乎。
大吏巧织关系网，小官甘任马前卒。
可怜异日龙舟覆，求做庶民悔莫如。

（二）

历代传承改亦难，打江山者坐江山。
覆辙重蹈周期演，殷鉴迭出国运迁。
文艺复兴昌宪政，睡狮梦醒废王权。
人民社稷人民掌，大道之行盼久安。

陪父亲医院过年

虽说头脑半糊涂，强抑呻吟痛忍呼。
尿管附身皮肤肿，吊瓶随体面目枯。
献身民众心仍有，报效国家力已无。
偶话当年风雨事，依然欢唱笑容舒[①]。

【注】

① 父亲最爱唱《热爱祖国》和《大刀向鬼子们的头上砍去》。

重读《温故戊戌年》感赋

扑朔迷离话晚清，维新百日竞说评。
邦合日本[①]荒唐甚，祸起萧墙[②]感慨增。
遗恨难消[③]别紫禁，断头何惧[④]撼苍生。
至今犹颂六君子，血溅长街分外猩。

【注】

① 《温故戊戌年》一书披露：史家考证，戊戌年八月二日康有为写了《条陈三策疏》以刑部司员洪汝冲名义上奏光绪，提出“欲伊藤博文专中国政柄”即中日两国“合为一国亦不为怪”的荒谬主张。

② 慈禧太后于光绪帝接见曾任日本明治维新时期首相伊藤博文的翌日发动政变，囚禁光绪于瀛台并下诏拿人。

③ 康有为得信后立即逃离北京，谭嗣同等人却拒绝逃走。

④ 支持光绪帝变法的康广仁、谭嗣同、林旭、杨锐、刘光第、杨深秀六君子于戊戌政变被捕后六日在菜市口慷慨就义。

无　题

宝马常携美色归，春宵帐外雪纷飞。
枕边红粉换多少，梦里黄粱熟几回。
离散最期团圆乐，安居怎感流浪悲。
富豪别墅如宫室，贫贱街头无立锥。

【注】

作者每日下半夜从医院护理父亲后回家途中，经常看到不少流浪者或上访者在地下通道和卫生间过夜。

闻考古发现曹操墓

机关算尽尔曹昏，疑冢遍修枉费心[①]。
假假真真真亦假，真真假假假充真。
阿瞒[②]骨曝殃刘备[③]，古墓劫遭祸土墩。
经济复苏觅捷径，争先恐后掘祖坟。

【注】

① 相传曹操死后部下按其遗命设七十二疑冢。

② 曹操小名。报载，河南发现曹操墓一事有利于发展旅游。

③ 四川彭山县旅游局将牧马乡莲花村“皇陵”规划为刘备墓。县文物局发布证据征集令，当地申请挖掘。媒体讥靠“挖死人骨头”提升经济。

思世局变化兼评奥巴马

纵横博弈不稀奇，立地成佛笑可期。
无事生非难做友，有心添乱易成敌。
谷歌抨罢召达赖[①]，导弹售完备战机[②]。
西化何如分化好[③]，黑皮遑论亦白皮[④]。

【注】

① 希拉里借谷歌之事无理指责中国。奥巴马召见达赖喇嘛。

② 美国售台“爱国者”导弹，下一步还要更新台湾战机。

③ 美国或明或暗支持“藏独”“疆独”和“台独”分裂活动。

④ 美两党对华政策有共性，与种族和肤色无关。

中国互联网十年启示（二首）

（一）

政治改革堪入室，草根民主已登堂。
野生验证华南虎[①]，猝死质疑孙志刚[②]。
热赞清廉揭假面，狠批腐败见真章。
跳出局限思功过，风物长宜放眼量。

（二）

邓玉娇随晕机女[③]，躲猫猫继俯卧撑[④]。
飙车案少爷出水[⑤]，天价烟局长入笼[⑥]。
尴尬数安装让步[⑦]，凄凉评验肺开胸[⑧]。
金睛火眼妖魔怕，万众如同孙悟空。

【注】

① 二〇一七年的陕西安康市野生华南虎照片真伪事件。

② 二〇〇三年大学生孙志刚被收容后殴死事件，推动国务院废除收容遣送条例，是保护公民权利的著名案例。

③ 二〇〇九年湖北巴东县宾馆服务员邓玉娇刺死、刺伤镇政府人员事件。晕机女：二〇〇九年张梦媛在其豆瓣网主页写日志称自己刚下飞机就头晕，并称“唉，真该买个私人飞机”，导致成千上万网友涌入其主页，称其“晕机女”，留下不少攻击语言。

④ 躲猫猫：二〇〇七年云南晋宁县青年李乔明在县看守所离奇死亡，同室人员说是玩躲猫猫游戏时不慎撞墙而死，事件被曝光后广大网民对此纷纷质疑。省政府新闻办公布检察机关调查

结论，李乔明是被同室关押人员殴死。俯卧撑：二〇〇八年贵州瓮安县三中学生李树芬跳河溺亡，李的男友陈某的朋友刘某称其正在现场做俯卧撑，发现后救人未果，家属不接受法医“溺水死亡”结论，酿成一起严重打砸抢烧事件，百余干警受伤。躲猫猫和做俯卧撑遂成网络流行语。

⑤ 二〇〇九年在杭州发生飙车致死两人恶性交通案件，违法飙车人胡斌系杭州师范大学学生，其父亲是本地富商。

⑥ 二〇〇九年网民曝光江苏省南京市江宁区房产局长周久耕抽天价烟、戴天价表，其被立案查处后以受贿罪追究刑事责任。

⑦ 有关部门针对防控网上传谣准备安装监控软件，遭到很多网民反对，一时未果，但对如何妥善处理依法监管互联网与尊重网民发表意见的合法权利的关系问题引发极大关注。

⑧ 二〇〇四年河南新密市张海波被多家医院诊断出患有尘肺病，因这些医院不是法定职业病诊断机构，原工作单位拒开证明，张海波被迫决定以“开胸验肺”方式为自己证明，网上称其“开胸验肺事件”。

黑　哨

连爆丑闻堕下流，滥吹黑哨厌无休。
该出脚处权出手①，每赛球时且赌球。
利欲熏心半作假，道德沦丧几成囚。
全球耻笑难圆梦，多少国人怕看球。

【注】

① 操纵赌球的背后黑手。

读李文海杂文

仇谤喜谀谁报忧，空文崇尚不知羞。
巧言令色为亲信，逆耳犯颜若寇仇。
钓誉沽名何日止，弄虚作假几时休。
渐习渐惯愁难改，如此怎当孺子牛。

【注】
李文海系原中国人民大学校长、中国延安精神研究会副会长。

王家岭矿透水事故抢救有感

翘首太行眼望穿，夜阑难寐举国牵。
科学发展谈何易，责任落实践更难。
苦苦支撑筋骨硬，源源救助信心坚[①]。
再生之后究原委，奇迹焉能顶罪愆[②]。

【注】
① 三月二十八日，在建王家岭煤矿发生特大透水事故，一百五十三名矿工被困，救出一百一十五名矿工，被称救援史奇迹。
② 施工存在违规违章行为，事发前发现透水征兆但未撤人。

闻沿海忽现用工荒

老板依然老眼光，而今惑对用工荒。
哪知旧日蛇皮袋，已换新潮拉杆箱。
盼有住房迁户口①，虑无保障祈安康②。
排忧解难求平等，候鸟不当共奋骧。

【注】

① 新一代农民工企盼能在城里买房落户。

② 不能参加城镇职工养老保险和医疗保险。

悼阿福

岗位平凡大义明，此身偏向险中行。
遗容犹带风尘色，碧血永凝骨肉情。
浪涌香江掬热泪，雪飘青海祭英灵。
无私舍己从容去，誉满高原后世铭。

【注】

阿福全名黄福荣，香港货车司机，青海省玉树州孤儿院义工，他冲入坍塌房屋拯救六名孤儿和老师，不幸在“四一四”大地震余震中遇难。

闻京师扫黄

世风日下已多年，无奈只因傍靠山。
民众冷嘲讥腐朽，名流热捧啜芳甘。
尽欢权贵酩酊醉，盛宴官商美梦酣。
天上人间何处是，销金窝里伴花眠。

【注】

媒体评述："北京凌厉扫黄"，"受不少官商权贵、社会名流热捧"的"天上人间""名门夜宴""华都"和"凯富国际"四大"销金窝"被勒令停业整顿，"'天上人间'经营特种行业达二十多年无人撼动"。

赞父亲护工小梁

掐指半年鼻饲浆，管插脐下入膀胱。
流食味淡舌难品，体液色黄尿易量。
神智偶清频致谢，黏痰常堵每咳呛。
精心照料无昏昼，堪效南丁获赞扬[①]。

【注】

① 南丁，即南丁格尔，近代护理事业创始人，生日被定为国际护士节并设奖。

两 极

娶了大乔娶小乔，金屋遍购暗藏娇[①]。
往来宝马无凡物，出入佳宾尽富豪。
举目城郊华邸炫，栖身棚户陋居潦。
高楼大厦何人建，都是民工汗马劳。

【注】

① 大乔、小乔系三国时吴国著名美女，见铜雀台故事。

无 题

愤闻连跳悼国殇，何止一家富士康[①]。
尊重欠缺悲剧演，人情冷漠关系僵。
愧闻博客奚工会，羞见网民唾虎伥。
道歉增资难治本，岂能止沸靠扬汤。

【注】

① 富士康深圳公司近年一连有十三个职工跳楼自杀。

闻富翁网上征婚

阔少征婚赛选妃，人潮狂卷喜耶悲①。
红颜五万良缘撞，佳丽三千媚眼飞②。
腰比黄蜂搔首至，肚同蚂蚱弄姿归③。
今生盼钓金龟婿，何惧爱情铜臭摧。

【注】

① 世纪佳缘网站为国内十八名富翁组织网上征婚。

② 全球五万女性报名，两千六百候选者参加面试。

③ 有征婚富豪要求参选女性必须是“黄蜂腰、蚂蚱肚”，并请法师鉴定其“相貌旺夫发财”。

审计中央投资有感

众志成城风雨渡，曙光初现展雄姿①。
投资合理抓排碳，储备失调议减持②。
五味杂陈欧美羡，三阳开泰亚非师。
面包虽大忧结构，养晦一说未过时。

【注】

① 我国应对世界金融危机的组合拳初见成效。

② 我国外汇储备币种结构不够合理，美元比重过大，作者建议抓住机会收购国外资源和投资方科技等。

颂景荣春

呕心沥血欲何求，看破浮名不入流。
三尺讲台拼到底，六年绝症斗弗休。
育才耻为逐私利，著述力争奔上游。
病至弥留方了愿，几人愧疚几人羞。

【注】

景荣春生前为江苏科技大学教授，罹患癌症六年多却从未耽误一堂课，从未提出过个人要求，四十多年前就申请入党，临终前方了却心愿。

无 题

楚地哄传曝丑闻，痛殴官太悔心惛。
误当上访出拳狠，笃定刁民放话浑。
遍体鳞伤非少见，满腔悲愤亦绝伦。
事发犹作惊人语，羞道眼拙打错人①。

【注】

① 报载，湖北政法委综治办某领导妻子被武昌公安分局设在省委大院信访专办警察误作访民诟骂群殴，警方致歉时竟说“打错了人”。

再读宗教发展史有感

神前闻祷告，冠冕光环罩。
嗟尔口循规，厌其行叛教。
学说等面条，理想从钞票。
龙种伟人播，收成多跳蚤[①]。
言行怅不一，仆主忧颠倒。
悲喜本同邻，祸福难预料。
若非恬淡心，吾亦迷邪道。
无力补乾坤，但求洁自好。

【注】

① 伟人系指释迦牟尼、耶稣、穆罕默德等宗教创始人。马克思曾援引海涅诗句：我播下的是龙种，收获的却是跳蚤。

读赵婀娜文章[①]

只凭一考终身定，个性磨平太可怜。
创造思维难兑现，素质教育落空谈。
好奇未免针砭受，兴趣何来广泛言。
口水战中悲情掩，几时不再抢状元[②]。

【注】

① 赵婀娜系人民日报社记者，其撰写了《中国高校：何时不再抢状元》的文章。文章披露，在国内顶尖高校争抢高考状元的同时，美国耶鲁大学仅用半小时就将我国高考成绩最好的学生挑走。

② 北大、清华为录取多少“状元”各执一词。

斥骗子

谎话戳穿骗子佛，神功假造算什么。
走红身倚官商艺，牟利名托医道佛[①]。
异曲从来多鬼怪，同工岂止一妖魔。
虔诚膜拜愚无脑，遍地大师奈若何。

【注】

① 政界、商界、文化艺术界，医学、道教和佛教。

评基金业乱象

旱涝保收本陋规，信托责任几时归[①]。
创新不断成交假，鼠患未绝业绩亏[②]。
公募私奔巢易跳，私肥公损过难追[③]。
基金监管缺失久，表面光鲜谎话堆。

【注】

① 基金管理人收入红利只与资金规模挂钩，与基金亏损与否无关。

② 鼠患系指老鼠仓交易。

③ 公募基金经理大批辞职流向私募基金。

挽钱伟长

选理弃文图救国，人格独立易蹉跎。
三钱位列名声著[①]，四次行更贡献多[②]。
凌辱几经言可畏，坎坷久历志无夺[③]。
古稀治校意深远，不教中华开倒车。

【注】

① 钱伟长与钱学森、钱三强被周恩来誉为“三钱”。

② 钱伟长对近二十个学科行业作出贡献，在数学和力学研究、高能电池、计算机中文信息、教育领域成绩尤为卓著。

③ 钱伟长曾经被错定“右派分子”改造。

悼舟曲遇难者

伫望西陲热泪潸，国旗哀降九州奠。
洪流肆虐遽摧山，泥水逞凶突裂岸。
忍见城乡化墓园，恸闻生命成淤淀。
八方援救爱心牵，情重血浓同患难。

【注】

舟曲位于甘肃省，因洪水和泥石流遇难、失踪近两千人。

武松无奈大虫何

迭发巨案费琢磨，天价数额恨动辄。
风气日移人堕落，灵魂贱卖病沉疴。
千夫指喜钟馗少，孺子牛悲禄蠹多。
积重难回局势险，武松无奈大虫何。

星　空

生死世间一过客，兴亡宇宙几轮回①。
光年万亿疑无尽，灿烂星云若芥灰②。

【注】

① 科学家认为宇宙是一次大爆炸产物，亦有生有灭。

② 作者以为宇宙范围何止万亿光年，似广无穷尽。

评菲人质事件调查报告出笼

惨祸突发迸血光，九州悲愤斥欺诳。
应急拙劣思维乱，处置简单对策僵①。
扑朔迷离玩把戏，花言巧语打官腔②。
国旗未降区旗降，对比鲜明民意戕。

【注】

① 八月二十三日，菲律宾前警察劫持旅游车，在菲警方突击解救行动中有八名香港游客死亡，六人受伤。处置人质事件方法拙劣，多有失误。

② 菲律宾阿基诺政府的调查报告掩饰问题和推卸高官责任。

上海世博会偶感

黄浦江边挥画笔，千姿百态惊崛起。
园林秀美彩灯浮，场馆缤纷花海倚。
只恨出乖脸面失，何惭露丑尊严抵[①]。
照妖镜里正衣冠，最大敌人是自己。

【注】

① 媒体批评：在上海世界博览会展出期间，有少数参观者为了不按照规定顺序进入展览园区，竟然假扮成残疾人坐轮椅、行便道。网友评论说，这一丑恶行为给中国人丢了脸，它如同照妖镜一样，暴露出我们最大的敌人是自己的不文明行为。

无私愧比郭明义

源水不清泥自浑，横流物欲卷千军。
媚攀权贵招民怨，漠对黎元负党恩。
八面玲珑伊报喜，两极对立我忧心。
无私愧比郭明义，多少公仆羞煞人。

【注】

郭明义系鞍钢劳动模范，学雷锋标兵，献血五十五次，汇款一百四十次，助学儿童达一百八十名。

贺父母结婚六十五周年

耻求富贵敛膏腴，坦荡为人志未屈。
名利鄙同身外物，品行珍似雪中菊。
任劳任怨功勋著，无惧无私道路曲。
超倭赶美心堪慰，捷报飞来热泪掬。

读税成康日记

日记初读泪已吞，八方景仰赞芳馨。
内容深刻不经意，言语普通最感人。
职位平凡身心累，精神高尚手脚勤。
操心多是民生事，辛苦一生百姓钦。

【注】

税成康病逝前任四川唐昌镇城建办副主任。

无　题

物价飙升收入少，每听涨字心烦恼。
富豪不吝医食住，穷苦何谈房马表。
调控全凭持久战，问题岂寄短期了。
望天长叹愁无奈，可笑结婚要趁早。

【注】

针对一线城市房价居高不下，有人建议青年不如早买房结婚，但问题就在于房价上涨太快，致使很多青年买不起一线城市婚房。

向中央两次呈交辞呈感赋

椿萱九秩已高年，忠孝古来不两全。
贪欲难逃官本位，恋权必蹈口头禅①。
耻迷禄瘾流时弊，甘做人梯举后贤。
久病床前无孝子，扪心自省警钟悬。

【注】

① “占着茅坑不拉屎”。因父母及姑妈相继病重入院，作者长期不能出差，工作受到影响，况年龄已超过六十三岁，在首次向组织书面请求提前从领导职务上退下未获批准后再次递上辞呈，并举荐贤者接替。

痛思上海大火

肆虐烈焰悲剧演，鲜活生命遽夭亡。
摩天难救云梯萎，辅料易燃毒气猖。
肢解分包牟利润，违规操作验消防。
万人祭拜思真相，痛定之时更断肠。

【注】

上海一改装外墙公寓工程施工者无证违规操作引发大火死亡五十八人。调查披露，施工单位违规层层分包、唯利是图，违规使用易燃材料，施工监管不到位，消防设施缺失，高层建筑救火难问题长期未破题。

斥与民争利

鱼目混珠频上演，瞒天过海惯藏奸。
为民俨作遮羞布，利己恬当处世禅。
巧取豪夺得意矣，轻罚薄惩卖乖焉。
补钱放水寻常事，大庇官商俱笑颜。

【注】

《中国审计报》吴杭民文章揭露社会保障住房“成为有权有钱人渔利目标”之事“频频上演”，而查处多半轻描淡写。

蚁　族

屈辱多年一扫无，挺胸昂首立穹庐。
百出智计世博酷，独领风骚成就殊。
国势渐强成气候，蜗居日蹙沦蚁族。
洋奴不做房奴做，疾首无心谈幸福。

闻张国福事迹感赋

战功殊伟默无闻，隐姓埋名挚爱深。
九死一生孤胆壮，一言九鼎本色纯。
拒凭卓著图富贵，自诩普通耐清贫。
多少心灵需拷问，不缺物质缺精神。

【注】

张国福荣立赫赫战功，回乡后安于清贫，几十年只字不提。他说：“合上功劳簿，我就是一个普通的劳动者。”

二〇一一年

在中纪委会议发言（二首）

（一）

中华崛起话雄图，强盛未将诟病除。
表里不一风气坏，言行矛盾道德污。
噤声根在谀领导，缄口缘由惧匹夫。
忧蹈覆辙谁喟叹，发聋振聩我疾呼。

（二）

国戚皇亲刑不上，低人狗眼未知羞。
啜臀捧屁无廉耻，附凤攀龙有奔头。
妻假夫威钱易赚，子凭父势错难纠。
煌煌盛世思危患，流水载舟亦覆舟。

【注】

作者多次在会议上指出，腐败泛滥到今天的严重地步，关键是“上梁不正下梁歪”。一些领导干部亲属违法暴富且得不到查处是腐败蔓延主要原因。

赞郑承镇

荡气回肠网友书，万民泣下众心服。
济贫孤老安清苦，解困少年享幸福。
无故无亲非党矣，有慈有爱是佛乎。
家徒四壁灵魂美，我等扪心愧不如。

【注】

郑承镇系济南天桥区独身老人，没有固定工作，生前二十三年中救助和收养过四百余名流浪儿，受到社会肯定和尊敬。

评霍多尔科夫斯基案件

宽严棘手拖难判，养虎多年遗后患。
唤雨呼风搅政坛，铺天盖地飞糖弹。
小贼入室一家危，大盗窃国天下变。
群蚁附膻利禄熏，前车之覆后车鉴。

【注】

俄罗斯尤科斯石油公司前总裁霍多尔科夫斯基靠权力寻租暴富，二〇〇三年被捕，对他的两次审判历经七年时间才落幕。

奥　数

奥数冤哉何罪有，殷勤辅导盼加分。
老师背负考评重，家长心操神智昏。
或恐天才成孽子，惯求凡马化麒麟。
填鸭应试愁难改，儿女可怜个性湮。

读《沈浩日记》（六首）

（一）

人间大爱贵情痴，公而忘家百姓思。
热血满腔一壮士，心中苦涩有谁知。

（二）

每忆当年说两淮，卫星竞放祸苗栽。
拖儿带女逃荒去，千里萧疏花鼓哀。

（三）

联产承包谷满仓，欢天喜地卖余粮。
传奇浪漫书青史，小岗名声天下扬。

(四)

一夜脱离温饱线，廿年未跨富裕门。
居功自傲私字重，前进惜无带路人。

(五)

一家一户小生产，鼠目寸光大志无。
好了伤疤忘了痛，争权夺利满盘输。

(六)

穷根剜去要深思，起步领先致富迟。
试问新型合作化，康庄大道几人识。

【注】

沈浩系安徽某市财政局干部，担任凤阳县小岗村村支部第一书记，他公而忘家，因常年积劳成疾倒在工作岗位上。

有变全家溜美国

口是心非不必说，望洋膜拜善藏拙。
明修栈道麻烦少，暗度陈仓好处多。
亲属入籍心落地，赃钱转账罪逃脱。
人前痛斥自由化，有变全家溜美国。

胡奥华盛顿峰会

礼遇空前笑脸迎，何妨背后演刀兵[1]。
互存芥蒂互无恙，各取所需各有情。
肝火爆发徒两败，冲突缓解企双赢。
此消彼长格局诡，谋划精心保太平。

【注】

① 美韩、美日在黄海等中国近海定期举行的大规模军事演习。

隐　患

变数犹存隐患留，谨防华府老滑头[1]。
无边额度美钞印，有限收支税款流。
赤字飙升殃一地，价值缩水祸全球。
渐行渐近羊毛剪，剩女剩男不胜愁[2]。

【注】

① 美国一方面连年减税致财力不足、赤字飘升；一方面利用美元霸权大肆印钞，通过美元贬值“剪羊毛”向各国转嫁危机。

② 喻指各国所持美国政府的各种债券。

愤闻“坐牢补偿”而作

名曰返聘且压惊，堂而皇之贺复兴。
盈座佞朋摊进补，满桌盛馔慰接风。
死猪不怕滚油烫，走狗何愁热气蒸。
权把坐牢当度假，无官受贿一身轻。

【注】
原行贿人给出狱贪官送“坐牢补偿”或“坐牢进补”。

读某案件通报有感

节过电传通报之，遽闻显宦敛膏脂。
月晕础润应有示，马迹蛛丝竟无知。
岁岁褒扬光环套，官官相护罗网织。
迭出重案因何故，法治无私到位迟。

【注】
原铁道部部长刘志军贪腐问题暴露前，铁道部曾在多个场合介绍党风廉政建设的经验。

讽“老好人”君

又当婊子又立碑，好汉谁吃眼前亏。
附势趋炎常卖笑，随行就市偶分肥。
水深何惧小鱼闹，墙倒尚需大众推。
缩首懒思身后事，不妨做个老乌龟。

无　题

任说民主是妖魔，颠倒是非怎奈何。
受贿谁揭黑谁抹[1]，寻租尔干利尔得。
糖衣紧裹弹齐射，帽子横飞屎乱泼。
我党安能容此辈，钟馗卫道志难夺。

【注】
① 有人竟然说向社会公开贪腐案件查处是给党的脸上抹黑。

日本福岛地震

疮痍满目海风腥，祸降东瀛惨状生。
骇浪滔天千舸覆，狂潮卷地万尸横。
谈核色变神惊怵，触景神伤色愣怔。
遥望扶桑三月雪，漫空飘洒悼亡灵。

【注】
日本三月十一日九级地震引发特大海啸，死伤惨重，福岛核电站出现严重核泄漏事故。

读某人忏悔有感

追思往事有余悲，辛苦半生信仰摧。
鼠窃狗偷多胜算，鸡争鹅斗少吃亏。
恶习难改顶风上，国法不容负罪归。
万贯家财成泡影，南柯梦里走一回。

两 会

改善民生万众期，祸生茉莉诫京畿[①]。
长街特警枪盔佩，大会精英肝胆披。
个个建言神抖擞，篇篇提案字珠玑。
前朝之覆当朝鉴，不怕人欺怕自欺[②]。

【注】

① 中东、北非一些国家内部爆发的“茉莉花革命”导致政权颠覆，连年内战，经济崩溃，国破家亡。

② 统治集团家族、部属敛财暴富，势必授人以柄、引发动乱。

会 所

会所雷人岂寡闻，平头百姓进无门。
皇家气派天天摆，王者情怀日日矜。
得意未觉根底浅，忘形难许世风惇。
九州多少销魂处，独谴故宫脑袋昏。

【注】

媒体披露北京和全国各地设立许多高档私人会所，不在工商部门注册也不挂牌，其中不少是进行权钱交易、权色交易的场所。

有媒体严肃批评故宫博物院在古建筑中设立“皇家气派”的世界顶级会所违反了文物保护法规，这个批评，无可非议，但也应看到北京故宫并非高档会所始作俑者，且迄今尚未发现其他许多会所广为存在的声色犬马等藏污纳垢之事。

痛闻农妇挥刀自疗

农妇举刀剜肚肠，血流遍体手足僵[①]。
自残悲在无情义，社保愁还有漏盲。
存款利息年年负，生活物价日日扬[②]。
伤心何止吴远碧，救助不及每天亡。

【注】

① 报载，重庆农妇吴远碧因为付不起医疗费，自行破腹治疗而亡。

② 近年商业银行一年定期存款利息增长低于消费物价上涨幅度。

惊悉食品问题多发

食品过期不用愁，重新和面做馒头。
虫填铅粉三魂去，奶注氰胺六魄休。
蜂蜜竟为糖水蜜，豆油疑是地沟油。
全无底线究何故，利欲熏心监管柔。

惊悉我国企业运输成本世界最高

收费每言心胆寒，濒临破产有谁怜。
车行万里千关卡，贡纳十方百处拦。
罚免随心何由法，是非不论只要钱。
灯枯最怕灯油尽，吸血容易造血难。

无　题

走马又观花，山河景物佳。
总结先写好，经验后升华。
无耻将吾捧，有求把尔夸。
久之人不怪，见惯此风刮。

孔子雕像风波

权力寻租久坦然，肆无忌惮近疯癫。
道德崩后医难治，风浪起时船易翻。
上智从来聪明过，下愚未必蠢不堪。
奈何借助孔夫子，聊作回春续命丹。

【注】
天安门广场国家博物馆前忽现孔子雕像，旋即搬走，均无解释。

观看建党九十周年文艺晚会感赋

赞歌无数颂脊梁，伟业骄人比汉唐。
耻辱百年一扫尽，光荣万众共传扬。
功高更要思危患，权重尤须惕败亡。
盛世从来伏乱世，艰难不惧惧辉煌。

读两个版本“大江大海”有感

血战关东忆断炊，围城半载是耶非[①]。
满坑饿殍凭谁掩，遍地死尸任尔隳[②]。
野狗噬人人噬狗，炮灰成鬼鬼成灰。
古来多少兴亡事，胜负同悲冢万堆。

【注】

① 作者李发锁认为史载长春围困战饿死人数不准。他研究指出，解放军发现有人饿死后分三个阶段收容救济十五点四万市民，史载解放时长春城内剩十七点九万市民，两者相加为三十三万余人，与围城时市内有市民三十九万余人数字相差的六万余人应为饿死百姓数。《大江大海一九四九》作者龙应台提及长春解放后国民党《中央日报》公布饿死市民十五万人，是因解放军怀疑有国民党官兵化妆突围不放难民出来。《大江大海骗了你》作者李敖批评龙应台是嫁祸于共产党，罪魁祸首是抢劫百姓粮食后将二十余万市民赶出城的郑洞国，十万国民党军警没有饿死一人就是证明。

② 隳：毁坏，音辉。

赞杨正超

宁违亲情不违心，宁丢官帽不丢人。
淡泊一贯轻财禄，坚毅几曾怕鬼神。
信仰执着钢骨硬，作风深入感情真。
言行对比羞深省，多少同侪愧对民。

【注】

杨正超系全国纪检监察系统标兵，中共周口市纪委书记。

天价酒单

连篇谎话道德亏，理想缺失信口吹。
唤作私房非已是，名为国企是疑非。
经营垄断虚名悖，消费奢靡实惠归。
高价油掺天价酒，可怜百姓最吃亏。

【注】

某油企购买一百六十八万元酒单，辩称是“非油品经营进货单”。作者在该油企的加油站便利店中并未发现进货单上高档酒品。

评康菲公司渤海严重油祸教训

披露拖延万民咻，帖发怒斥乱采油。
见权膜拜见民拽，对上负责对下牛。
谁是公仆谁是主，未觉倨傲未觉羞。
互联网上微博建，一统舆情已到头。

【注】

美国康菲公司渤海湾油田漏油引发严重海洋环境灾难，沿岸和渔民受损严重，但该公司态度倨傲，对公众披露信息滞后，引发众怒。遭各方谴责后，康菲公司及其中方合作企业方逐步公开信息，国务院加大督查力度并借此进一步推进各级政府信息公开工作。

赞中央编译局专家

竞竞业业一辈子，淡淡泊泊一群人。
笔走风雷心头热，心怀世界笔底勤。
与民更始轻名利，至死方休重本根。
今日犹说陈望道①，功德无量罔极恩。

【注】

① 陈望道，中共一大代表，《共产党宣言》中文译者第一人。

题九龙壶

首尾相衔气势殊，盛名无过九龙壶。
金身甲被腾云起，玉体鳞披脱颖出。
啸傲南荒伏猛虎，威凌北斗扭天枢。
寻常佳丽难相配，鸾凤飞来祈万福。

【注】

九龙壶系国家工艺美术大师、云南大理鹤庆新华村寸发标代表作。

愤闻土地查处结果公布

土地清查帷幕落，一人级降无人撤。
轻描淡写风暴息，诿过推责高堂坐。
别墅排排遍夏华，球庄片片连阡陌。
法规文件付东流，置若罔闻谁悚怍。

【注】

21世纪初，国家三令五申严禁占用耕地建设别墅和高尔夫球场，但十年后全国违规建设的别墅和高尔夫球庄数量竟然暴增十数倍。

城区水患

市区观海非调侃，暴雨袭来九派流。
水漫立交鸿雁喜，泥淤通道路人愁。
安知戏浪手成桨，未料弄潮车作舟。
头重脚轻根底浅，光鲜表面掩深忧。

【注】

北京等多城水患暴露管网基础设施建设欠账、规划不够科学，重地上建设、轻地下建设，热衷于做表面文章。

评金融政策（二首）

（一）

前狼后虎思博弈[①]，进退皆难势所逼。
货币升值狂套利[②]，资金断裂慎加息[③]。
缩水超发一条路[④]，通胀滑坡两预期。
定价权仍归老美，权衡利弊费心机。

（二）

挂钩贸易太离奇，财富奈何被转移[⑤]。
标准双重[⑥]专利己，措施多样广开基。
利息存贷难同步，资本放收易乱棋[⑦]。
欧美贬值吾亦贬，税收配套定周期。

【注】

① 主权国家在货币话语权和定价权上的博弈。
② 因人民币升值预期和国内外利率差大，热钱流入套利。
③ 货币紧缩政策导致一批企业因资金链断裂破产。
④ 国家外汇储备缩水，人民币基础货币投放超发。
⑤ 国际资本借我升值和资本项目开放回流转移我财富。
⑥ 美国并不将美元汇率与其国际贸易挂钩。
⑦ 人民币升值和资本开放应看准时机，不能过快。

赠褚时健

坎坷算什么，情怀未消磨。
古稀从头越，白首绘山河。
昔种黄金叶，富民并富国①。
反思留遗憾，功过亦两说②。
今育黄金果，荒山绿满坡③。
香生遍大野，身健去心魔。
十载君树木，精神贵难得。
纵然难抵过，彻悟便成佛④。

【注】

① 褚时健对云南省“两烟”生产和政府财力增长做出突出贡献。

② 从事“两烟”生产的功过利弊。

③ 褚时健刑满后重新创业，繁育和种植橙子。

④ 中纪委某领导在查处褚时健时说他：功不抵过、过不掩功。

只认金钱不认人

冷血无情泪忍噙，暴尸拆线惨绝伦。
行风日下良知昧，传统渐失道德沦。
制度残缺神弄鬼，价值变味鬼装神。
白衣未必皆天使，只认金钱不认人。

【注】

报载，河北某县中医院将被撞智障女包扎后弃置邻县郊野而死，某农民工因指伤未付清诊费被武汉某医院拆线赶人。

回 首

回首平生一丈夫，献身但耻作权奴。
是非难免随风摆，邪正不甘跟屁呼。
六欲七情人皆有，三差两错我岂无。
老来惟恐糊涂犯[①]，漫道天凉秋好乎[②]。

【注】

① 清郑板桥曾题“难得糊涂”横幅，广为流传。

② 宋辛弃疾《丑奴儿·书博山道中壁》有句：“而今尝尽愁滋味，欲说还休，欲说还休，却道天凉好个秋。”

辛亥革命百年祭

高举义旗拯陆沉，群魔虎视欲鲸吞。
流离百姓遗枯骨，混战千军化野磷。
兄弟阋墙金瓯裂，江山一统宝岛分。
百年回顾骄矜忌，蒙耻夙因怨自身。

闻流浪儿和乞丐增加

赤贫无片瓦，暴富可敌国。
豪邸宣淫乐，穷家溺宿疴。
平民思俭省，贵胄湎骄奢。
念此心悲怆，轮回怎奈何[①]。

【注】

① 黄炎培所言“兴浡亡忽”的“历史周期率”。

重 阳

又莅重阳草木憔，庭前叶落雁声高。
宫墙咫尺青云近，星汉无垠红土遥。
柿子数十悬树顶，葫芦几个挂藤梢。
浅斟薄酒邀明月，对影三人慰寂寥[①]。

【注】

① 出自唐李白《月下独酌》：“举杯邀明月，对影成三人。”

悼乔布斯[①]

奇思妙想领潮流，逸史芳标业绩留。
成败无惊生命灿，阴晴不定性情幽。
怪才一代书经典，苹果三颗转地球[②]。
少壮缘何多创意，精神独立最难求。

【注】

① 乔布斯系美国苹果公司创始人，因患癌症去世。

② 指圣经所述伊甸园的苹果，激发牛顿发现地球引力的苹果，乔布斯创立的苹果品牌。

卡扎非败亡教训（二首）

（一）

蝇蚁不叮无缝蛋，失民心者必贪婪。
子孙聚敛家天下，鸡犬嚣张上云端。
厄运难逃多米诺，狂言易蹈野狐禅。
一朝覆灭人亡日，众叛亲离袖手观。

（二）

庞然大物轰然倒，血债血偿积怨添。
三地枭雄①争牛首，两朝元老②沐猴冠。
武装林立烽烟起，盗匪孳生政府瘫。
欧美有责君亦有，物极必反痛何堪。

【注】

① 利比亚的昔兰尼加、的黎波里、费赞三地割据对立。

② 指原卡扎非政权、过渡委及临时政府。

赞蔡锷

狂涛敢挽剑新磨，振臂高呼奋护国。
血气冲霄凌日月，头颅掷地震山河。
美人侠义蜚三迤，壮士痴情感六合。
一介布衣成统帅，风流无比蔡松坡。

【注】
野史传京城名妓小凤仙曾掩护蔡锷（字松坡）脱身返滇。

闻央视揭露药价虚高内幕

定价越高心越贪，权钱交易恨藏奸。
环环互扣收回扣，链链相关放过关。
销售层层操守泯，审批个个横财沾。
问渠为甚黑如许，以药养医政策偏。

无　题

预科留美畏人讥，腰斩半截校训凄。
自由思想究何在，独立精神未见提。
编程稳定脸皮厚，自堕不息功利急[①]。
重温旧梦拾风范，犹忆当年梅贻琦。

【注】
① 学生网上相互调侃语言。

重读南北朝史感赋

治乱无常付逝波，兴亡命定本难说①。
休责官场清流少，敢怨儒林禄蠹多。
锐意盗铃愚掩耳，矫情赎罪妄求佛②。
醉生梦死国家误，淫逸骄奢志气磨。

【注】

① 南北朝是自秦始皇统一中国后国家分裂最长时期，兴衰浡亡、战乱频仍、民不聊生。

② 南北朝时佛教大盛，石窟、寺院遍及各地，南朝梁武帝竟然三次舍身出家，每次都授意皇亲国戚、高官富贾捐巨款赎回。

忆杨善洲

手握锨锄解甲归，公仆本色是红梅。
儿孙自立行堪敬，妻女务农品愈蜚。
甘对清贫茹血汗，耻求富贵报春晖。
高山仰止人殊伟，不勒石碑勒口碑。

【注】

杨善洲系全国优秀共产党员，原云南省保山地委书记，退休后立志绿化荒山二十多年直至病逝，其妻子和女儿一直在家乡务农。

移民潮（三首）

（一）

如潮短信阅惊魂，美澳情牵意味深。
仗义无凭红心假，疏财有道绿卡真。
漫天要价肥中介，坐地还钱宰贰臣[①]。
先富几曾帮后富，争先恐后做洋人。

（二）

背井离乡瓜李嫌，去国未必尽贪婪[②]。
道德解体纠何易，信仰重生践也难。
对立两极仇恨掩，和谐一统爱心渲。
池鱼惟恐殃城火，未雨绸缪亦惘然。

（三）

人向高行水向低，难言隐痛反唇讥。
绝非美女冲财嫁，而是良禽择木栖。
狗恋家贫无怨矣，儿嫌母丑有情兮？
圣贤惭比何须比，但盼神州不我欺。

【注】

① 贰臣系指背弃前朝投靠新朝的臣子，此指外逃贪官。

② 指贪污受贿和靠权力寻租暴富者。

登京西望京楼

西去卧佛古道盘，望京楼外起苍烟。
崖松五六亭亭立，山雀二三娓娓言。
雾锁白川云岭暖，霜凝碧树玉泉寒。
冰天莫谓无风景，一洗红尘暮霭妍。

雁栖湖

日暮关山暗，霞明木叶丹。
寒川浮皓月，塞雁落霜天。

二〇一二年

赞湟源县党政机关

事故频发愤为何，空言代表受诘责[①]。
宿疾难治平安少，弊病久拖横祸多。
乐见公仆言确切，忧闻孺子命蹉跎。
为民应效湟源县，不买公车买校车[②]。

【注】

① 报载，多地中小学生乘坐车辆严重超乘，事故多发，死伤惨重。

② 报载，青海省湟源县党政机关3年不买公车买校车。

斥某地政风（二首）

（一）

壮伟衙门几问责，白宫远逊傲城郭。
吃喝不吝庸懒散，货赂公行腐贪奢。
党性迷失图享乐，良知拷问受折磨。
校车简陋公车阔，事故频发怎奈何。

(二)

狠话连篇虎而冠，隔靴搔痒谎言穿。
民居累累拆何易，官邸堂堂建不难。
夜夜笙歌膏血尽，天天盛宴痼疾添。
可怜百姓生活费，每日不足一美元[①]。

【注】

① 当时联合国发布的贫困标准是每日生活费不足1美元。

评中美关系

大选常寻替罪羊，遂说异梦惯同床。
潜龙趁势敌假想，政客无良话中伤。
创业维艰歧路惑，守成不易坦途戕。
两家都有曲难唱，利益攸关放眼量。

寒夜望月

浅酌酒已阑，无语立窗前。
怯见晕环月，惊觉警示悬[1]。
社情何惧变，民意但忧迁。
盛世伏危患，外强掩内瘅[2]。
难能识巧宦，何以辨高贤。
孰忍黄钟哑，安嫌瓦釜喧。
西风抽我面，刺骨透心寒。
凝目长天望，久思夜未眠。

【注】

① 宋苏洵《辨奸论》云：“月晕而风，础润而雨，人人皆知。”
② 瘅：音单，热症，如火瘅。

闻三方发言人谈话感赋[1]

流长蜚短事堪疑，欲盖弥彰众所讥。
休假何来治疗性，滞留未必自愿离[2]。
红黑莫辨风云诡，功罪难评道路歧。
真相大白天下日，伤基动础我心凄。

【注】

① 三方发言人系指外交部、重庆市政府新闻办、美国国务院。

② 重庆市新闻办宣布副市长王立军作“休假性治疗”，不久即传王“滞留”美领事馆后又“自愿离开”。

颂白方礼

助学何惧耄耋年，支教终生魂梦牵。
养老钱赠基金会，卖房款办售货摊。
破车不整垃圾捡，片瓦全无血汗捐。
名利几曾挂心上，只留温暖在人间。

【注】

白方礼系三轮车工人，二〇〇五年去世，他将养老积蓄和全部收入捐给学校助学，被作为二〇一二年《感动中国》特别致敬人物缅怀。

闻薄熙来夫妇被立案调查[①]

辽海业兴政绩浮，巴渝事败满盘输。
野心膨胀淫威盛，纲纪废弛惨案出[②]。
杂用贤奸伤血脉，兼容廉腐烂肌肤。
膏肓病入因何故，法纪面前有特殊。

【注】

① 薄熙来系时任中共中央政治局委员、重庆市委书记。

② 英国公民尼尔·伍德在重庆被薄熙来妻子薄谷开来毒杀一案。

踏 青

踏青三月三，涧雪化犹残。
远眺空山寂，近聆宿鸟喧。
人声墟落里，烟柳画图间。
明日春风剪，桃花洒满天。

评叙利亚局势

强权一贯靠宣传，媒体造谣岂偶然①。
利益隐藏标底掩，言行暴露罪名颁。
屠杀②蓄意莫须有，操控无心素未谙③。
正邪遑论独裁否，干涉动机是甲烷④。

【注】

① 阿根廷新闻社揭露英BBC将二〇〇三年伊拉克照片作为叙利亚政府“胡拉屠杀”证据，被戳穿后方撤下。

② 欧美一些国家政府和媒体多次编造巴沙尔政权施放毒气屠杀民众谎言，为武装干涉叙利亚制造借口。

③ 美欧领导多次表白无心操控叙利亚局势。

④ 天然气主要成分之一。华盛顿近东研究所披露，地中海盆地蕴藏天然气的四分之三属叙利亚。

无题（二首）

（一）

浮槎宦海忆峥嵘，每遇腌臜怒发冲。
邪气一身人势利，花肠满肚伎精通。
降妖笃信猪八戒，打鬼难从孙悟空。
燕雀安知鸿雁志，羞与禄蠹共痴聋。

（二）

真假钟馗莫我知，口称捉鬼暗徇私。
将危之命医难治，已变之心挽恐迟。
敢怨刚直成过气，只缘谄媚正逢时。
素餐尸位人缺钙，不了奈何恨了之。

贺辽宁百万棚户入住新居

奋斗七年夙夜勤，千金一诺为人民。
访贫问苦精神变，解困扶危面貌新。
锦上添花宜少干，雪中送炭愿常闻。
安邦固本根基稳，饱暖方觉鱼水亲。

审议铁道部窝案有感

做官竟似谈生意，投入产出是个谜。
日进斗金犹嫌少，家财万贯不稀奇。

挽赵建民[①]

一生耿介几回安，荣辱笑承志未迁。
敢有丹心凝碧血，绝无贱骨媚权奸[②]。

【注】

① 赵建民系离休老干部，曾任山东省省长、云南省委书记处书记、航天工业部副部长，曾因顶撞康生被其构陷入狱。

② 康生。

京城远眺

云起高楼掩未央[①]，古都欲见在梦乡。
摩登喜现多艳羡，传统痛失倍感伤。
拆尽城墙殃鼠目，填平河道惑寸光。
急功近利留怅惘，覆水难收悔不偿。

【注】

① 汉代未央宫，此喻北京明清故宫紫禁城。

无题（三首）

（一）

俭朴口称待遇殊，豪华排场为民乎。
黎民血汗几人享，别墅开支百姓出。
暗地敛财难讲有，公然受贿敢说无。
既得利益焉能舍，青史任由后世书。

（二）

贪腐日多奈若何，过着奢侈的生活。
大权独揽清廉少，民主遽行顾虑多。
惟恐放开生乱象，更忧分裂起风波。
膏肓病笃愁难治，稳定声中往后拖。

（三）

长萦隐患几深究，远虑疑无况近忧。
猾吏当权颇自诩，裸官卫道鲜知羞。
娇儿早入大英籍，爱女新成老美妞。
狡兔三窟险双保，管他载覆不用愁。

闻某地接待苦乐打油（二首）

（一）

新来同志聆垂教，领导必须接待好。
亲友故交忌轻忽，老婆小秘皆重要。
特殊奉献勿嫌多，专场演出安可少。
绞尽脑汁何所图，最终目的是官帽。

（二）

烟酒伤身苦不堪，便便大腹真烦恼。
痛风糖尿肾衰兮，心梗脑猝肝硬了。
起早贪黑讨好难，胁肩俯首自尊少。
穷乡僻壤贵宾无，也要唱歌陪洗脚。

首都抗洪有感

转瞬长街变巨川，此身疑在大江边①。
干群一致同甘苦，邻里互帮共救援。
脱险市民血泪洒，丧生亲友梦魂牵。
哀思无限肠断后，最怕翌年再水淹。

【注】

① 七月二十一日北京出现六十年来最大暴雨，房山爆发特大泥石流，死亡七十九人。市内多处水患，再次暴露排水系统设计和建设存在问题。

步王留芳兄诗韵（二首）

（一）

师友健康也是福，夜来常忆见君初。
清茶共话诗言志，别后几回赐手书。

（二）

妙语连珠谈艺术，教条八股敢革除。
举杯遥祝端阳日，更上巅峰绘壮图。

【注】

王留芳《夜有所思，书致令狐安诗兄二首》有句："人道吃亏便是福，彩云南里辨当初。心怀义利许国志，闲处还读资治书。回首日常行左术，曾将仁爱古风除。龙门山畔忠良后，长病描新孝子图。"

赞最美教师张丽莉[1]

完人不是是凡人，关键之时罔顾身。
壮举无私鲜血溅，博文有爱热情奔。
何来救死图功利，敢吝截肢献锦心。
万众深耽祈保重，加油丽莉祝福您。

【注】

张丽莉系佳木斯市四中教师，因救学生被汽车碾倒后截肢。

悼仁松

泪下潸然闻噩耗，秉烛遥祭吊知交。
当雄共赞神湖美，定日争夸雪岭豪。
每念促膝茶畅饮，常怀把臂话深聊。
血浓于水连藏汉，再许来生做同胞。

【注】

仁松曾任西藏自治区那曲地区副专员、自治区审计厅党组书记。

闻薄谷开来等谋杀案判决

蹊跷此中疑窦猜，焉能害命不谋财。
子因父贵祸苗种[①]，妻以夫荣身价抬。
刑判未遮全党耻，罪伏难挽一家哀[②]。
史书读尽思无语，国运常耽盛而衰。

【注】

① 传薄谷开来之所以毒死尼尔·伍德，关系到儿子薄瓜瓜。

② 一家系指被薄谷开来毒死的尼尔·伍德家人。

怒目金刚斥尔曹

怒目金刚斥尔曹，众生颠倒是非淆。
敛财和尚花言诡，送子尼姑巧语刁。
股市圈钱包惯打[①]，品牌饰伪利新捞。
难逃欲海谁之过，沦落世风演变悄。

【注】

① 某些地方政府热衷于将国企优良资产改制“包装”上市。

天下无贼[①]·嘲某公

言谈尤老到，脾气愈随和。
渐感花心少，不觉尿意多。
手长偷着乐，脉广岂背锅。
缜密局先布，狡黠棋已活。
儿孙皆入籍，妻女俱出国。
关系桥牌建，感情麻将搓。
钱财参差进，股票纵擒得[②]。
暗做黄粱梦，明修安乐窝。
察言能演戏，观色善藏拙。
偶或批贪贿，经常唱颂歌。
岂关功过事，惟恐遇劫波。
天下无贼好，洗白奈我何。

【注】

① 借冯小刚导演的一部电影名。

② 通过内幕交易操纵股市获取暴利。

无 题

奈何风气变，忧愤我心煎。
畏似洪洞县，耻无必寡廉。
虎罴争肆虐，狼狈共为奸。
硕鼠成群舞，狡狐聚众欢。
怨声惊载道，教训畏曾谙。
多少强权覆，败亡一瞬间。
不觉局势险，地火暗中燃。
谁敢狂潮挽，换来社稷安。

重读《隋唐演义》有感

万年遗臭隋炀帝，千古流芳李世民。
若论私德同狗彘，但牵公器异明昏。
淫娘弑父人痛斥[①]，蒸嫂杀兄史佯嗔[②]。
败寇成王尊者讳，乱伦残忍亦难分。

【注】

① 隋炀帝与父亲妃嫔淫乱，史传其弑父隋文帝杨坚夺位。

② 唐朝初年，因宫闱内斗争夺皇位继承权，秦王李世民发动玄武门之变，杀死兄太子李建民、弟齐王李元吉，并将王妃收入后宫。

本 性

好山好水好寂寞，又乱又脏又快活[①]。
举止谦谦君子少，言行碌碌小人多。
杞忧常虑独垂涕，雀喜同怀共放歌。
率性而为心自在，圣贤不做枷锁脱。

【注】

① 民谣，见谢小凡著《辨象——行走于建筑和艺术之间》第 52 页“朱批”。

赞范晓虹[①]

万里还乡立志宏，学成耻恋孔方兄[②]。
难合倦眼蓝图异，煞费苦心梦想同。
名利厌争心无我，得失不计事有成。
巾帼情系强军业，碧海晓天映彩虹。

【注】

① 范晓虹：某研究院研究员，留美博士，主持研发反舰导弹战术应用软件装备上百艘主战舰艇和岸舰导弹部队。

② 原指铜钱，此泛指钱财。

闻某公拍马手段

恬为上司祭祖坟，脑汁绞尽伎俩新。
亲朋小秘关系铁，儿女老婆利益深。
似水金钱填欲壑，如云美色慰花心。
权将孝子贤孙做，四季常青总是春。

【注】
某被查省级干部曾到某上级领导人的原籍祭扫其祖坟。

咏　兰

本来为野草，无意享荣华。
未诩高枝比，清香不自夸。

颂林俊德

亦是凡人亦铁人，死生何惧挚爱深。
惊天动地核盾铸，隐姓埋名汗水涔。
贡献广传身已殁，才华少见业永存。
弥留无悔无愧疚，信念如磐重万钧。

【注】
林俊德系总装备部某基地研究员，参加过我国全部核试验，逝前犹在工作。

审议薄熙来案件有感（三首）

（一）

一家身败党遭殃，怵目惊魂郁满腔。
害命沦同黑社会①，放歌联想红海洋②。
权钱蚀骨便宜占，利禄熏心恶果尝。
后怕休说除隐患，人格分裂已寻常。

（二）

几经坎坷度仓惶，直上青云如愿偿。
无法无天神不畏，有谋有胆鬼难当。
心毒手狠恩情负，利令智昏党性亡。
百世留芳成泡影，做人切忌太张扬。

（三）

咎由自取理应当，朝客暮囚亦感伤。
遽尔升天一面倒，须臾落井几骑墙。
时来叱咤风雷荡，运去萎靡囹圄凉。
虽是开国勋戚后，以身试法怎安邦。

【注】

① 薄熙来妻子薄谷开来亲自下手毒死尼尔·伍德事。

② 指“唱红打黑”中的“唱红”，即各级每逢召开会议和

组织活动必先集体高唱红色歌曲。红海洋：在“文化大革命”中有一阵子全国城市满街刷红颜色和红标语，时称红海洋。

贺周良沛八十寿辰

满纸苍凉五味全，做人道理静中参。
开篇畅吐剖心话，收笔忍吞逆耳言。
利禄功名无意取，荣华富贵等闲看。
世风如此君独立，阅尽蹉跎敢问天。

【注】

周良沛系著名诗人、作家、文学评论家，曾被错划为“右派”劳改多年。

悼伍绍祖（二首）

（一）

临危受命[1]未踟蹰，新展国威识面初。
引导青年神采奕，继承先辈感情笃。
一生正气身心献，两袖清风聚敛无。
若是公仆皆绍祖，何愁百姓不诚服。

(二)

老子[2]英雄儿好汉，延安小米育筋骨。
甘为大地拓荒者，耻做人间逐臭夫。
梦好难圆悲也矣，情残莫续痛哉乎。
心香一瓣忠魂寄，化作秋山万点朱。

【注】

① 汉城奥运会中国代表团表现不佳后伍绍祖出任国家体委主任。

② 其父伍云甫是红军电台奠基人，曾任中央军委秘书长。

十八大发言（二首）

(一)

奇耻未觉身有玷，犹说警惕抹黑焉。
谀言乃是混帐话，蠢话绝非药石言。
夺命叛逃实罕见，敛财受贿岂偶然[1]。
揪心最怕廊庙变，大吏不廉小吏贪[2]。

（二）

己不正人焉能正，空言粉饰道义迷。
上官贪贿千衙效，下吏搜刮百姓凄。
掩耳盗铃何日了，鬻爵卖法几时息。
恶疾讳治命危甚，暗送无常死未知。

【注】

① 指薄谷开来、王立军案情。

② 清顺治《御制人臣儆心录》：“大臣不廉…则小臣必污。”

登好汉岭（二首）

（一）

危岭勇攀逸兴酣，海空一色水云宽。
凭栏野眺狂飙起，极目曼吟朔雁迁。
霜染黄橙随叶落，霞飞红紫伴花悬。
寒潮敢斗松涛壮，尽扫阴霾指顾间。

（二）

一派悠然不羡仙，白云苍狗等闲观。
浅斟低唱遐思涌，长啸放歌妙绪绵。
火漫千峰偕日舞，焰流万壑并霓翩。
秋高气爽天行健，乐水难能亦乐山[①]。

【注】

① 《易经》：“天行健，君子以自强不息（乾卦）。”《论语》：“子曰：‘知（智）者乐水，仁者乐山。’”

颂文建明

廿七手术罕惊聆[①]，辛苦换来百姓宁。
救困扶危官厌跑，攻坚治乱禄弗争。
几人严守道德线，多少淡忘鱼水情。
念此扪心常惕惕，胸中热血未凉凝。

【注】

① 文建明系四川省南充市营山县城南镇党委书记，扎根基层三十一年。二〇〇五年罹患肝癌后手术达二十七次，仍忠于职守、忘我工作，人称“营山的焦裕禄”。

赞八项规定[①]

切中时弊语铿锵，企盼神州正气张。
不信新瓶装旧酒，敢疑旧戏换新装。
痼疾难愈肌肤损，顽症复发脏腑伤。
打铁还需自身硬[②]，上行下效榜样匡。

【注】

① 十二月五日，中共中央政治局一致通过“关于改进工作作风、密切联系群众的八项规定”，并强调首先要从政治局做起。

② 习近平当选总书记后同媒体见面讲话中所引谚语。

二〇一三年

悼父亲

奋斗一生大气吞，满腔热血献人民。
沉浮淡对松竹劲，名利耻谈兰麝芬。
继祖何曾求耀祖，报春原本不争春。
鞠躬尽瘁从无怨，最后遗言是感恩[①]。

【注】

① 父亲一生将谢谢二字常挂嘴边，直到气管切开无法发音时，每次吸痰后无声的口型依然是谢谢二字。他生前多次叮嘱家人：去世后不发讣告、不在八宝山殡仪馆举行告别仪式、不通知京外亲属和工作过的单位、不要求中央领导送行、不在家中设灵堂，不保留骨灰。作者用九个字概括了父亲一生：不怕死，不怕累，不贪财，即战争年代不怕死，建设时期不怕苦，改革开放不贪财。

重读《胡风集团冤案始末》有感

始末重温教训浏，杯弓蛇影祸神州。
集团一案莫须有，朋党之说信口诌。
恶异岂能恶专断，好同焉许好自由。
烟云散尽思作俑，犬马愚忠亦堪羞。

宋庆龄一百二十周年诞辰

冲破樊笼[①]辅逸仙，安危几度[②]忆何堪。
冰心不改[③]情思笃，遗训常温[④]教诲牵。
柔似夏花人美丽，坚如钢铁气昂然。
国之瑰宝谁能比，盖世风华万众瞻。

【注】

① 宋庆龄不顾家人反对，毅然出走与孙中山先生结合。
② 陈炯明攻打孙中山大元帅府及蒋介石的迫害。
③ 宋庆龄维护孙中山“联苏联共辅助工农”正确路线。
④ 遗训：孙中山遗嘱。

观看《林肯》有感

栩栩如生个性强，宣言一纸破天荒[①]。
自由每被金钱贬，民主常遭资本诳[②]。
形象脱俗祛老套，疯癫遑顾娶新娘[③]。
人间烟火应食遍，不是圣徒是栋梁。

【注】

① 美国林肯总统于南北战争中发布黑奴解放宣言。

② 在美国，自由与民主经常被金钱和资本所绑架，美国独立宣言提及的民主自由当时并不涵盖奴隶。林肯的伟大正是在这方面迈出了关键一步。

③ 传林肯不嫌妻子患有神经病，始终不离不弃。

金钱挂帅祸中华

油禽蛋畜菜鱼虾，食品安全系万家。
轻诺安民声势大，重拳治乱措施乏。
祛毒奶粉[①]全球抢，弄鬼炸鸡[②]众口哑。
诚信久抛天外去，金钱挂帅祸中华。

【注】

① 国内一度掀起在全球和港澳抢购奶粉的风潮。

② 报载某外国名牌炸鸡门店环境卫生与鸡肉供货质量存在隐患。

步徐建林《春节好》韵

心暖渐觉寒气消，人生回味贵知交。
枝头谁解东风意，喜鹊梅花共见邀。

【注】

徐建林系原中国保利集团副总经理，赠作者《春节好》：“料峭枝头寒渐消，举杯亲情与故交。佳肴美酒难尽意，喜见春风已见邀。”

斥某地GDP造假

蛤蟆吹得比牛大，语不惊人死不休。
数字出官官出数，领导欣赏百姓愁。

北京咳

明月几时有，漫空霾雾昏。
出门吸尾气，闭户唾烟尘。
污染前辙鉴，迁徙后脚跟[①]。
无颜谈美丽，羞作幸福吟。

【注】

① 污染严重是近年出现境外移民潮的原因之一。

不打官腔接地气

可怜领导亦凡人，易陷捧杀马屁门。
报告精深皆纲领，文章博大俱创新。
通篇套话陈词滥，满纸空言滥调陈。
不打官腔接地气，奋发实干世风淳。

【注】

针对肆虐多年上下级互相吹捧、表扬和大话、套话、空话出口成章而不干实事的恶习，习近平明确提出“不打官腔接地气”和“奋发实干”的要求。《人民日报》据此发表评论员文章。

赞申纪兰[①]

荣归故里建家园，誓做乡亲服务员。
话语真诚形象好，性情仁厚品德妍。
直言无忌[②]维民利，身体力行[③]护党颜。
辛苦换来群众富，平凡中寓不平凡。

【注】

① 申纪兰系山西省平顺县西沟村党总支副书记，连任一至十二届全国人民代表大会代表，十二届全国人大常委会委员。

② 申纪兰在第一次全国人民代表大会上率先提出并在家乡带头实行男女同工同酬，改革开放后提出解决贫困村农民医保等数十个议案。

③ 申纪兰以实际行动践行党的宗旨，在以她名字为品牌办的企业中无股份、无报酬。

贺新任领导人

内忧外患问题排，贪腐不除后劲衰。
新怨易结揪骇客[①]，旧愁难解罩阴霾。
人生出彩千家盼[②]，梦想成真万户怀。
大爱无私惟忘我，鞠躬尽瘁画图裁。

【注】

① 美国编造我对其进行所谓网络攻击。

② 习近平希望广大青年“人生出彩、梦想成真”。

赠卸任某公

谁说领导皆贪腐，送故迎新我念君。
宵旰忧劳宣正气，殚精竭虑堵邪门。
严于律己名声好，宽以待人秉性惇。
回首憾遗然诺违[①]，金瓯畏补误因循。

【注】

① 然诺：许诺。汉班固《后汉书·申屠刚传》：“布衣相与，尚有没身不负然诺之信。”

赞吴仁宝[①]

无愧伟人业绩遗，华西巨变谱传奇[②]。
机遇敢抓新路闯，艰难勇克旧习祛。
襟怀开阔邻同富，心地仁慈宇共栖。
先忧后乐灵魂美，多少同侪远不及。

【注】

① 吴仁宝：江苏省江阴县华西村党委书记，华西村号称中华第一村。

② 华西村三十年前总资产六百一十四万元，至今年三月吴仁宝去世时总资产超过五百亿元，特点是共同致富。

步郝凤年《延安重聚有感》韵

宗旨此生苦探求，每思风雨岳阳楼。
乐民所乐惴先乐，忧国所忧忝后忧。
博爱已沦沦自爱，深愁未解解闲愁。
人格谄附难独立，官场最缺硬骨头。

【注】

郝凤年系时任延安市延安精神研究会秘书长，赠作者《延安重聚有感》。

老鼠过街

公款吃喝日渐稀，私商宴请公仆忌。
真心实意改积习，假样虚模玩诡计。
会所安全泄密难，酒楼危险曝光易。
藏头露尾打游击，老鼠过街成众的。

【注】

一些公私宴请转移到对外不挂牌子、不开放经营、不在工商部门注册登记的秘密会所内部。

游　春

春山一路几亭台，满目芬芳扑面来。
万壑飞红花影乱，无边霞意入襟怀。

读陈仓涉清末史文兼评袁世凯（三首）

（一）

中学为体西为用，长技师夷制不师[①]。
外表光鲜时尚赶，内中昏聩见识迟。

（二）

空谈变法兴洋务，漫议维新拒反思。
机遇恨失今犹痛，改革难克一己私。

（三）

先天缺陷孽种播，专制人格自古多。
患莫大于无对手，夺了鸟位奈我何[②]。

【注】

① 清末张之洞等提出“中学为体，西学为用”和“师夷长技以制夷”的观点，被朝廷采纳。

② 狄马随笔《夺了鸟位又如何》。袁世凯逼迫清帝逊位骗得中华民国总统大位后就妄想做中华帝国皇帝。

无　　题

贪腐臭名远近播，表哥房姐竟成窝[①]。
八方举报实名署，万姓检搜假象剥。
非马非驴形易辨，是人是鬼骨难摹。
冰山一角喽啰小，巨蠹身家境外多。

【注】

① 佩戴价值数十万元手表官员和数十套房产来历不明女士。

闻周新生[①]发言感赋

上至达官下庶民，国人罕有不求人[②]。
尊卑半数拉关系，生死全程走后门。
潜在规则活得累，变通法律危害深。
言行相左成风气，和寡调高少自尊。

【注】

① 周新生系十二届全国政协委员，民建陕西省副主委。

② 周新生在全国政协大会发言题目是《尽量让国人不求人少求人》。

无题（二首）

（一）

流言乍起话拆迁，天价宅邸气宇轩。
寸土寸金疑有愧，全心全意信无颜。
五洲少见独一份，四海难寻不两全。
忧患空谈仇者快，危机日迫梦犹酣。

（二）

照壁高垣内幕瞒，丽颜深掩畏攻砭。
支吾警卫侯门守，闪烁流言市井传。
后代见嗤何日了，当年隐过几时安[①]。
大观园里风光好，犹诵先忧后乐篇[②]。

【注】

① 《晋书》：“虽自隐过当年，而终见嗤后代……故知贪于近者而遗远，溺于利者而伤名。”

② 先忧后乐：宋范仲淹《岳阳楼记》：“先天下之忧而忧，后天下之乐而乐。”

步张文勋《题拙文集十卷》韵

沧海纵横志竟成，久经风雨晚潮平。
几人识得舟楫苦，蘸血文章热血评。

【注】

张文勋赠作者文集并《题拙文集十卷》："十卷文存血写成，斑斑心血绘生平。雪泥尚可留鸿爪，良莠妍媸任点评。"

评斯诺登事件

从来武力慑全球，民主自由挂口头。
利益权将仁义倡，贪婪总把道德囚。
双重标准划敌我，一统舆情控放收。
伪善绝非今日始，州官放火几含羞。

欣闻中央带头整风

领导带头做楷模，何愁全党志消磨。
纯洁亟待邪风①扫，污秽盼将正气播。
谁解歧途迷陷阱，独怜同志恋骄奢。
江山设使根基固，教诲重温西柏坡。

【注】

①"形式主义、官僚主义、享乐主义和奢靡之风"四风。

过太行

险峰飞渡意难言，满目峥嵘梦里翩。
脚踏峦涛勒骏马，身翻岭浪驭轻帆。
悬崖水漫危虹架，断路云合曲涧穿。
万仞狼牙一啸越，杜鹃声里跨雄关。

祭吉林德惠大火死难者（二首）

（一）

帽子光鲜血染成，百余性命赴幽冥。
安全至上无人问，产值第一众喙争。
烈火蔓延门反锁，液氨泄露祸双行。
财迷心窍良知泯，竟把同胞当畜生。

（二）

亡羊惯怪补牢迟，监管缘何不落实。
关系渐成奴共主，感情已悖友兼师。
血腥教训非一事，严厉追究到几时。
痛定无声肝胆裂，刨根诘底恨批之。

【注】

德惠大火：吉林省德惠市宝源丰禽业有限公司大火。因作业车间除一侧门外都被反锁，致使一百一十九名工人遇难。

悼赵淑敏

三迤魂归耗遽传，灵前忍痛忆君颜。
炎凉淡对前贤继，荣辱看开后辈瞻。
仗义执言人正派，含辛茹苦态昂然。
功碑自有民心铸，风范长留青史镌。

【注】

赵淑敏系山东人，曾任中共云南省委常委、省妇联主任、副省长，省政协党组书记和常务副主席。

研读《社会主义五百年》有感

通览全书感慨生，前仆后继绘征程。
回眸痛把奢靡减，展望欣将信念增。
愿景光明人易老，前途坎坷路难行。
惊心每念苏东事，忍许大同理想倾。

忧货币政策

亏了自己别人赚，内贬外升[①]冤大头。
一进一出[②]热钱聚，一增一减[③]寒意流。
超发货币忧通胀，缩水价值惧退休。
收入倍增何所恃，离婚避税[④]购新楼。

【注】

① 人民币对外升值、对内贬值。

② 热钱进出态势。

③ 一增：货币超发。一减：价值缩水。

④ 为购置第二套商品房避税，一线城市离婚率上升。

闻某案宣判

博谈网议巧如簧，见智见仁话短长。
疑窦丛生人逆反，谣诼盈耳事牵强。
是非不辨凭谁辨，美丑难量任尔量。
叵测民心忧向背，盼究因果敢担当。

挽东燕、启阳学长并思生命轮回

帝皇无数俱成尘，自古何来不坏身。
散去飞烟扬粒子，聚合出世长精神。
千年逸史千秋梦，万种风情万岁心。
非我百灵皆有我，永恒生命满乾坤。

【注】

周东燕、王启阳在作者上大学时期处境艰难之日给予呵护和帮助。

人人俱是吸尘器[①]

斯民亿万今何避，昼夜烟霾入口鼻。
瞠目结舌惊爆表，塞车闭路竟鸣笛[①]。
人人俱是吸尘器，个个皆成净化机[②]。
拼把肉身酬政绩，舍生忘死不堪提[③]。

【注】

① 因雾霾严重，高速公路经常关闭致车辆堵塞，司机不耐。

② 河南省接待人员对作者说：感谢你们牺牲自己的肺帮助我们净化空气。

③ 只顾拉动 GDP 增长，不顾环境污染如何。

斥法官买春

法官召妓夜销魂，禁忌全无恨又闻。
道貌岸然君子伪，行为龌龊小人真。
捉奸岂靠西门庆，除恶还需鲁智深。
且看九州风暴起，穹庐一洗物华新。

【注】

上海市高级人民法院有庭长、副庭长等四人参加的集体招嫖事件爆料后舆论哗然，被市纪检监察机关立案查处。

惊闻张成泽被处死

榻侧焉容睡梦酣，燃萁煮豆久曾谙。
庙堂血溅人头落，朝野谀飞马屁喧。
过誉何干功震主，矫情竟忍虎加冠。
沾亲带故全无用，富贵悔攀死不甘。

评某轮奸案判决

以身试法恶名扬，拍案惊奇续旧章。
劫色霸王弓硬上，护犊慈母话牵强。
绝非设计仙人跳，未免乘机鬼打墙。
子弟无良多恨事，说与家长细思量。

二〇一四年

憾闻独克宗古城惨遭回禄

千年古镇成绝响，半壁山城化粉尘。
敬畏全无歧路入，风光卖尽卖灵魂。

【注】

《人民日报》就云南独克宗古城大火刊发时评批评：“没有对欲望的约束、对文化的敬畏，文物的生存与发展就会在单纯的逐利逻辑中陷入歧途。”

斥衡阳贿选

政坛惊爆丑闻出，代表如今善价沽。
糖弹竞发风气败，节操孤守道德污。
层出腐吏全军覆，寡见清官几个孚。
一叶知秋危甚矣，梦圆关键在中枢。

【注】

纪检监察机关查实，二〇一三年一月，衡阳市五百一十八名市人大代表和六十八名工作人员，共收受五十六名省人大代表候选人的一点一亿元贿赂款，只有十名市人大代表未收受贿赂。

闻平度征地命案告破

利禄诱人入网罗，暗中黑幕讳明说。
主仆易位心常昧，朋比为奸病久拖。
有道山高皇帝远，遑知水浅王八多。
钟馗号令传天下，老虎苍蝇一起捉。

迎春寄语

顿扫阴霾万象苏，喜迎瑞雪浴穹庐。
乾坤定矣邪风沮，钟鼓乐之正气舒①。
立誓欣承革故志，虚怀畅绘鼎新图。
无私岂畏征途险，不愧人间伟丈夫。

【注】

① 乾坤定矣：出自《易经》。钟鼓乐之：出自《诗经》。

悼刘树生

噩耗袭来摧肺肝，挽辞遥祭彩云南。
功垂三迤碑新树，名噪一方绩久传。
教诲常思情未已，音容每念痛何堪。
促膝携手安能再，回首春城泪黯然。

【注】

刘树生系离休老干部，曾任中共云南省委副书记、省政协主席。

无　题

回首相识廿四年，我先君后赴西南。
时来众羡庙堂坐，运转谁怜囹圄眠。
纵子焉能脱父过，杀妻笃定是流言。
而今树倒猢狲散，天网恢恢忆惘然。

玉渊潭赏樱

雁影湖光草木茵，春波桥下水流音。
新枝日照生颜色，老干风催绽彩云。
静对群芳祛百病，愁消此刻价千金。
漫天飘洒花如雪，落地无声润我心。

读刘海滨《沁园春》有感[①]

大洋遥望独登台，旭日东风雁讯来。
岁月忽惊青鬓雪，文章却喜壮怀开。
行如浪子何须改，命属天机未可猜[②]。
历尽劫波多意气，心潮聊共浪徘徊。

【注】

① 刘海滨系安徽人，曾任审计署驻上海市特派员办公室特派员、上海浦发银行监事长，有多部诗词集出版。

② 宋王安石《李璋下第》：“命属天公不可猜”。

评东亚局势

狐假虎威热度升，亚洲何日效欧盟。
幕僚添乱官僚蠢，博客煽情政客精。
火上浇油行愈险，暗中作祟愤难平。
高瞻远瞩存同异，内外兼修底气增。

【注】
配合美国回归亚洲战略，日本伙同菲、越不断制造事端。

登颐和园万寿山

佛香阁外火云低，潋滟烟波入眼迷。
古柏霞披石舫逸，长廊画缀孔桥奇。
风摇碧树浮琼岛，花衬蓝天傍翠堤。
雁落团湖夕照里，一轮明月晚星稀。

贺某同侪七十寿辰

莫道古来稀，耄耋已不奇。
多情人易老，寡欲病难袭。
权柄如流水，功名似嫁衣。
何当亲友聚，共许寿期颐。

颜色革命

从生乱象望惊心，民主不如民粹亲。
谁献良谋平动荡，犹将诡计挑纠纷。
愚氓沉湎眸光浅，政客忽悠用意深。
为所欲为悲剧演，国无宁日最酸辛。

重访福建有感

沧海无垠何壮哉，青溟万里入襟怀。
九龙起舞雄图展，八闽放歌新宇开。
岭上岚烟收翠气，云边晓色射红埃。
大鹏展翅凌空起，一啸冲天向未来。

读某退休高官忏悔状

囹圄夜深鬓发凋，浮生若戏走一遭。
衰时罪孽盛时作，晚岁宿疾壮岁招①。
权重未觉人品贵，位虚方感友情娇。
心机费尽究何用，名利俱失打水漂。

【注】

① 清金缨《格言联壁》：“衰后罪孽都是盛时作的，老来疾病都是壮年招的。”

嗟中石油窝案

贼船已上久沉沦，硕鼠成群[①]浩气湮。
利欲熏心失底线，骄奢惑目丧精神。
言行对立灵魂朽，里外勾结内幕浑。
觍脸犹说学大庆，铁人风骨荡无存。

【注】

近年中石油领导班子中先后有五名成员被追究刑事责任。

闻周永康被立案审查（二首）

（一）

廊庙遽闻收巨蠹，决心痛下大虫伏。
真章暴露灵魂丑，假象戳穿手段污。
失慎于前牢未补，流毒于后病难除[①]。
国贼岂止他一个，不信徇情有特殊。

(二)

画虎画皮难画骨，人前戏演叹弗如。
私囊中饱一家乐，公道全抛百姓哭。
委地名声究过眼，熏天权势亦非福。
早知今日沦阶下，何苦当初忌惮无。

【注】

① 《晋书》：“良由失慎于前，所以遗患于后”。

寄老友

故人来电报平安，嗟我怅然眼望穿。
音信久隔心忐忑，面容常念意阑珊。
重逢未许端阳日，后会当期甲午年。
往事近来频入梦，梦中还与故人谈。

巡视（二首）

(一)

刮骨疗毒去病根，党魂再铸顺民心。
明察痛把苍蝇打，暗访勇将老虎擒。
剥去伪装揭本质，戳穿假象现真身。
不留情面零容忍，泰岳敢当士气伸。

(二)

鼓角齐鸣甲胄新，声威大振长精神。
风清岂忌规则潜，气正何耽利益深。
未惧挺身擒恶鬼，焉悭袖手做良民。
奋发莫谓廉颇老，一箭穿心中命门。

莫教邪风吹又生

背靠人民胆气增，狂澜力挽补天倾。
开弓岂有回头箭，出手绝无纵虎情。
穷寇勿追留隐患，霸王倘效堕虚名[①]。
清源正本金瓯固，莫教邪风吹又生。

【注】

① 毛泽东《人民解放军占领南京》有句：“宜将剩勇追穷寇，不可沽名学霸王。”

致杨维骏[①]

年高九秩劲方遒，贪腐不除誓不休。
一片丹心昭日月，满腔热血写春秋。
孤军未卜人无惧，恒志竟成鬼见愁。
处世难能肝胆照，共担荣辱解民忧[②]。

【注】

① 杨维骏曾任云南省政协副主席和民盟云南省委负责人。

② 中国共产党与各民主党派是“互相监督，长期共存，肝胆相照，荣辱与共”的关系。

贺乌杰八十寿辰

卅载功成惠子孙，才华少见立言新[①]。
中西合璧知识广，文理兼修造诣深。
近利何求心大度，高官不谄志坚贞。
牢笼敢破人独立，聊为治国剜病根。

【注】

① 乌杰有以《系统辩证论》著作为代表的一系列哲学和社会治理理论研究成果。

为某友解惑

劝君不必太伤怀，蜗角蝇头笑看开。
名淡利泊横祸免，心康体健善缘栽。
与时俱进逢时至，随遇而安际遇来。
人生失意常八九，何苦自寻烦恼哉。

会　友

西风漫卷乱云翻，万物萧疏雁南还。
漫步比肩行塞上，吟风纵目眺河源。
青春已去同侪萎，白发不觉两鬓繁。
莫道时光催人老，壮心依旧似少年。

塞外歌

秋高劲草黄，雁唳朔风凉。
淼淼长河壮，煌煌大漠泱[①]。
云鹏垂翼举，骏马奋蹄扬。
有幸为功狗，何如做野狼。

【注】

① 泱：沙漠中的海市蜃楼景象。

香港中环被占

香江冷雨洗清秋，帐列中环夜不收。
无法无天何日止，有情有义几时休。
且将民粹当民主，莫把深忧做杞忧。
智斗南天博弈劲，该出手时就出手①。

【注】

① 电视连续剧《水浒传》主题歌歌词。

贺南水北调工程中线通水

艰辛每忆夜无眠，心寄行云流水间。
渠跨鸿沟凌皓月，洞穿天堑引甘泉。
情牵十载旱魃缚，企盼百年梦想圆。
喝令龙王听号令，长虹千里贯岚烟。

二〇一五年

挽李光耀

碧海星洲九秩翁，荣登哀榜最高峰。
学博今古精英恃，法鉴东西奇迹生。
赤子情深人睿智，绿荫屿秀纪严明。
伟哉君已乘风去，教化长留岁月铭。

参加中央纪委全会（二首）

（一）

一往无前事竟成，共图海晏盼河清。
开铡力斩龙虎狗，张网痛歼鼠蚊蝇。
手软难将狂澜挽，心慈必蹈大厦倾。
任凭鸦鹊争聒噪，烂木拔除万树兴。

（二）

七大姑加八大姨，拔出萝卜带出泥。
夫妻联手钱同赚，兄弟串通利共期。
文恬武嬉肌腐矣，礼崩乐坏命危兮。
冰结三尺非一日，重病还需猛药医。

赞李娜

性格坚毅久传闻，力克群雄百战拼。
技术娴熟攻势猛，行为果敢作风矜。
一身伤痛凭谁解，满场欢呼贯耳闻。
感动国民心气傲，不凭姿色媚豪门。

闻外滩踩踏事件查处

突发事故非一次，道歉追思泪落迟。
白发何期送黑发，祝词讵料成悼词。
华灯碧水光依旧，逝者黄泉痛可知。
生命猝然离去日，竟为公款夜宵时。

【注】

二〇一四年岁尾，上海外滩发生严重踩踏事件，当时正在外滩公款夜宵的黄浦区领导今年初被革职查办。

马方正式宣布370航班失事

南洋目断招魂远，死未见尸活未还。
默默无言心已碎，依依不舍痛何堪。
绵绵噩梦非昨夜，黯黯哀矜似去年。
怅望全球情更怯，杀人容易救人难。

【注】

马来西亚民航局正式宣布马航MH370航班客机失事，推定机上人员已遇难。机上载有二百三十九人，包括中国乘客一百五十四人。

杜　甫

兼收儒释道[①]，禅境几人追。
泣血心堪慰，苦吟志未颓。
千秋热泪洒，百转断肠回。
诗圣书诗史[②]，大慈亦大悲。

【注】

① 张轶男《禅解杜诗》云，杜甫“基于儒、访于道、亲于佛”。
② 诗圣：杜甫有“诗圣”之称。诗史：杜诗被称为“诗史”。

悼母亲

窗前絮雪满庭飞，一曲鹃啼肝胆摧。
此后安危谁念我，从今冷暖我怜谁。
慈容忍见成遗像，笑貌遑知化骨灰。
睹物思亲人不在，伤心无过悔难追。

【注】

作者母亲生前就后事做出与父亲同样安排：不发讣告，不在八宝山殡仪馆举行告别仪式，不请领导参加，不通知京外亲友和工作过的单位，不在家中设灵堂，不保留骨灰。

读中央通报有感（二首）

（一）

天文数字骇惊悉，前腐巨贪鲜可及。
欲壑难填甘自毁，恶行无度不足惜。
惯攀龙尾谀国戚，常舞大旗作虎皮。
耻见同侪出此辈，黑心外面裹红衣。

（二）

亿万赃钱计论吨，谣传满耳竟成真。
升天鸡犬齐淘宝，下海亲朋共敛金。
脑袋绝非忽进水，道德应是久沉沦。
言行扭曲人两面，心口不一丧精神。

【注】

苏荣、白恩培各收受现金各一点三亿元和二点六五亿元。经专家鉴定，白恩培收受的翡翠珠宝等贵重礼品按市价七折达二十余亿元。

老 骥

焉惜铁蹄跛，不甘伏枥活。
犹怀千里志，驰骋荡群魔。

祭东方之星游轮遇难同胞

目断南云望蓼洲，挽笛声厉众心揪。
天灾骤降惊何避，人祸难逃恸怎休。
情寄纸灰和泪咽，魂招逝水带悲流。
一别从此隔生死，风雨满江不胜愁。

【注】

六月一日晚九时半，重庆轮船公司所属东方之星游轮在湖北监利县长江水面因龙卷风失事，四百五十四位乘客与船员中仅有十二人生还。媒体披露，失事前，当地气象部门预报江面有大风，但该轮未如江中多数船只一样停驶避风，遂生惨剧。

老友南来议论发

老友南来议论发，此行一路两奇葩。
悬车万里驰高铁，广场千城舞大妈。
岁月匆匆俗欲减，烟尘滚滚杞忧加。
京畿慰有桃花赏，远眺西山赋晚霞。

猎　狐

羽箭劲发赞猎狐，追逃声里蠹虫除。
天罗地网恢弘布，硕鼠巨贪束手诛。
枉庆当年留后路，翻愁今日堕穷途。
仓惶浑似丧家犬，百姓方觉怨气出。

闻某友人近况

三巡酒过问端详，笑对炎凉放眼量。
晨起滩头收挂网，晚来水上驾飞艎。
浮生心厌蝇头利，傲骨志灰马首骧。
沧海垂竿何所计，答曰懒钓宦与商。

登山海关

万里长城湮暮霭，登临不见始皇台。
千秋意气搏生死，百代烟云演盛衰。
山海关前烽火杳，老龙头下晚潮来。
风流人物今安在，一片汪洋摩九陔。

思佳客·水云亭[①]

一夜东风洗碧霄，琳琅满目百花娇。紫薇袅袅拂芳径，青蓼依依恋画桥。　　莲妩媚，柳妖娆，惊鸥掠影水云飘。闲来亭上逍遥卧，醉看轻帆弄远潮。

【注】

① 水云亭：位于全国人大常委会北戴河培训中心院内湖畔。

祭抗日英烈

视死如归何吝头，大刀骁勇斩国仇。
熊熊烈火燃三省，猎猎旌旗卷九州[①]。
倭寇魂飞贼胆破，英雄血洒战歌遒。
粉身碎骨全无惧，彪炳千秋伟绩留。

【注】

①“九一八”后我国在东三省组织了抗日联军。“七七事变”后形成国共联合全面抗战的局面。

祭天津港爆炸事故遇难者

哀乐低回骤雨急，人间炼狱痛何凄。
同悲天地怜伤逝，共祭军民愤质疑。
恨见审批捷径走，徒闻监管隐患遗。
诀别忍作英雄颂，热泪啼干血泪啼。

【注】

八月十二日夜，天津滨海新区瑞海公司危险品仓库发生特大爆炸，现场惨烈遇难一百六十五人，其中消防员九十九人、公安干警十一人、职工和居民五十五人。经济损失近七十亿元人民币。牺牲消防员苑旭旭的九岁弟弟苑达达在作文中回忆哥哥时写道："我宁愿他不是英雄"。

读彭德怀传

感慨忆元戎，大雪一青松。
直言抒正气，啼血践孤忠。
天意废兴异，人情今古同①。
匡庐风雨后，几度夕阳红②。

【注】

① 明薛嵎《送刘荆山》有句："天意有兴废，人情无古今。"
② 明杨慎《临江仙》有句："青山依旧在，几度夕阳红。"

登鹿回头

海阔三沙远，夕阳山外山[①]。
飞舟搏浪去，倦鸟弄潮还。
日隐霞忽黯，云开月渐圆。
浮生浑似梦，今古一凭栏[②]。

【注】

①② 宋戴复古《世事》有句：“春水渡傍渡，夕阳山外山”“利名双转毂，今古一凭栏”。

赞刘源

艰难历尽敢担当，舍我其谁誓慨慷。
恶虎凌威浑不懔，泰山压顶更坚强。
顺应民意奸邪沮，凝聚军心正气扬。
生死安危何所惧，英雄父子俱忠良。

斥某地治污造假

瞒天过海欲何求，利欲熏心搞坏头。
制定指标凭造假，完成计划靠吹牛。
痼疾未愈权钱惑，宿病难祛禄位谋。
渗入骨髓成本色，监督失效使人愁。

二〇一六年

读王小波《时代三部曲·序》斥伪君子

喜欢当婊子，无奈装君子。
每日苦挣扎，苟活一辈子。

【注】

王小波系当代作家，一九九七年去世，代表作有《黄金时代》《白银时代》《青铜时代》等及电影剧本《东宫西宫》。夫人李银河系社会学家。

南乡子·评美舰擅闯我领海

盘岛肆狂飙，舰影摇空卷夜潮。云掩大旗闻警鹤，今宵，沧海惊涛逐浪高。　　气骨未曾销，敢有英雄射大雕。智斗强梁驱魍魉，明朝，不许南洋鼙鼓嚣。

与老友自嘲

可怜几个老杂毛，热血满腔肝胆豪。
瘦骨勉承千里志，痴情苦恋九重霄。
奈何形已同驽马，堪慰心犹似健雕。
奋力摇旗争呐喊，梦圆成败系当朝。

【注】

此诗传出后有两吟友唱和。陈昊苏《和令狐安，感其自嘲以颂》：“大用堪当老杂毛，古稀壮志也称豪。烟尘荡尽开千里，意气升腾入九霄。红心有爱扶良善，铁面无私惩顽刁。任性祛除能服众，身怀敬畏立当朝。”刘海彬《答令狐兄》：“安危成败系今朝，赖有英杰胆气豪。朽木曾为家国栋，雄心不坠九重霄。吴山立马堪一战，燕赵横刀未辞劳。何日卸甲归田里，青松翠柏永不凋。”

团　圆

团圆能几时？莫悔爱说迟。
珍视每一刻，幸福人自知。

岭南茶花

妖娆秀色添，颜俏透栏干。
花萎红拂地，霜凝白满山。
和风津古木，细雨润新年。
茗品春词赋，谁觉闻道先。

落 马

官场哄传新落马，民间只道是寻常。
势衰争斥人任性，权重讷言骨轻狂。
妻以夫荣难伺候，子凭父贵易嚣张。
愁肠悔尽全无用，枉忆当年话慷慨。

愤闻某官创全国受贿之最

此地多年法纪松，毒烟瘴雾漫遥空。
勾连作恶歪风盛，朋比为奸正气壅。
腐吏争相收外快，土豪各自显神通。
时机一到全都报，且看天公怒火冲。

【注】

时任山西省委书记王儒林向媒体披露，吕梁市副市长张忠生受贿六点四亿元人民币。后经查实，其索贿受贿达十点四亿元，被判处死刑。

斥贪官拜佛

每日堂前九炷香，花言巧语善装佯。
行同狗彘诳佛祖，文媲圣贤叛党章。
色眼观风察六路，矫情任性演双簧。
画皮剥去黑瓤露，驴粪蛋儿外面光。

游 春

落日流霞桨底迎，杏花垂柳傍舟行。
欢歌一曲涟漪里，荡尽春波无限情。

再读《美国与美国人》有感[①]

标准双重扰视听，反思中外忌矫情。
花旗[②]寄趣轻传统，曲阜遗音重守成。
进取不休绝后路，知足常乐误前程。
异同文化尊同异，取长补短道理明。

【注】

① 《美国与美国人》作者系社会学家费孝通。他批评美国来自欧洲的移民多半反传统，对祖籍国缺乏感情；亦批评知足常乐是中国人消极处世之道，对社会进步和发展不利，他建议中美两国国民应互相借鉴。

② 喻美国，如花旗银行（AMERICAN CITY BANK）。

赞吴锦泉[①]

串巷走街刀剪掂，九旬年近不平凡。
一分一角抠门攒，几百几千慷慨捐。
家境贫寒积蓄少，精神富裕爱心宽。
好施乐善灵魂美，上榜豪门几自惭[②]。

【注】

① 吴锦泉系八十七岁磨刀老人，再次入围央视二〇一五年度“感动中国人物”。报载，他将磨刀收入的四万多枚硬币全部捐给地震灾区、孤寡老人和贫困学子，并发起成立“锦泉一元爱心社”，募集善款二十余万元。

② 媒体披露，除马云、王健林、马化腾等企业家外，入围胡润财富排行榜上的某些中国富豪吝于认捐慈善事业。

母亲周年忌日（三首）

（一）

花灿如昔燕子鸣，去年昨日笑相迎。
悲欢聚散浑如梦，福倚祸伏刻骨铭。

（二）

贺寿方期百岁颐，一瞑不视去何急。
花前合影成绝照，心碎又闻杜宇啼。

（三）

新人学步旧人萎，年幼不知事已非。
偶指堂前慈母像，咿呀似问此为谁。

魏则西之死[①]

伦理道德如狗屁，怨魂何止魏则西。
焉知百度信息假，莫怪莆田广告奇。
趁火打劫愚病患，弄虚作假扮神医。
良心总被贪心昧，监管几时不我欺。

【注】

魏则西系大学生，其罹患罕见癌症后被百度竞价排名广告诱至福建莆田系承包北京武警总队第二医院肿瘤生物治疗中心进行治疗。该中心宣传采用美国斯坦福大学免疫疗法可保证魏则西健康生活二十年，实际上免疫疗法仍处于研究阶段，国家明文规定不准收费，而该中心收费高昂，魏则西的父母和他满怀希望却落了个人财两空，他临终前在微博上的留言痛彻肺腑，引起社会强烈反响，全国武警、军队系统医院和各级政府所办公立医院的外包医疗科室遂被全面清理整顿。

党的生日感赋

鹏举九天燕雀嗤，初心未改贵情痴。
前程何惧狂飙冽，正是扬帆奋进时。

山寨劳模

钓鱼台里奖杯发，骗子春风得意夸。
愿打愿挨贪欲惑，半推半就利名狎。
捞钱有道人装傻，惩治无方鬼闹衙。
官场已然纲纪坏，怅觉此事不奇葩。

【注】

《新京报》披露，钓鱼台国宾馆于五月一日上演一出山寨“劳模”颁奖闹剧，缴费即可参加“二〇一六杰出劳动者全国劳动英模五一座谈会”开幕颁奖仪式，依据缴费数额多少领取奖牌、奖杯和勋章。某友叹曰：“官帽已然卖得，又夫复何言！一笑而已！”

闻某高干被起诉

自诩清廉厚脸皮，贪赃枉法不知疲。
有钱甘为鬼推磨，无利何干人救急。
大胆提拔渔美色，量财使用惠娇妻。
天罗地网捉拿你，侥幸过关安可期。

秋　声

明月半轮鸦雀宁，独聆石下草虫鸣。
星流疑是银河漏，帘卷未觉北斗横。
菱叶多情含蚌泪，芦花无力倚茅亭。
秋声渐起残云乱，黄落满阶寒露凝。

赞郭凤莲

当年大寨铁姑娘，一代楷模两鬓霜。
奉献甘求人共富，创收焉为己独尝。
艰辛早历身心健，风雨久经意志强。
淡对炎凉轻宠辱，初衷未改敢担当。

【注】

郭凤莲系大寨党总支书记、第十二届全国人大常委会委员、大寨集团董事长。

赞林炎志

难能可贵林炎志[①]，大义凛然不讳医。
收入悬殊君示警[②]，阶级分化汝析疑。
上书北阙言犹壮，拂袖南山骨亦奇。
神且惮之何况鬼，觥觥至性几人及[③]。

【注】

① 林炎志系原吉林省委副书记，中国延安精神研究会常务副会长。

② 二十余年前，林炎志即撰写文章指出中国社会出现贫富差距悬殊和阶级分化现象，向中央提出对策建议。

③ 觥觥，音工工，刚直貌。《后汉书·郭宪传》：“关东觥觥郭子横。”

真 言

鸡犬俱升天，觍称服务员。
堂前说假话，背后吐真言[①]。
生进中南海，死埋八宝山。
悠悠惟此大，何止腐与贪。

【注】

① 原国务院国有资产管理委员会主任蒋洁敏因贪贿被查处，他曾说过其人生最高理想是“生进中南海，死埋八宝山”。

斥辽宁人大代表贿选

怒指关东骂狗官，肆无忌惮不虚传。
人民代表黑金选，代表人民鬼话穿。
信念缺失无底线，初心淡忘堕空谈。
钟馗今日钢鞭奋，隐患尽除未敢言。

【注】

辽宁省二〇一六年初时贿选全国人大代表严重问题暴露。收受贿赂的省人大代表有五百二十三人，涉及金额五千多万元。全国人大常委会经过表决决定取消行贿的辽宁省四十五名全国第十二届全国人大代表资格，另行选举。

赠陈晓农同学

往事如烟去，少壮渐龙钟。
同为红后代，境遇各不同。
炎者多富贵，子弟俱亨通。
风发恣意气，政商声望隆。
凉者多寒介，儿女皆普通。
言谈接地气，谦和智慧充。
感慨沉浮事，难以卜吉凶。
坎坷人自立，未必堕平庸。
宠辱何足论，恩怨淡成空。
志向知多少，成就白眼中。

重读《国民党史》有感

历史从来如镜鉴，覆辙常蹈奈魂惊。
江山入彀初衷变，百姓离心言路封。
无视近忧争聚敛，当萌远祸悔分崩[1]。
说的一套行一套，新贵几人两袖风。

【注】

① 国家分崩离析，指苏联解体。

步《病榻诌句赠令狐兄》韵慰留芳兄

钱塘一壮士，风雨伴潮生。
清啸诘天道，苦吟谙世情。
诗文袭正朔，功底秀同庚。
驰骋身独立，焉甘效畜牲。
发聋腔血蘸，振聩几聆听。
流水知音少，高山孤自鸣。
言尝激烈甚，何以畅心经。
取义恩仇泯，成仁神鬼惊。
光阴千万载，物竞百灵生。
遥祝君康复，来春共踏青。

【注】

留芳兄《病榻诌句赠令狐兄》：“世音还病世，生命付医生。不算虚无事，原该大有情。来时添口气，追日长年庚。一动双唇嘴，频牺四脚牲。亏它能话语，缘笔动闻听。起舞回波乐，知还倦鸟鸣。百年争斗史，一部楚骚经。复啸关天问，孤吟了死惊。含辛驱鬼影，吞泪念苍生。怜谁种如果，文化万年青。（注：种苹果者有成，种如果者无成）”

苏联解体廿五周年祭

内外夹攻悲剧演，不堪回首教训深。
公权滥用留隐患，腐败从生酿祸根。
颠倒是非人洗脑，混淆真假党换心。
前功尽弃愚蠢甚，自毁长城苦果吞。

同窗共贺古稀（二首）

（一）

少壮已谙宗旨明，此生谁料路难行。
艰辛始解民间事，坎坷渐悉宦海经。
辗转多年仍有爱，沉浮几度总关情。
初衷未改祈圆梦，一笑不愁白发增。

（二）

磨难几经兴未阑，而今同贺古稀年。
消愁惟靠心胸阔，祛病全凭意志坚。
解锁脱缰人恬淡，清心寡欲寿绵延。
利名权作风吹帽，共盼期颐美梦圆。

自　励

四代传承信仰真，精忠报国感情殷。
爱民所爱初心固，急党所急本性淳。
富贵何求风两袖，艰辛不惧汗一身。
古稀犹念梦圆日，万里长征志未沉。

【注】

作者家庭从大革命时期到改革开放，已有四代共产党员。

二〇一七年

评辱母杀人案一审判决

辱母之仇不共天，网民热议共拍砖。
忍无可忍孰能忍，勘有难勘尔未勘。
逼债疑牵黑社会，量刑应把正义关。
古今判例知多少，失手伤人宜放宽。

【注】

媒体爆料，于欢因母亲被羞辱，自己遭殴打，激怒之下用休息室内的水果刀扎死一人、扎伤三人。山东聊城中级人民法院二月十七日一审判决于欢无期徒刑引起社会热议。山东省高等法院后于六月二十三日以防卫过当致死人命改判于欢有期徒刑五年。

官油子

油条越混越精明，谄媚奉迎贱骨轻。
满口谀言牙齿俐，一身邪气算盘精。
弄虚作假前程锦，变色跟风宦运兴。
遴选每愁伯乐少，听其言未鉴其行。

斥金融老千

隐患已埋炸弹悬，呼风唤雨鬼操盘。
虚实逆转金融乱，内外勾结股市颠。
大鳄欢呼钱满贯，小民悲愤血流干①。
天公何日惊雷震，扫穴犁庭锄老千。

【注】

① 掌握内幕交易信息机构投资者和背后操盘误导股民的炒作者多半赚得盆满钵满，很多普通股民成了受害者。

临江仙·忆母亲

问暖嘘寒犹在耳，依稀梦里何堪？衷肠欲诉对谁言？相思人辗转，无语泪潸然。　如雪落花阶下满，窗前独坐难眠，不觉又到五更天。奈何心寂寞，怕见夜阑珊。

闻孙政才被立案审查

政坛黑马费猜疑，常叹人心隔肚皮。
每见官升脾气长，遑知骨贱品格低。
门庭易改随时改，秉性难移不会移。
看惯尘寰悲喜剧，黄粱一枕悔何及。

【注】

孙政才时任中共中央政治局委员、重庆市委书记。

闻项俊波被查（二首）

（一）

热血英年曾戍边，身沦反腐剧新编。
翻船岂怨运生变，中箭当惜路走偏。
常道欲膨贼胆大，每闻德败匠心殚。
聪明总被黄粱误，懊悔难追何以堪。

（二）

落马惊传忆喟然，覆辙重蹈旧曾谙。
矫情惑众人皆恨，妙笔生花①我亦怜。
接贵攀高节易丧，敛财猎艳壑难填。
初衷已忘襟怀变，魂断名缰利锁间。

【注】

① 项俊波青年时期曾参与多个剧本创作。十几年前，作者读他所送作品后建议：“你有如此文采不如改行专门从事文学创作。”项笑而未答。

赠欧洲侨领侨胞

穷人孩子早当家，苦尽甘来灿若花。
有道梅兰寒里放，怎知财富汗中发。
狂潮敢弄人生酷，艰险勇排景色佳。
大爱宜从长远计，方能世代享荣华。

赞老边

言语随和人善良，同窗五载不张扬。
艰难早历愁相慰，忧患曾经苦共尝。
每忆当年抒感慨，偶谈往事笑荒唐。
祝君快乐身心健，妇唱夫随福寿长。

【注】

边福生系作者大学同班同学，同学称其老边，为人厚道仗义，在作者身处困境时不避嫌疑，感情甚笃。

谒肖邦心脏葬处

三次瓜分最可怜，兴亡几度话波兰。
强敌环伺沉沦易，厄运频遭匡复难。
血渗音符铭爱恨，情托琴键寄忧欢。
精神难锁无国界，傲有肖邦万古传。

【注】

波兰历史上三次被强邻瓜分。上世纪初流亡海外的音乐家肖邦被民众视为爱国主义象征，占领当局严禁其回国。根据肖邦遗嘱，亲友在其去世后将他心脏取出秘密运回国，安葬在华沙圣十字教堂内，实现了其回归祖国的生前愿望。

赞“小侯”君

貌似少艾奈若何，小侯谁信六十多。
风华堪比小鲜肉，倜傥远超老大哥。
心性耿直交往广，嗅觉灵敏见闻博。
神通岂逊孙猴子，只是从来不拜佛。

【注】

小侯系侯海滨，作者健友。因形貌年轻，作者初次见面误称其“小侯”。

重读《逐浪湄河》有感

红色鬼门入胆寒，人间地狱忆何堪。
行为暴虐极端走，理论奇葩秉性残。
锦绣江山沦鬼蜮，淋漓鲜血溅高棉。
万千骷髅堆灵塔，祭奠于今亦悚然。

【注】

《逐浪湄河》作者铁戈自述为情报工作者，长期在南越西贡、柬埔寨首都金边支援越南和柬埔寨抗美斗争。红色高棉执政后他与数百万金边市民被赶到荒郊野外，“落户”农村。因缺医少药，食不果腹，大批人病死、饿死。洪森政府收集了大量“万人坑”中的死人骷髅，存放在金边市内一个外表墙体透明的灵塔里供后人祭奠，情景令人震撼。

读王留芳《无题》诗有感[1]

道是无题亦有题，苦研哲理解途疑。
岂甘坐享阖家乐，惟愿穷究大道谜[2]。
参透千年成败事，洞察万物盛衰期。
兴亡聚散皆天意[3]，顿悟方觉宇宙奇。

【注】

① 王留芳诗："无水不通海，是山齐向天。穷知自然理，未可对人言。"

② 大道：人类社会发展的规律。

③ 天意：宇宙万物勃发寂灭之规律。

祭外祖父刘润苍烈士

妙手回春万口播，悬壶济世誉声卓。
奈觉祛病难祛鬼，尤感救人不救国。
黄埔投军奇志立，青衫入党壮心勃。
毁家纾难情何系，血润苍生气未夺。

【注】

刘润苍：字作霖，河北滦州人，世代中医，家境比较富裕，其父刘步男被称为京东第一针。刘润苍于一九二七年参加中国共产党，黄埔军校六期学员，曾任滦（州）乐（亭）中心县委组织委员、冀东游击支队代政委，一九四一年在抗日战争中牺牲，尸骨无存。因其将全部土地钱财都捐给党组织作革命经费，只剩下住房，土改时家庭被划为贫农。

吊陈太辉[1]

白露秋风夜，壮心凋落时[2]。
恨觉花葬早，伤感鸟别迟[3]。
未了三般愿，攸关两地失[4]。
魂归南海日，惆怅几人知。

【注】

① 陈太辉曾任海南省审计厅副厅长、审计署派驻审计局局长等职。

② 唐孟郊《出门行二首》有句：“秋风白露沾人衣，壮心凋落夺颜色。”

③ 鸟：此指玄鸟，即燕子。

④ 实现国家两个一百年奋斗目标、解决家人长期两地分居困难以及两地事业发展问题。

神剧淡出佳作增

犹记年前嘲讽声，混珠鱼目众人抨。
婆媳苦斗天天斗，商贾恶争日日争。
雷掣裤裆威力猛[1]，手撕鬼子内功精。
如今喜见新风劲，神剧淡出佳作增。

【注】

① 均系“抗日神剧”中情节。

纪念于明涛百年诞辰并致王老

寿享期颐今古稀，相濡以沫信无疑。
粤湘同赴嘘温暖，豫陕随迁问苦饥。
回首此生风云幻，追思往事阅历奇。
初心未改情何笃，恰似霜天红叶集。

【注】

于明涛曾历任湘粤豫陕主要领导，中华人民共和国第一任审计长。王老系王老夫人王荣华。

评比特币交易[①]

华夏狂掀挖矿潮，杀跌追涨不辞劳。
庄家操纵[②]暗中赚，掮客包装[③]明里捞。
携手圈钱割韭菜[④]，分食渔利盗蟠桃。
悲催散户投资者，暴富勾魂被套牢。

【注】

① 比特币系虚拟货币，需通过计算机运算获得，俗称“挖矿”。

② 部分交易平台明里鼓动投资者参与高杠杆期货交易，暗中坐庄操纵市场搞虚假交易，一旦上线将价格推向高点即出货套现，名曰“市值管理”。

③ 前端负责花钱买代码、包装项目并拿走百分之五的币，中端负责找站台者和推手，各分百分之一的币。

④ 在流水线上的散户投资者。

游某寺感赋

满炉香火惑心魔，幻相堪疑蹈旧辙。
媚语排空争赞颂，谀词贯耳厌迎合。
匍匐笃定自尊少，跪拜无非私欲多。
利禄当前难舍弃，忧思潮涌又如何。

登山海关老龙头

日斜关塞雁南行，垣下飞舟遏浪迎。
沧海杳然长涌黯，幽燕雄峙晚霞明。
嵯峨古戍拔千仞，浩荡金风扫万顷。
安共鲲鹏垂翼举，冲天一啸九霄凌。

生死恋

两情骸骨犹相拥，生死曾经挚爱深。
斗浪迎涛同命运，克艰履险共终身。
虽无地泣天惊事，但证山盟海誓心。
血肉化为精灵舞，笑弹琴瑟永不分。

【注】

作者看见扇贝和锥螺躯壳残骸牢固粘连后浮想联翩。

再读《二十四史》有感

古来征战几人还，逐鹿中原廿四番。
一将功成枯万骨，兆民命丧曝千山。
后朝犹效前朝覆，新贵奈同旧贵贪。
率破周期祛梦魇，如今不许调空弹。

二〇一八年

评特朗普（三首）

（一）

直言无讳不装逼，率性而为心口一。
恼起聊将媒体损，羞生径把政敌奚。
隔空对骂如儿戏，翻脸互撕似斗鸡。
利禄兼收生意做，奇葩总统古来稀[①]。

（二）

大选通俄是个谜，搅局添乱笑谁及[②]。
霸凌焉许潮流改，冷战重拾歧路迷。
济富劫贫窝里反，损人肥己友盟批。
悲催自恋犹圈粉，怒怼群雄斗未疲[③]。

（三）

规则蔑视弃嗤鼻，推特治国创意奇[④]。
莫道出牌无套路，稔知博弈有心机。
漫天要价敌同友，坐地还钱友亦敌。
乐此不疲人耍横，沉着我且静观棋。

【注】

① 媒体披露，特朗普担任总统后不忘做生意，仍定期听取家族企业经营情况汇报。

② 美国民主党指控特朗普竞选团队与俄罗斯共谋干预二〇一六年美国总统选举。

③ 报载，特朗普推特粉丝超过五千万。

④ 特朗普公然无视规则，悍然发动世界贸易战，单方宣布退出联合国教科文组织和联合国人权委员会、巴黎气候协定、伊核协议等。

斥某高价中小学校外补习班①

忍见敛财又一轮，奈求儿女跳龙门。
师德尽丧疾难治，廉耻全无钱更亲。
可恨斯文涂地萎，堪怜孺子中毒深。
耳濡目染心灵扭，从小忧当两面人。

【注】

① 将大纲规定在校内课堂讲授的课程移到课外高价补习班讲授。

读史五首示后人

（一）

衣来伸手饭张口，长在深宫妇人手①。
一朝巢覆完卵无，人为刀俎汝为肉。

（二）

泥马渡江壮志涂，烟波画舫醉西湖[2]。
征帆鼙鼓横江渡，一隅偏安扫地除。

（三）

傲视蛮夷我独尊，误了江山误子孙[3]。
洋枪洋炮逼宫日，割地赔款恨忍吞。

（四）

当年历史亦辉煌，多少志士救国忙。
只是诱惑难抵挡，苟延残喘梦黄粱[4]。

（五）

华夏开辟新纪元，万里长征薪火传。
勿忘延安窑洞对，初心永记铸胸间[5]。

【注】

① 传曹操呵斥汉献帝“生于深宫之中，长于妇人之手”。

② 宋时金兵掠走徽钦二帝，康王赵构逃至长江边，传庙中泥马驮其渡江定都建安，偏安一隅，不思复国，后南宋终亡于蒙古大军。

③ 清朝闭关锁国、妄自尊大、不思进取。

④ 国民党迅速贪腐，失去民心和大陆。

⑤ 毛泽东与黄炎培关于如何跳出历史周期率的对话。

赞刘卉风[①]

犹忆巾帼意气豪，古稀寄语赞娇娆。
青葱岁月英姿挺，璀璨年华苦难遭[②]。
子夜高音惊幻梦[③]，一生低调匿琼瑶[④]。
情思万缕凭谁解，有女成材慰寂寥。

【注】

① 刘卉风系作者大学同班同学，因病去世。

② 刘卉风之父刘甬曾被诬为“彭真反革命集团”成员，被抄家批斗和长期关押，刘卉风受到株连。

③ 一九六七年初，刘卉风毅然在学院广播站播出华小明起草的所谓攻击中央文革小组的“反动稿件”，震动全院。

④ 琼瑶：美玉。

拜读关呈远诗集

夜读诗两卷，环宇共翩跹。
一部风云史，满腔肺腑言。
觥觥呈义胆，娓娓道忠肝。
回首人无悔，抒怀寄梦圆。

【注】

关呈远曾任我国驻比利时大使和驻布鲁塞尔欧盟使团团长。

闻张阳[1]自缢

生无可恋死亦哀，家财万贯化尘埃。
赤身入世赤身去，富贵何人是带来[2]。

【注】

① 张阳系中华人民共和国军事委员会原委员、中央军事委员会原委员、中央军委政治工作部原主任。张阳于十一月二十三日在家中自缢身亡。经查核张阳严重违纪违法，涉嫌行贿受贿和巨额财产来源不明犯罪。

② 清漆云窝诗句。

退休有感

街头广场健腰身，草地花园娱外孙。
共享单车骑任意，时发短信写遂心。
老邻老友交谈惬，小贩小商态度亲。
淘宝订餐家里坐，一机在手倍温馨。

步刘禹锡《酬乐天扬州初逢席上见赠》[1]韵一首

情关一入无归路，万缕相思系此身。
未了尘缘蚀瘦骨，已成追忆念佳人。
难眠怯见魂惊梦，独醉忍聆鹃报春。
对影[2]庭前圆月夜，三杯清酒酹花神[3]。

【注】

① 唐刘禹锡《酬乐天扬州初逢席上见赠》："巴山楚水凄凉地，二十三年弃置身。怀旧空吟闻笛赋，到乡翻似烂柯人。沉舟侧畔千帆过，病树前头万木春。今日听君歌一曲，暂凭杯酒长精神。"

② 唐李白《月下独酌》有句："举杯邀明月，对影成三人"。

③ 清蒲松龄《聊斋志异》（卷十一·香玉）。

为家人做饭

每日遛弯采购勤，一周表列菜单新。
酸甜苦辣情思系，煎炒蒸炸养分斟。
高汤爽口舒心品，佳肴飘香惬意闻。
治烹之意[1]今方解，小大由之[2]道共遵。

【注】

① 老子《道德经》第六十章云："治大国如烹小鲜。"

② 孔子《论语·学而》云："有子曰：'礼之用，和为贵。先王之道，斯为美，小大由之。'"

赞沈汝波

倾城痛悼泪滂沱，普世谁及沈汝波。
于细微中明志向，见博大处系邦国。
利他无悔惜先死，克己忘私耻苟活。
善举一生十万件，超凡入圣立楷模。

【注】

沈汝波系河北秦皇岛人，被誉为河北好人。他在十八岁入伍时即发誓要以雷锋为榜样做十万件好事，此后四十年中平均每天做四件好事，去世后上万群众自发为其送行。

贺谭洪光八十寿辰①

寿比圣贤②人有几，如今早已不稀奇。
耄耋自诩年方少，百岁谁说安可期。
六欲难祛食欲旺，七情未了爱情羁③。
心关四海五洲事，铁骨钢筋肝胆披。

【注】

① 谭洪光系我国著名混凝土专家。
② 孔子、孟子二圣分别寿至七十三岁和八十四岁。
③ 谭洪光夫妻恩爱如昔。

【正宫·塞鸿秋】观宫斗剧

炎凉宠辱谁参透？宫门紧锁红颜瘦。昏天黑地鸡鹅斗，大猪蹄子[①]难消受。移情慰藉[②]时，入戏吐槽后，明知狗血追依旧。

【注】

① 网络时髦语，喻花心男人，此指乾隆皇帝。

② “让观众一次次吐槽，却又一次次虔诚地坐在电视机前”，“移情使人入戏，入戏使人移情”，使得“自我某些长期压抑的欲求在看剧中得到满足”（《科技日报》高浩容文章《人们为什么爱看宫斗剧》）。

步欧阳常贵诗韵一首

惠言读罢忆云岭，泣血君诗抵万金。
三迆位失安有悔，南疆身献已无门。
当年送旧堪回首，此后迎新喟罔闻。
父老乡亲心似秤，真情激励后来人。

【注】

在二〇〇一年十月召开的云南领导干部大会上白恩培接任作者职务。十余年后，作者得知白恩培因厅以上党政收受巨额贿赂被查出感喟不已。

浣溪沙·崔永元

曾有狂言入耳新，当年挑战转基因[1]，小崔未必是完人。　　黑幕敢揭万众钦[2]，大白天下事惊心，小崔不必是完人。

【注】

① 崔永元发表过反对转基因作物的言论。

② 崔永元公开举报范冰冰等影视大腕巨额逃漏税等问题。

无　题

官帽已无班不上，居家未改一根筋。
懒从时事析人事，惯以初心测吏心。
忧党而忧羞粉饰，乐民所乐耻佯嗔。
倘生疑虑求真谛，无惧漂山众喙喷。

梦登黄鹤楼

满壁琳琅记胜游，大江浩荡去无休。
桂花香里荣华淡，黄鹤楼头岁月稠。
云梦难寻湮九派，龟蛇永锁阅千秋[1]。
高天极目秋风劲，一扫人间万古愁。

【注】

① 毛泽东《菩萨蛮·黄鹤楼》：“烟雨莽苍苍，龟蛇锁大江。”

【正宫·塞鸿秋】讥某网络大V

煽风点火光环系，花言巧语捞名利。圈来无数人民币，银行流水钱超亿。全凭厚脸皮，自导双簧戏，前仆后继难绝迹。

挽金庸

放眼东西南北中，有华人处有金庸。
大侠已去心碑在，千古文章百世宗。

评京东危机

侥幸脱身险覆舟，反思后怕业堪忧[①]。
投怀送抱易出轨，瞠目结舌难掩羞。
环伺强敌高兴甚，吃瓜群众谴责遒。
常言富贵多淫欲，辜负奶茶鸾凤俦[②]。

【注】

① 在线零售商京东首席执行官刘强东因被指控在美国强奸中国女留学生被捕，保释后回国，此事致使京东股价下跌近三分之一，在美国亨内平县检察官决定不对刘强东提出刑事指控后方有所回升。

② 网民昵称刘强东妻子章泽天“奶茶妹”。

戏题唐双宁抽象画展

信手拈来入画图，鸡毛掸子扫穹庐。
风云吞吐胸襟阔，雷电飞扬底气足。
放浪不羁豪情蕴，豁然顿悟束缚无。
任他褒贬青白眼，我自横天率性涂。

【注】

唐双宁系原中国光大银行董事长，近以鸡毛掸子作抽象画，有狂草之风。

二〇一九年

讽新形式主义

每日撞钟又糊弄，满腔斗志误消磨。
大言盈纸空说教，套话连篇不干活。
形式荒唐新意少，作风浮躁废柴多。
群氓反感由他去，兀自升官奈我何。

【注】

十八大后，形式主义被放在纠正“四风”之首，但近年又出现了新的表现形式，中央给予严厉批评。

愤闻美加联手拘押孟晚舟[①]（二首）

（一）

欲加之罪莫须有，风雨骤来预防无。
直到图穷匕首见，方觉手狠命门箍。
仆主同流心肠歹，狼狈为奸用意毒。
贼喊捉贼丢尽脸[②]，恼羞成怒不服输[③]。

（二）

与虎谋皮本妄求，防人之心岂能休。
江山易改恶习在，本性难移教训留。
我富何如全体富，你牛忌比大家牛。
共赢莫陷书生气，自主研发不可丢。

【注】

① 孟晚舟系华为公司副总裁、财务总监，华为创始人任正非之女。美国和加拿大联手，以所谓违反美国禁止与伊朗企业有经济联系相关法律等罪名，拘禁并准备引渡在加拿大过境的孟晚舟。

② 斯诺登揭露美情报机构通过电信网络违法监控各国。

③ 华为公司5G电信设备研发和微波技术世界第一。

赠某友

进时忧也退时忧，逆亦忧兮顺亦忧。
世俱迎新君念旧，众皆欢乐我独愁。
洞穿华贵无留恋，操尽闲心何所求。
疑是庸人常自扰，天生一个贱骨头。

除 夕

万户酩酊日，除夕团聚时。
攸关春讯近，惟恐雁行只。
爱笃凭谁解，血浓莫己知。
一桌年夜饭，难忘是乡思。

评金特河内会谈

舌头打滚互相夸，不使白宫握手杀[①]。
两个狂人标志笑，一圈记者镜头抓。
小生未必生茬子，老大绝非大傻瓜。
且看眼花缭乱后，举足轻重是中华。

【注】

① 特朗普惯在会见外国领导人时冷不防用大力握手。

痛悉响水大爆炸[①]

晴空霹雳火烛天，惨状又闻华夏悁[②]。
事到临头方寸乱，责逢追际口舌干。
轻描淡写查何用，稀里糊涂混过关[③]。
细数人间遗恨事，覆辙常蹈误空谈。

【注】

① 3月21日下午，江苏省盐城市响水县陈家港生态化工园区内的天嘉宜化工有限公司发生大爆炸，死亡78人。

② 悁：音捐，忧愤貌。

③ 国务院事故调查小组在3月23日会议上严批：事故暴露的问题“十分突出”，表明江苏省一些地方和企业在吸取过去事故惨痛教训、改进安全生产工作上“不认真、不扎实，走形式、走过场”，事故企业连续被查处、被通报、被罚款，企业相关负责人仍旧严重违法违规、我行我素。

感时示孙辈圆圆乐乐

江水一弯绿，夭桃两岸红。
年年人面异，岁岁落花同。
转眼千帆过，须臾万事空[①]。
青春明远志，无悔晚霞中。

【注】

① 宋陆游《示儿》有句：“死去原知万事空，但悲不见九州同。”

收看相声《我要反吴京》有感（三首）[①]

（一）

回望十年百感呈，片酬天价[②]竟无争。
颜值妩媚批评萎，演技浅薄票子增。
评介高低凭美色，投资多少靠虚名。
何关导演顺杆上，恶性循环从此兴。

（二）

缘何怪事任丛生，背后真情猜莫明。
鹊起名声流量[③]假，遽增收益算盘精。
报酬高企遮人目，原罪[④]低估掩丑行。
隐秘难揭黑幕铁，税逃何止范冰冰。

（三）

战狼咆哮举国惊，流浪地球喜破冰。
惊险奇绝观众赞，欢欣鼓舞票房升。
剧情必定留遗憾，取向难能引共鸣。
褒贬两极人对立[⑤]，不闻圈里赞吴京[⑥]。

【注】

① 吴京系演员兼导演。郭德纲与于谦新编相声名为《我要反吴京》。

② 近年有些“小鲜肉”片酬动辄数千万、上亿元，每部影片其他费用不足百分之二十，致使整部影片制作质量粗糙低劣，去年广电总局出台限制片酬规定后情况有所好转。

③ 《人民日报》揭露，呼声最高8个年轻演员三分之二以上流量数据造假。

④ 郭德纲在相声里直斥影视圈里有洗钱行为。

⑤ 崔爽在2月15日《科技日报》《〈流浪地球〉口碑两极，党同伐异要不得》一文里充分肯定影片后指出：“在保留原作科幻想象的丰富细节、人的复杂、故事线的完整上，电影缺憾不少。在情感调动上，电影将人类命运共同体的自救代之以偏向民族主义的唤起，更是留下最受诟病之处。”

⑥ 郭德纲和于谦批评影视圈里一些名导和演员对《战狼2》和《流浪地球》这两部电影集体失声。

抨截访公司

进京入考评，遂有怪胎生。
截访公司建，追踪事业兴。
老板金钱赚，官员政绩蒙。
暗将罗网撒，掩饰不平声。

【注】

媒体揭露：北京神舟畅行汽车租赁公司“构筑起一条包括地方政府、信息员、截访司机、黑保安在内的截访利益链条”，“一个月所获截访费高达80万元”，在其将江西上饶访民陈裕被殴打致死后方被查获。

元宵之夜

十五元宵闹，云开月正圆。
谜猜灯影暖，愿许玉盘寒。
闹市高跷踩，花街秀色添。
龙腾狮舞夜，万里共婵娟。

【中吕·山坡羊】闻书画价随头衔升降（二首）

（一）

魁星高照，白丁加帽，眉开眼笑光环套。看今朝，上青霄，寒门挤破财神到。换了包装心气傲。名，升值了；钱，升值了。

（二）

头衔难保，凡心难了，愁眉苦脸淡出鸟。叹情操，比纸薄，门前冷落无人跑。卸了包装心气恼。名，跳水了；钱，跳水了。

【注】

报载，官本位不良风气在书画市场泛滥成灾，作品价值随作者协会头衔任免升降，“在任卖天价，卸任跳水价”。

步李乃富诗韵斥特朗普挺任正非（二首）[①]

（一）

流氓最喜戏愚氓，吹破牛逼鬼话狂。
自诩屁香喷美味，孰夸口臭放芬芳。
性情古怪人难测，推特奇葩欲满腔。
不撞南墙心不死，怎知华夏泰山当。

（二）

岂甘缩首做愚氓，无畏征途疯狗狂。
封锁何妨侠骨硬，抹黑更显牡丹芳。
小心应对人沉稳，大义凛然气满腔。
风雨袭来身不晃，备胎[②]无数敢担当。

【注】

① 李乃富《感时（外一首）》：“人说川普是流氓，反复无常燥而狂。负气掀桌专对弱，煽情惑众欲留芳。小鲜乱炒凭推特，大话横吹费口腔。便告心虚犹败坏，哗楞棒舞响叮当。”

② 华为集团负责人在答记者关于特朗普宣布美国对华为集团及旗下70家公司进行技术贸易封锁的提问时说：我们的备胎这次全用上了！

由巴黎圣母院大火忆及圆明园劫难[①]

心扉痛彻吊国殇，哀满全球惋殿堂。
瑰宝瞬间一炬毁，殊珍转眼几销烊[②]。
重温历史悲情系，再现尊严宏愿偿[③]。
怅忆当年憧憬地，凄凉何日复辉煌。

【注】

① 四月十五日巴黎圣母院大火。英法联军抢劫火烧圆明园。

② 烊：熔化，音杨。

③ 我国实现中华民族复兴的“两个一百年”奋斗目标。

后　　记

我学作诗词始用平水韵，随即改用新韵。我在全国多地求学和工作过，但以在北京生活时间最长，日常发音以北京话为主，因而对部分旧读入声字的音韵掌握困难，须死记硬背，用新韵感觉就顺溜多了，况我在很长一段时间内的写作属于自娱自乐性质，对用何种韵书为佳并未多想。

自上世纪九十年代初开始投稿后，我方知吟坛对平水韵和新韵存在不同看法，以后与方家、吟友接触多了，发现与我同感者不少。用新韵写作者大有增加之势，究其根本原因是现代普通话的普及。

我对语言变迁史是个外行，对文化史略知一二。韵是入乐基础，殷、周诗歌已见有韵，楚辞、汉赋、乐府的音韵约束并不十分严谨。隋代出现《切韵》，唐代改为《唐韵》，北宋改《唐韵》为《广韵》后仍有二百零六个韵部，掌握不易。南宋平水韵归并为一百零七个，是个进步。民国以来，随着电台、有声电影出现和现代交通和教育事业发展，普通话逐步推广，越来越多的人在朗读按照平水韵写作的诗词曲时，对部分旧读入声字念起来感觉别扭。五四运动后新韵应运而生。一九六五年出版的《诗韵新编》依据之前的《中华新韵》将韵部并为十八个。二〇〇四年《中华新韵（十四韵）》问世。这几部韵书是一脉相承、逐渐演变的，新韵与平水韵中许多字的音韵至今依然相同。

相比而言，多数人对新韵掌握相对容易，有利于传统诗词创作走出书斋融入大众，因为毕竟当代人写诗是给当代人读的，不是给古人读的。新韵亦非完美，仍在不断发展和完善过程中。还要看到，因中国领土广袤，各地发音差别很大，一些方言中有大量的入声字，所以仍有不少人习惯用平水韵创作诗词曲。由此可见，无论是依照平水韵还是依照新韵写作，并无优劣、正旁之分。两者有三个共同点，一是无韵律不成诗词曲，这是最基本的。二是都不可过于拘泥，正音宜严，押韵宜宽。三是韵律服从意境情感，即允许必要时破韵。

伴随中华民族复兴，作为中华民族优秀文化的传统诗词创作与新诗同样前景光明。五四运动的伟大意义不言而喻，缺憾是存在玉石俱焚行为，包括把传统诗词作为糟粕贬斥。即使如此，民国时期，鲁迅、陈寅恪、郁达夫、吴宓等人仍为后人留下大批脍炙人口的传统诗词。至今仍有人引用毛泽东“诗当然以新诗为主体，旧诗可以写一些，但是不宜在青年中提倡”的话。其实毛泽东担心的是“因为这种题材束缚思想，又不易学”，但他从未把传统诗词作为糟粕，从未如胡适等人用不屑的语言讥讽传统诗词，更未写过“玫瑰，玫瑰，我爱你”之类的所谓“新诗”。至于“这种题材束缚思想”一说值得商榷，因为毛泽东的诗词创作成就早已为世人公认，读来并无“束缚思想”之感，而《中华新韵》问世则可以较好解决“又不易学”的问题。

平心而论，我文化底蕴不深，对新韵掌握仍欠火候，歧宽歧窄以及因发音不准致新旧韵混用处时而有之，对黏对和拗救等运用亦有不当之处，衷心欢迎读者指正。谈到这里，我怀着钦佩之心致谢《中华诗词》杂志社胡彭先生，其诗词曲功底深厚，百忙中不吝指教，逐首审阅，使我得益良多。

借此机会，我对“中华诗词存稿”编委会和中国书籍出版社的各位同志一并致以衷心的谢意。

令狐安